Daniel K.Leroux

LES SEPT SOMMEILS

Avec 2 encres de Marianne K.Leroux

L'ATELIER
DU GRAND TÉTRAS

LES SEPT SOMMEILS
constitue le dix-septième volume de la collection *Écriture*.
La conception et la réalisation de sa maquette
ont été assurées dans notre atelier.

Illustrations de Marianne K.Leroux

Au-Dessus du Village – 25210 MONT-DE-LAVAL
ISBN : 978-2-911648-94-6 – ISSN :1285-5294

Avec toi.

Je remercie vivement
Mireille et Claude Louis-Combet
Aurélie et Marianne
pour leur efficace contribution
à la mise en forme finale de mon roman.

“Je plaide la cause d'un culte de la vie basé sur la conemplation, en réaction directe contre la fièvre d'activité de notre temps.“

John Cowper Powys. Apologie des sens.

I

Baptiste Norroy gâchait sa jeunesse dans la proie des tourments. Il subissait la malédiction la plus terrible de la solitude : aucun être ne lui était attachant. Replié sur son moi éteint, englouti dans un silence où ne vibre que la musique du néant, il n'accordait présence à personne. Le monde, l'existence des hommes ne retenaient pas son regard. Il subissait sa solitude en spectateur de lui-même, dans le manque atroce de l'amour de soi où il aurait pu puiser l'énergie de vivre. L'enfance l'avait pétrifié dans cet état, peut-être parce qu'elle avait baigné dans les horreurs de la guerre, puis dans les cloaques du cataclysme du temps alors que la civilisation s'abandonne à faire la belle après ses fureurs barbares en donnant à croire que la vie peut reprendre un cours normal. Cependant, cette pensée-là ne l'effleurait pas, son esprit se torturait dans les outrages de sa sensibilité d'écorché vif pour ne voir que le spectre des ravages qui hantait la réalité. Et cette sensibilité l'avait désigné comme innocente victime condamnée à expier l'horreur de vivre dans un monde invivable.

L'âme du dehors en désertant le monde avait emporté la sienne pour le condamner au mépris des horizons bleus, des illusions idéalistes et – c'étaient les plus sournoises – des tromperies sociales. Il restait, il ne lui restait que la vision blafarde de la réalité, l'anonyme présence des humains entourbillonnée dans la décadence des bonheurs conformes et grégaires. Il y voyait les affronts d'une caricature, les misérables prestiges des illusions. Le mensonge profanateur de la vie. Une mascarade de vie.

Ce qui dans les plus tendres moments de ses états parvenait à trouver écho en lui jusque parfois à le solliciter furtivement, finissait toujours par lui apparaître comme de la vie impossible. L'enchantement – parfois, il lui arrivait d'espérer, à travers ses élans, y chercher un salut personnel – avortait aussitôt dans la conscience immédiate du revers de son inutilité.

Le monde lui était tombeau d'où ne s'élevait que la voix sarcastique d'une lucidité acharnée à lui dénoncer l'horrible évidence première : l'existence est devenue un mensonge.

L'obsession de l'absolu qui aurait pu animer ses exigences spirituelles se fondit dans un culte du néant qu'il pratiqua avec une noble résignation, sans désespoir. Sa vie, dès lors, à l'écart des divertissements humains, se régla sur la fascination du vide, un vide souverain qui enveloppait la réalité, la vérité et l'unité de tout ce qui est.

Au cœur de son esseulement, il apprivoisa sa souffrance en lui accordant la pleine force d'une radicalité : vivre ne rencontrait d'autre sens que celui de traverser le gouffre de l'existence sans donner prise aux pièges de ses mensonges ou plutôt – et c'était là, le défi qui lui procurait la force de survivre – de les épuiser sous le regard d'une ironie triomphante dans l'affirmation que tout s'achève lamentablement devant la gueule béante du silence absolu.

Dès ce moment, il cessa de considérer la mort comme sa torturante compagne. Il avait conquis cette conscience, et il l'estimait supérieure, avec la conviction que la nuit éternelle triomphait par la seule crainte qu'elle inspirait alors qu'elle n'était rien d'autre que la fossoyeuse des illusions humaines. Son esprit s'éleva à la hauteur de cette certitude quand il se découvrit le pouvoir de défier la mort. C'était avec une singulière exaltation qu'il se plaisait à se vouloir mourir en n'ayant rien à donner à celle qui finit tout. Pour atteindre ce but, il se persuada qu'il lui suffisait de devenir lui-même l'acteur de son propre anéantissement. Seul l'accomplissement du vide en lui-même le placerait à égalité devant la mort. Dans la pratique de cet exercice, il s'étonna d'abord de l'ampleur des pièges à déjouer mais la jouissance qu'il éprouvait à l'idée de déposséder la crainte de la mort en lui opposant la superbe réplique de l'ironie, l'encouragea, et même, à certains moments, avec délectation, à persévérer sur cette voie. En s'acharnant à dépouiller, par avance, ses tentations de vie trop humaines, il gagna la conviction d'atteindre l'ultime grandeur, à ses yeux, de la condition humaine par le choix affirmé de se préparer à mourir dans une conscience pure de toutes illusions.

Cependant, les jours ne tiennent pas indéfiniment les assurances nihilistes dans le jeu paisible du spéculatif. Le rituel des défis finit par s'ouvrir sur la fureur des forces provoquées auxquelles il faut faire face pour de bon. L'existence peut prendre alors un pli décisif.

Norroy se trouva ce soir-là dans cette situation. Et, certainement pas dans les conditions qu'il aurait pu l'imaginer, il atteignit cet instant crucial où l'attrait du néant appelle son acte. Devant les bras ouverts que lui tendit la mort, il affirma bien une conscience libérée de toutes illusions, seulement elle avait été le fruit amer d'une déconvenue. Ce fut, en somme, une soirée gâchée par un enchaînement de banales anecdotes qui l'avait conduit, presque malgré lui, au bout de ce sentier, où un précipice lugubre l'avait invité à résoudre la question de la réalité. Et cette rencontre, il n'avait jamais cessé de se la figurer avec un autre panache.

La journée pourtant s'annonçait prometteuse avec un éveil printanier radieux, quoique trop brutal à qui connaît bien les effets des subits coups de chaud sur les Hautes Terres : le violent orage en fin d'après-midi ne manqua pas de se produire avant de dégénérer en une tempête de neige d'une rare intensité à tel point qu'en peu de temps La Chaux d'Ambruz oublia ses promesses de printemps pour s'endormir comme au plein de sa léthargie hivernale.

Ce méchant retour de l'hiver le contraria parce qu'il compromettait le projet de sa soirée. Il avait décidé de fêter l'anniversaire de ses vingt cinq ans ans avec une certaine Suzanne Costel*, de piètre réputation à Luze en raison de ses abandons sans vergogne aux jouissances de l'amour par le renouvellement de ses amants. La jeunesse et le charme désolé de Baptiste Norroy avaient attisé ses fantasmes. Par son corps félin et surtout par son si étrange regard, "en flammes glacées", il l'avait séduite. Il n'entretenait, jusqu'alors, plaisirs charnels qu'avec de minables jeunes-filles. Elles monnayaient les charmes déjà fanés de leur corps dans la dépravation de leur désespoir aveugle.

Dès sa première rencontre - fortuite - il avait été fasciné par les attraits de la femme mûre qui a depuis longtemps renoncé aux

* Suzanne Costel est la mère de Florent Costel, personnage central du roman du même auteur, *Le Mât du ciel.* (*Note de l'éditeur.*)

mirages de l'amour pour ne se livrer qu'à la recherche du plaisir. Suzanne Costel s'imposa aussitôt à lui comme le corps fabuleux de la volupté. Sous l'emprise de ses penchants morbides, il redoubla le plaisir ultime de ses étreintes en se figurant mourir lèvres liées au sein de sa partenaire dans l'agonie éprouvée de la vanité même du plus haut plaisir que la vie offre pour se perpétuer.

Malgré la neige, il arriva presque à l'heure de son rendez-vous, chez Suzanne Costel. Ils n'avaient que la route à traverser pour se rendre à l'auberge Barberet où Norroy avait réservé une table. Devançant sa serveuse, le restaurateur s'empressa de les accueillir et s'il ne fit aucun cas de madame Costel, il redoubla les éloges et les flatteries à l'endroit de Baptiste Norroy. C'était un bon client et, en outre, un fin gourmet et même un gastronome avisé, capable avec une justesse époustouflante, de déterminer les ingrédients susceptibles de parfaire une recette et de conseiller l'intérêt d'une proportion différente. Barberet n'était que courbettes devant lui. Il avait placé le couple à la meilleure table, celle qui faisait face à l'ample cheminée où crépitait un feu ardent.

Norroy ne manqua pas de vanter les qualités des menus proposés à la carte que venait de lui tendre le tenancier. Il cherchait surtout à encourager les choix de sa compagne. Dans le cours de ses conseils, il attarda son regard sur la serveuse alors qu'elle effectuait son service à une table voisine. Quand les choix furent établis, avant de laisser Barberet porter la commande à la cuisine, il hasarda la question qui lui brûlait les lèvres :

– Dites moi, votre nouvelle serveuse ne serait-elle pas Lucine Meige ?

– On peut dire ça, oui. Pourquoi, tu la connaîtrais ?

Il répondit négativement. Il en savait assez. Dès la confirmation de l'identité de la serveuse, Suzanne Costel avait vu le visage de son ami se rembrunir avant de s'effacer dans la persistance d'une absence derrière laquelle paraissait s'appesantir un trouble. Son invitée ne manqua pas de constater que la cause du brutal changement de comportement de son amant émanait de la serveuse car à chacun de ses services, il l'entourait d'attentions courtoises. Elle refréna son dépit à plusieurs reprises avant d'exploser :

– C'est pour voir la serveuse que tu m'as invitée? Je connais tes goûts pour les jeunes catins, mais j'te jure que celle-là, elle a trop de classe pour toi.

Il lui répondit sans faire cas de la vulgarité de son dédain.

– Vous vous méprenez complètement Suzanne. Je ne connais cette personne que par les confidences d'un ami qui, lui, la connaît assez bien pour affirmer qu'il n'existe pas de femme plus fidèle et mieux aimée qu'elle*. Quand vous saurez qu'elle a sacrifié à son amour une situation sociale des plus avantageuses pour finir ici, vous admettrez qu'elle ne saurait être en quête d'aventures galantes et que je ne pourrais commettre l'indécence d'espérer d'elle ce que vous insinuez. Pour tout vous dire, ce n'est pas cette jeune-fille qui me trouble, c'est l'impensable admiration que je me sens obligé d'éprouver pour elle. Je l'admire, voyez-vous, uniquement parce qu'elle existe, parce qu'elle nourrit l'audace de vivre contre le mensonge de l'existence. En la reconnaissant, en l'observant comme vous dites, avec mes ridicules regards en coin, en plongeant dans son regard, quand elle nous sert, je commence seulement à comprendre ce qu'a voulu dire d'elle cet ami. Quand il m'a rapporté cette histoire, mon esprit a vu un ange et a casé son aventure dans la rubrique des contes pour jeunes-filles. Seulement, ce soir, je vois cette personne pour la première fois et je constate que l'ange existe et que le conte tient tête à la réalité ce qui ébranle quelque peu mes convictions.

– Et c'est quoi tes convictions?

Il hésita à poursuivre, et finalement une réponse brutale sortit de sa bouche sitôt après avoir émis un murmure de sarcasme incontrôlé.

– L'absence de raisons de vivre, ma chère.

Il se tut, elle le vit s'enfoncer dans la frénésie d'un flot de pensées qu'elle jugea sombres aux quelques mots qu'il balbutiait comme s'il ne parvenait pas à les contenir. et qu'il finit par ordonner comme pour se libérer de son emportement:

– Oui, j'ose vous l'avouer, je péris à petits feux dans ce monde fini, bouclé sur l'enfer de ses vaniteuses performances. Partout, l'homme, toujours l'homme, rien que l'homme, abruti dans la raideur mécanique. L'homme omniprésent, que chacun doit devenir, a perdu son âme. L'acharnement romantique qui voudrait la sauver est voué au ridicule avec lequel on considère, aujourd'hui, ce

* Le destin de Lucine Meige est relaté dans le roman *La Folle Saison* du même auteur. (*Note de l'éditeur.*)

qui élève. Il n'y a de place que pour la vulgarité ambiante. Nous entrons dans l'ère de la décomposition de l'esprit. Car nous pourrissons sans nous en apercevoir et nous pourrissons dans la délectation de la pourriture...

Suzanne Costel reçut ses propos comme une confidence et cette confidence l'indisposa. Elle l'obligeait à se représenter ce jeune homme qui l'avait séduite autrement qu'elle se l'était imaginée. Elle se garda de poursuivre la conversation, estimant qu'elle lui aurait exprimé ses pensées avec trop de brutalité. Son esprit flotta entre l'homme qu'elle découvrait et celui à qui elle s'était donnée quelques jours plus tôt. Elle avait été séduite par les suggestions de son regard triste qu'elle avait ressenties avec la stimulation d'une ardeur à éveiller. Elle s'était aussitôt imaginée un délice amoureux nouveau : délivrer ce beau ténébreux de sa tristesse dans l'initiation aux plaisirs des sens.

Cette complaisance dans les idées sombres, cet abandon morbide à un désespoir qu'elle jugeait d'enfant gâté ne lui laissaient présager rien de bon. Elle ne tarda pas à lui avouer sa déception :

– Tu sais, moi, je suis pas du genre à chercher comme toi, midi à quatorze heures. Y a assez de malheurs comme ça sans leur courir après.

Le regard condescendant de Baptiste suffit à la convaincre qu'il n'accordait aucun intérêt à son objection, il blessa son amour-propre par un dédain qui la réduisait à la sottise. Elle lui infligea un argument plus agressif :

– J'arrive pas à comprendre comment un homme de ta trempe, depuis ses superbes hauteurs, peut encore s'étonner que nous soyons condamnés à vivre dans un monde sans espérance. Tu me fais rire avec ton romantisme. C'est de l'eau de rose pour les enfants de choeur.Tu fêtes aujourd'hui tes vingt cinq ans et je crois entendre un adolescent! Faut pas toujours rêver, Baptiste !

Sans tomber dans la naiveté de croire qu'elle fût en mesure de partager sa conception du romantisme, il lui fut amer de constater à quel cliché médiocre elle le réduisait.

Il était inutile de tenter de lui faire partager l'idée qu'il était resté attaché à ce qui lui semblait-être l'éternelle vocation du romantisme avec son invitation à vivre, le dos tourné à la comédie humaine, sur les falaises abruptes de l'inconnu quand le couchant interroge, devant les abysses du mystère, le sens de la vie.

Il prit, sans surprise, la pleine mesure du gouffre qui les séparait. Il n'aspira plus qu'à sauver sa soirée. La venue de la serveuse qui présenta la suite du menu tomba à propos.

– Oublions cela. J'ai le plaisir, maintenant, de vous inviter à savourer ces tranches de sanglier. Alors? Qu'en dites-vous? La recette de la sauce qui les accompagne relève de la magie pour enchanter nos papilles. On ne peut imaginer de meilleur accommodement possible. Je ne suis pas encore parvenu à en percer le secret et le cuisinier le garde jalousement.

Norroy s'amusa à constater aux aveux gourmands de sa partenaire qu'elle manifestait de meilleures dispositions pour l'art culinaire que pour la littérature.

- Eh bien maintenant, flattez encore les bonnes dispositions de votre palais avec une gorgée de ce cru.

Les dispositions gastronomiques de Norroy dispensèrent une atmosphère qui ne tarda pas à dissiper la contrariété des humeurs. Le couple tomba sous les charmes assurés du repas quand on s'y accorde par leurs pouvoirs à entraîner le corps dans une détente propice à la légèreté d'une pensée enthousiaste et créatrice de rapprochements inhabituels et d'ententes imprévisibles enchantés par la révélation soudaine d'un horizon étranger à la vie quotidienne. Même les caractères les plus froids ne résistent pas à cette ivresse en se découvrant portés à nourrir la fièvre de cet instant qui ensorcelle le temps pour que tout pétille, tout se spiritualise en se fondant dans l'harmonie excitante de l'agréable.

À ce moment-là, un regard lancé d'une table voisine sur cette femme et cet homme oublieux de leurs soucis dans l'intimité attendrie de leur conversation n'aurait pas manqué d'y voir la parfaite représentation d'un couple d'amoureux.

Les apparences, évidemment, mentaient: chacun, à travers l'excitation de l'autre n'entretenait dans son cœur que l'épanouissement de son propre plaisir. L'ivresse exaltait la sensualité de Suzanne Costel. Baptiste Norroy s'exerçait à la volupté sous le contrôle de son désabusement de dilettante. Il la regardait avec un attrait que tous les mots de sa conversation entretenaient. La personne de Suzanne Costel s'effaçait alors sous son regard pour devenir l'instant de l'absolu de la femme tel que le forment les caprices du désir : ses lèvres ne parlaient plus, elles frémissaient en paroles susurrantes rythmées par la lascivité de ses œillades tandis que sa chevelure essaimait sa langueur sous la main qui la déploierait. Il l'aimait ainsi, magnifiée dans la transe charnelle avec cette insouciance qui laissait oublier sa niaiserie, avec cette exubérance qui effaçait son étroitesse d'esprit. Quant à elle, à travers sa soif de plaisir, elle venait déjà de retrouver le beau jeune homme aux yeux tristes qui l'avait séduite.

Lorsqu'ils quittèrent l'auberge, ils étaient prêts à couronner leur soirée par une nuit d'amour comme l'avait bien suggéré, en les raccompagnant, le restaurateur, avec son adieu coquin, puis, plus particulièrement à l'adresse de Norroy, par un geste vulgaire déplaisant.

La rue était enneigée, mais ils n'avaient qu'à la traverser. Suzanne Costel devança Norroy pour gravir les trois marches en pierre qui conduisaient à son logement. Elle tourna la clef dans la serrure sans ouvrir la porte et se retourna malicieusement vers son compagnon avant de s'écrier, narquoise : "Eh bien ! Tout a une fin. Ce fut vraiment, mon bel ami, une délicieuse soirée. Quand aurons-nous le plaisir de nous revoir ?" Elle ne lui laissa pas le temps de jouer sa réponse. D'un élan frénétique, elle se précipita sur lui pour cribler ses lèvres de baisers brefs. Elle se recula et en griffonnant de coups de doigt le nez de son amant, elle déclama sur un ton câlin : "Oh non ! Ça serait vraiment, vraiment dommage d'en rester là. Viens, mon bel ami." Elle marcha devant lui. Ses hauts talons excitaient le galbe de son corps moulé sous la fièvre de sa robe noire.

Il le savait, Norroy : Suzanne ne se donnait pas comme une catin. Elle adorait les lentes préparations à l'amour, les caresses langoureuses et les baisers osés. Elle détestait les mâles brutalités qui gâchent les promesses des plaisirs amoureux. Ces plaisirs étaient le bonheur de son existence, son luxe et elle s'était toujours entendue, depuis qu'elle avait vécu les désillusions du grand amour, à les pratiquer tel un rite ordonné par les ressources ardentes de son érotisme instinctif.

Norroy écarta le rideau de la fenêtre. La rondeur souveraine de la lune dans le ciel lumineux fixa son regard. Suzanne Costel, nue sous sa robe de chambre, vint se blottir contre lui dans le partage de sa contemplation. Elle avait posé son bras sur son épaule. Électrisé par la sensation palpitante de ce corps offert, il se retourna sur sa maîtresse pour tendrement déployer son ample chevelure nouée en humant le piquant de son parfum. Il posa ses lèvres sur son cou pour y glisser ses mols baisers et, délicatement, il ouvrit sa robe dans l'accompagnement de lentes caresses prolongées par les gâteries excitantes qu'elle en attendait. Elle était nue, prête à s'abandonner. Il avait été parfait.

Dans le mouvement élégant de son aisance physique, il la prit à bout de bras et la déposa sur le lit. Elle était dans l'impatience de l'accueillir, il se dévêtit sobrement. Bien vite, leurs pensées ne furent plus que soumises au rythme de l'ardeur érotique galvanisée par les promesses de son excitation. Il se retourna sur elle et il n'y eut plus de Suzanne Costel et de Baptiste Norroy, il y eut seulement le corps aspirant, goulu et assoiffé de la volupté dans l'étreinte confondantes de deux consciences enivrées.

Ce fut à ce moment banal que se referma le premier piège de la funeste nuit de Baptiste Norroy, celui qui l'entraînerait dans tous les autres. Le dilettante ne maîtrisait pas le jeu érotique aussi admirablement qu'il le croyait. Il se laissa emporter par une pulsion qui courut vers son paroxysme précipité. Il conclut son plaisir alors que sa partenaire commençait à peine à trouver le sien. Suzanne Costel sortit des transes de la volupté pour subir une nouvelle fois l'égoïsme de son jeune amant.

– Oh non ! Mais non ! Mais ce n'est pas possible ! Tu es un véritable goujat, Norroy !

Et de ses deux mains furieuses, elle pinça et gifla ses joues avant de repousser son corps inerte et honteux sur l'autre bord du lit.

La chambre tomba dans le silence. Suzanne Costel dissipait amèrement la fureur de sa frustration et Baptiste Norroy sombrait dans la déconsidération de soi. Cette lamentable coucherie le ridiculisait moins devant cette maîtresse occasionnelle et sans importance que devant lui-même. Comme il tombait de haut, cet impudent nihiliste, qui entendait dompter la volupté pour narguer la vie. Il s'écœura dans le silence de la chambre.

Sans le savoir, leur solitude les avait échoués dans les affres de la même conscience malheureuse au cœur de la misère de leur mal-vivre. Ils en touchaient le fond, un fond que chacun pressentait mais que leur veulerie quotidienne fuyait dans l'attente masochiste d'un choix toujours différé. Sans doute qu'au-delà du regard triste de son amant, c'était sa propre tristesse que Suzanne Costel avait cherché à dissiper. Ainsi leur silence se prolongea-t-il dans l'état anxieux qui accule à un choix décisif.

Norroy retomba sous les lois complaisantes de sa solitude et dans sa tête tournait le manège des fantasmes de ses dispositions morbides qu'il savourait avant même de chercher à donner forme à sa fatale décision.

Suzanne Costel, au contraire, mûrissait déjà sa décision au-delà de sa déconvenue : ce jeune homme serait son dernier amant, elle en avait fini avec les promesses des yeux tristes de la jeunesse. Elle se retournerait vers cet homme mûr qu'elle avait rencontré quelques mois plus tôt et qui, dans le bonheur de leur idylle, n'avait pas hésité, malgré les contraintes de son commerce, à prolonger son séjour à Luze. Depuis, il lui envoyait, à cadences régulières de charmantes lettres, en fait de persistantes demandes en mariage, de moins en moins voilées, auxquelles elle avait jusqu'alors répondu par de précautionneux ni oui, ni non. Cette fois, elle se décida : elle lui annoncerait dès le lendemain que le temps lui avait donné la ferme assurance de partager ses sentiments et qu'elle se sentait prête à le rejoindre dans le Midi comme il le désirait. Le choix de faire table rase de son passé la soulagea, l'exalta même à l'idée de refaire sa vie pour devenir dans un milieu nouveau, une femme fidèle, rangée, respectable, vouée à se rendre plaisante à son mari qui, après tout, était un homme fort convenable. L'esprit bercé par cet engagement, elle trouva l'atmosphère de sa chambre surannée et ressentit avec honte la présence de son amant à ses côtés. Elle fut tranchante :

– Ça été une sacrée bêtise de croire qu'on pouvait se revoir les deux. Tu sais, je crois que t'es condamné à fréquenter tes jeunes salopes à deux sous. J'le savais que tu allais de ce côté-là. Tout se sait à Luze. Je te plains, Baptiste, je te plains parce que tu es incapable d'aimer et d'être aimé. Écoute bien c'que j'te dis : jamais je n'ai rencontré un homme qui méprisait les femmes autant que toi...

– Vous avez tout dit ?

– Oui et maintenant j'aimerais être seule.

Il avait quitté le lit. En se rhabillant, il la tutoya pour la première fois.

– Ne t'inquiète pas, je pars sur-le-champ et même sans prendre le temps de te chercher querelle pour ta grossière opinion sur mon mépris des femmes. J'aurais aimé entendre sortir de ta bouche des propos moins moralisateurs, car tu sembles oublier qui tu es. Tes soudains et curieux repentirs sur l'amour ne me laissent pas oublier que nous nous ressemblons au moins sur un point et quel point ! Nous sommes tous deux des épaves de la vie, oui des épaves et voilà, avant toute autre considération, pourquoi se termine si lamentablement la bagatelle de notre aventure. Soyons plaisants pour en finir : elle nous offre au moins l'avantage de ne laisser aucune peine dans nos cœurs.

Baptiste Norroy se rabattit sur l'auberge Barberet. Les lumières du restaurant étaient éteintes et la porte close, mais le café était encore ouvert. Il y entra d'un pas félin avec une mine déconfite sur les beaux traits que ses débauches altéraient. Minuit était proche et d'ordinaire, en semaine creuse, à une telle heure, Luze dort. Ce soir-là, ils s'attardaient nombreux, les habitués, oublieux du temps, dans l'entrain des conversations ou des jeux de cartes et Barberet jouait les prolongations en s'appliquant à stimuler le service. Il se tenait debout, au milieu de la salle pour mieux deviser avec ses clients. C'était sa technique : un mot plaisant à l'un, une drôlerie à l'autre, un bout de bavardage flatteur et il quittait la table en prenant la roquille vide sans manquer de demander innocemment s'il fallait en remettre une petite.

Il en rapportait justement une pleine quand il accueillit Norroy avec un étonnement aussitôt récupéré par son esprit goguenard :

– Alors ? Ça n'a pas été une nuit de noces ?

Il comprit à la mine renfrognée de Norroy et à sa réponse cinglante qu'il convenait de ne pas persévérer sur cette voie-là.

– Ces choses-là ne se commentent pas, mon cher, et la pudeur invite à garder pour soi les plaisirs et les déplaisirs que l'on en tire.

Il s'était déjà installé dans un recoin de la salle.

– Je te sers quoi ?

– Ah! Voilà une bonne question. Mais quoi boire à cette heure ? Je crois que je reviendrai bien à cette eau-de-vie que vous nous avez offerte tantôt à la fin du repas.

– Sauf que c'est de la prune-maison et celle-là, je ne l'expose pas au comptoir. Mais pour toi, on saura bien aller la dénicher derrière les fagots. Tu as soif?

– Bien assez, je crois. Allez-y pour une topette.

Norroy se replia sur lui-même et il se retrouva seul dans le café. Pourtant quand le serveur lui apporta sa topette, il se sentit entraîné à porter son regard sur la salle, peut-être parce que, d'une table, à l'opposé de la sienne, contre le bar, il reconnut deux gars de son village qui le regardaient avec insistance. Il ne lui était pas agréable de les rencontrer en ces lieux et tout particulièrement ce Laurent Fardet, son plus proche voisin à Amburcine. Celui-ci haïssait Norroy pour lui avoir infligé l'affront de ne pas lui louer ses terres car il s'était persuadé que ce sale coup ne pouvait venir que de ce "morveux". La ferme des Norroy depuis la mort du père de Baptiste (celui-ci avait alors quatre ans), était tenue, sous l'autorité de la veuve, par une équipe de commis. Madame Norroy avait très tôt compris que son fils ne reprendrait jamais la ferme, c'est pourquoi elle s'était résolue à louer une partie des terres et cette partie comportait justement d'excellents prés de fauche et des pâtures de qualité qui jouxtaient les terres de Fardet. La signature d'un bail de location lui aurait donné, autour de sa maison et d'un seul tenant, une ferme de rêve. Il avait pourtant, lui, Fardet, toujours été irréprochable avec ses voisins, d'autant qu'il avait vite compris que le rejeton des Norroy n'avait pas la tête d'un paysan ce qui l'avait incité à multiplier les gentillesses et les prévenances afin de gagner la considération de la famille.

Comme souvent, Fardet avait déjà bien bu, ce soir-là, et la vue de Norroy excita sa rancœur. Il s'écria de sa voix tonitruante:

– T'as vu qui c'est qui nous arrive! Dieu de Dieu! C'est ce migue la lune, ce gouillant de Norroy qui ne sait rien faire d'autre que de manger la fortune que lui a laissée sa mère. La pauvre, si elle le voyait, son taré de fils! Eh bien, je te le dis, ce soir, je me le fais! Depuis le temps que les poings me démangent, je vais enfin lui défoncer sa face d'ange.

– Arrête tes vantardises, rétorqua son compagnon qui avait bu autant que lui et qui se plaisait à l'exciter, voilà des mois que je t'entends répéter cela et chaque fois que tu es devant lui, tu te retrouves aussi doux que ta chienne devant un romanichel, elle remue la queue et mendie une caresse.

– Et tu crois ça, toi ! Eh bien, tu vas voir c'que tu vas voir et je te dis qu'tu vas pas attendre longtemps pour le voir parce que moi, je bats le fer quand il est chaud, et ce soir, il l'est !

Il se leva furieusement sous le regard ahuri de son compagnon qui aurait vu la table se renverser s'il ne l'avait rattrapée au vol. Le colosse traversait déjà la salle en balançant son corps selon un mouvement pendulaire régulier, grossièrement flegmatique mais bien assuré par l'assise pataude de ses jambes d'éléphant. Il tenait ses deux poings fermés ce qui accentuait le grotesque de sa démarche. Il avançait en poussant des grognements hargneux et en lançant des invectives désarticulées qui fixèrent bientôt tous les regards sur lui, à l'exception de ceux des joueurs de tarot, trop absorbés par leurs jeux pour supposer, dans cette déambulation vociférante, les prémices d'un esclandre. Barberet, toujours à l'affût de tout, l'avait bien vu venir, lui, l'esclandre et ce n'était pas fait pour lui déplaire car il se régalait du spectacle de ces joutes oratoires, chaque fois qu'elles animaient sa salle, en produisant parfois un événement propre à susciter une excellente rumeur publicitaire.

Tout commença dans le meilleur entrain du spectacle. Fardet se dressa tel un gorille face à la table de Norroy qui affichait insolemment son indifférence en savourant son eau-de-vie. Fardet déclama : "Monseigneur ! Que d'honneur de vous rencontrer ici, Monseigneur ! Toujours, comme je vois, tiré à quatre épingles. On voit que Monsieur fréquente le grand monde. Oui, Monseigneur, j'admire vos beaux habits. Quelle veste, dis donc ! On n'en trouve pas des comme ça, par chez-nous. Ah ! c'est vrai, Monsieur a fréquenté l'université. Ta veste, Norroy, elle est trop belle pour nous autres, par contre, ta chemise, elle m'intéresse. Je la veux pour mon fils, ça lui donnera un bel air. Oui, Monseigneur, j'admire vos beaux habits. Oui, Norroy, je veux l'acheter ta chemise, et je vais partir avec. T'entends, nom de dieu ! Sois poli, réponds au moins quand on te cause. Je te fais un marché honnête. T'inquiète pas, je vais te la payer."

Le recoin de la salle, d'un coup, se transforma en une scène, il ne manquait qu'un projecteur qui ne manquait pas à l'intérêt des consommateurs : même les joueurs de tarot avaient délaissé leurs cartes jusqu'à quitter leurs tables pour se rassembler autour des protagonistes dans le ridicule des attitudes que prête aux badauds les attraits des divertissements de foire.

Barberet, resplendissant sous son sourire effronté, se tenait à l'avant comme un arbitre ou un metteur en scène.

Le colosse sortit son portefeuille d'une poche pour en prélever un billet qu'il posa ostensiblement sur la table. Impassible, Norroy jouait avec son verre en le palpant à bout de bras avant de le porter à sa bouche en prenant le temps de savourer une rasade...

– Ah! Je vois, c'est pas assez pour Monsieur, eh bien! on va mettre le prix qu'il faut.

Il extirpa un deuxième billet de son portefeuille et le fit miroiter au-dessus de la tête de Norroy avant de l'écraser sur la table avec une telle force qu'elle chavira et que la topette d'eau-de-vie se renversa.

La placidité de Norroy aurait défié l'art des meilleurs comédiens : il remit paisiblement sa table en ordre et il versa dans son verre ce qu'il restait d'eau-de-vie dans la topette pour se livrer au jeu d'une truculente dégustation appliquée à souligner son indifférence à son agresseur. Ce jeu acheva d'exaspérer Fardet. Le ton hargneux engendra l'acte agressif.

– Bon, on a compris, ce Monsieur ne commerce pas avec les petites gens !

Il récupéra ses deux billets sur la table.

– Tu l'auras voulu, puisque tu veux pas la vendre cette chemise, on va te l'arracher.

Il se précipita aussitôt à l'arrière de Norroy qu'il immobilisa assis en le plaquant de ses deux bras contre le dosseret de la chaise et d'une main libérée, il arracha la cravate de sa victime et entreprit de déboutonner sa chemise. Il n'avait pas pris en compte l'agilité de sa victime, à moins qu'il eût entrepris ce simulacre de déshabillage seulement avec l'intention de provoquer le combat qu'il recherchait. Telle une anguille, Norroy se dégagea de son étau en renversant habilement sa chaise sur l'arrière, pour ensuite, par un magistral coup de rein, se laisser glisser jusqu'au sol avant de se redresser promptement.

Pour la première fois, les deux hommes se toisèrent. Barberet s'empressa de s'interposer, il avait compris que "l'événement" prenait une autre tournure.

– Si vous voulez vous foutre sur la gueule, il faut aller dehors les gars. Ici, on discute, on...

Il ne trouva pas le temps de conclure, d'un coup de patte imparable, le gorille écarta Barberet pour l'abandonner abasourdi contre le mur.

Une ronde se forma instantanément autour des deux hommes et personne ne se serait avisé de les séparer tant la fascination de la bagarre emportait leurs esprits frustes.

La haine éclatait dans le regard de Fardet. Les yeux bleus de Norroy s'avivèrent avec une terrifiante fixité sur son adversaire. La bagarre dura l'instant d'un éclair : les deux coups de poing partirent en même temps, celui de Fardet écrabouilla le nez de Norroy et celui de Norroy creusa la panse vineuse de Fardet. Terrassé, le gorille resta cloué au sol en renâclant sous l'effet d'alarmantes suffocations. Norroy, qui ne le quittait pas des yeux, colmatait, à l'aide de son mouchoir, le sang jaillissant de son nez tuméfié. Barberet appela son garçon de café et demanda de l'aide pour relever Fardet. Il avait plus en tête l'idée de le neutraliser que celle de le secourir et il avait vu juste car aussitôt que le colosse fut assis, il retrouva avec son souffle une fureur redoublée. Il ne s'activait qu'à briser la ceinture des bras des hommes qui le retenaient à la chaise, en bavant les injures les plus grossières à l'encontre de ceux qui l'avaient immobilisé. Barberet qui tenta de le raisonner entendit se retourner sur lui le flot de ses invectives. Il ne les supporta pas et dans un mouvement de colère, il prêta mains-fortes aux hommes qui neutralisaient le trublion, pour l'évacuer de son établissement. La plupart des clients sortirent derrière eux pour voir Fardet, fermement entraîné par son compagnon, s'enfoncer dans la nuit qui ne délivra bientôt plus qu'une voix hargneuse scandant inlassablement la même menace : "J'aurai ta peau, sale vioce de Norroy !"

Ce qui s'était passé ensuite, la mémoire de Norroy ne l'avait retenu qu'à travers de vagues confusions. Où s'était-il donc rendu entre ce moment et celui où sa sœur de lait le retrouva, au petit matin, inanimé devant la porte de sa ferme, dans un piteux état ? Son visage cadavérique retourné de côté dans la neige affichait un nez boursouflé aux narines débordantes de coton comprimé. Tout donnait à croire qu'il aurait fait, comme on dit, "un trou à la lune", s'il n'était lui-même resté hanté par cette perte de mémoire sur ce temps qui couvrait la bonne moitié de sa nuit. Rien du reste ne l'entraînait à fuir qui que ce fût au terme de ses tribulations. De ce vide, sa mémoire ne garda d'abord, avant que les rebonds de la vie en repêchâssent, d'une certaine façon, l'oubli, que l'obsédante vision d'un lieu insituable, noyé dans le silence d'une réalité nébuleuse. Toujours est-il que les derniers hommes à avoir vu Norroy auraient pu soutenir qu'il avait quitté l'auberge Barberet sans manifester une dépendance alcoolique excessive. Il avait même tenu, en dépit de ses déconvenues, des propos assurément lucides pendant la tournée générale que Barberet avait offerte avant la fermeture de son café.

Il échut donc à Clarisse Gaulmier de le découvrir allongé sans connaissance devant la porte de leur maison.

Clarisse, à quelques mois près, avait le même âge que Baptiste. Ses parents louaient autrefois, justement aux Norroy, une ferme de médiocres rapports. Sa naissance coïncida avec le départ à la guerre de son père qui n'en revint pas. Sa mère trima durant des années pour la survie de sa ferme, elle trima jusqu'à l'épuisement pour tomber dans l'enfer d'une tuberculose qui l'emporta. Le destin affligeant de Clarisse émut Hélène Norroy, la mère de Baptiste. Ces deux mères avaient payé leur tribut à la guerre en y perdant leur mari pour se retrouver seules avec un enfant à élever, l'une, un petit Baptiste, âgé de quatre ans et de santé fragile, l'autre, une petite Clarisse, du même âge, mais pleine de vie. Cependant, Hélène Norroy bénéficiait des commodités d'une fortune bien assise sur les revenus des fermes qu'elle louait et sur le riche domaine des Norroy qu'elle exploitait. Elle n'eut pas à subir les outrages du travail forcené: le nombre de personnes à son service lui laissait l'énergie de se consacrer à l'inconsolable douleur de son veuvage.

Clarisse Gaulmier n'avait pas treize ans quand la bonne madame Norroy décida de la prendre à son service avec le louable dessein de veiller à son éducation afin de ne pas compromettre son avenir. Très vite, les liens se resserrèrent entre Hélène Norroy et sa pupille sous les effets de leur mutuelle complaisance au malheur. La veuve trouvait enfin un écho à ses lamentations alors que l'adolescente, rompue à la misère du monde s'éveillait à la beauté consolante du chagrin dans la ritournelle des plaintes. La jeune servante ne tarda pas à s'élever au rôle de fille de compagnie avant de conquérir la plus haute place dans le cœur de sa protectrice pour y tenir la présence de certaines de ces filles aînées qui vouent leur existence aux bons soins de leur mère.

D'un naturel taciturne, le jeune Baptiste s'adapta sans contrariété à ces nouveaux liens familiaux tant et si bien que quelques années plus tard, à la mort de sa mère, il considérait Clarisse comme sa sœur sans qu'il fût le moins du monde troublé par le dévouement excessif qu'elle lui prodiguait jusqu'à tenir le rôle de servante. Les dispositions testamentaires de la défunte préservaient cependant une situation avantageuse à Clarisse.

Baptiste avait toujours inquiété sa mère et par conséquent Clarisse. Le relatif apaisement de ses lamentations sur la perte de son mari (Hélène lui consacrait un culte de mémoire) fut relayé, jusqu'à sa mort, par l'anxiété devant les étrangetés du comportement de son fils.

Il se trouvait que, depuis quelques mois, les inquiétudes de Clarisse avaient redoublé. Si Baptiste paraissait avoir renoncé à son assidue fréquentation des gargotes, qu'il quittait, tard le soir, trop souvent, pour rentrer dans un déplorable état, un nouveau mal s'affirmait avec ses yeux hagards derrière lesquels se devinait le travail d'insoupçonnables tourments. Toutes les fois qu'elle tentait de lui arracher quelques confidences auxquelles jusqu'alors il ne se soustrayait pas toujours, son visage se raidissait pour se réfugier dans le mutisme ou, pire, pour s'affirmer avec une contrariété qui se ponctuait par une réplique tranchante : "Tu as mieux à faire, Clarisse, que de t'occuper de ma personne." Blessée, elle s'était retirée dans l'humiliation de cette exclusion pour désormais se contenter de rechercher les moyens de le sortir de ces voies dépravées en l'observant attentivement afin de saisir les moments propices afin de lui exprimer ses tendres remontrances, à vrai dire, sans effet.

La veille de cette nuit sinistre, jamais elle ne l'avait vu aussi absent à son égard, aussi indifférent à la gestion de ses biens, aussi étranger à lui-même, c'est-à-dire à cette part de bonté qu'elle s'obstinait à lui reconnaître et par laquelle elle s'était persuadée qu'elle finirait par le sauver.

Ce soir-là, la fatigue de la journée l'avait précipitée dans le sommeil, un sommeil troublé par les salves du souci qui l'écourtèrent. Elle entendit les quatre coups de l'horloge résonner dans la maison et il n'était pas rentré. Elle l'entendait toujours quand il revenait de ses débauches nocturnes. L'état de son ébriété le condamnait à de bruyantes maladresses. Elle aurait pu ne pas l'entendre, alors elle se leva pour se réconforter, sans y croire vraiment. Elle céda à sa superstition en illuminant la maison, elle crut de cette façon rendre favorable le sort comme si ces lumières donnaient le pouvoir d'accélérer le retour de Baptiste. Elle finit par se recoucher pour replonger dans un mauvais sommeil. L'aurore commençait à pâlir pour porter l'inquiétude de Clarisse à son comble. Elle quitta finalement le lit parce que son esprit s'était ouvert à un motif de soulagement possible : n'aurait-elle pas, par mégarde, donné un tour à la serrure de la porte d'entrée ? Baptiste exigeait qu'elle restât libre en raison des difficultés qu'il rencontrait dans le noir pour placer la clef dans le trou de la serrure. Il lui revint le souvenir de ne l'avoir pas fermée, elle voulut pourtant s'en assurer. Et ce fut à ce moment-là qu'elle découvrit Baptiste étalé sur la neige, la tête si épouvantablement retournée de côté. Mêmes ses craintes les plus funestes n'avaient atteint la cruauté de cette réalité. Elle paniqua. Elle le vit mort. Elle hurla en courant au secours du commis qui logeait dans une aile de la ferme.

En soulevant le corps, le commis perçut un gémissement. Surpris de découvrir le mort vivant, il le laissa choir brutalement. Baptiste ouvrit les yeux et jeta un regard éperdu sur ses sauveteurs. Son premier réflexe l'incita à tenter de se relever. Il n'en trouva pas la force. Clarisse aida le commis à le redresser. Baptiste tenait sur ses jambes et il marchait presque convenablement. Clarisse se lamentait : "Mais ce n'est pas possible ! Ce n'est pas possible ! Regardez dans quel état il nous revient. Il faut le conduire dans sa chambre." Elle ne fut pas soulagée de constater qu'il ne revenait pas ivre. Il s'était passé autre chose. Elle supposa une chute violente, une roulade horrible dans un ravin. Des taches de terre, des brindilles de bois, des aiguilles de sapin et du duvet de mousse, surtout dans le dos, maculaient son manteau.

Baptiste se laissait faire comme un enfant fiévreux. À bout de forces, il s'abandonna à la docilité de ces personnes qu'il ne cherchait même pas à identifier. Il ne parlait pas. Sous son regard sauvage, piégé à l'apprivoisement, le dehors se réduisait à la sensation d'une réconfortante hospitalité.

Clarisse s'activa avec efficacité en sachant se faire seconder par le commis qui suivait ses consignes à la lettre. Norroy se retrouva très vite allongé dans un lit douillet. "Il a de la fièvre!" Elle venait de lui appliquer la main sur le front. "Je te préviens, Baptiste, si la fièvre ne tombe pas, j'appelle le médecin." Elle prenait les devants car elle savait que depuis la longue maladie de sa mère, il avait pris les médecins en aversion. Il n'hésitait pas à répéter que ces doctes-là donnent l'illusion de guérir avec leurs poisons alors qu'ils ne contribuent qu'à retarder l'issue fatale de la maladie par le détour des turbulences qu'ils imposent à l'organisme en le détraquant. Ce n'était pas bon signe: il n'avait pas réagi. Au-dessus de son nez boursouflé, son regard semblait détaché de son visage purpurin pour balancer entre l'abandon au sommeil et l'obstination à fixer une apparition visible à lui seul. "Ne t'endors pas Baptiste avant d'avoir bu une tisane. Je vais la préparer."

Elle descendit aussitôt à la cuisine et ouvrit l'armoire où elle conservait ses simples selon un rangement méticuleux ordonné sur trois rayons, le premier alignait les plantes médicinales, le deuxième, les alimentaires et le troisième, les condimentaires. Clarisse croyait aux pouvoirs des plantes. Elle en avait appris l'exercice auprès des pratiques de sa mère. Le "guérisseur des bêtes"*, comme on l'appelait à Amburcine, auquel les Norroy avait toujours eu recours, l'avait renforcé dans ses convictions par la réussite de ses recettes. À chacune de ses visites, elle ne manquait jamais de se rapprocher de lui pour le questionner. Il comprit vite son intérêt et se complut à le satisfaire

Elle improvisa une préparation en examinant l'une après l'autre les plantes de son rayon avant de choisir celles qui étaient susceptibles de posséder les vertus curatives qu'elle en espérait. Pour une fois qu'elle avait pouvoir sur Baptiste, elle aurait voulu, dans sa naïveté, le guérir de tous ses maux.

Dans sa main repliée, elle déposa une double pincée de serpolet pour remédier au refroidissement, une pincée de mélisse et une

* Il est aussi l'initiateur du narrateur dans *La Folle Saison* du même auteur. (*Note de l'éditeur.*)

d'hysope pour prévenir une bronchite, elle en ajouta une autre de prêle et encore une autre d'ortie contre le saignement de nez. Et devant le pouvoir qu'elle prêtait aux plantes en sa possession, elle jugea bon de compléter sa formule par de l'aubépine afin de clarifier l'esprit de son malade et par une forte dose de sauge qu'elle tenait pour un remède universel. Elle consacra le temps qu'il fallait à sa décoction miraculeuse avant de s'empresser de la porter à son malade, seulement quand elle arriva auprès de lui, il était plongé dans un sommeil profond devant le commis penaud qui s'excusa en affirmant n'avoir pas cessé de lui parler afin de le tenir éveillé. Clarisse se pencha sur Baptiste et elle chuchota quelques mots afin de ne pas le réveiller brutalement puis elle augmenta, en vain, le ton progressivement. Elle se résigna.

Le jour se levait. Un soleil accrû par la réverbération de la neige arrosait la chambre de ses rayons intenses et Clarisse les accueillait comme un don de joie et d'espoir. Norroy dormit un long moment enfoncé dans un sommeil où son corps puisait le repos. Vers le milieu de la matinée, elle le vit soudainement s'agiter à travers les tressaillements de ses bras et les convulsions de sa tête. La fièvre n'était pas tombée. Il poussa un cri avant de se réveiller en sursaut.

– Baptiste ! Baptiste ! Comment te sens-tu ? Tu as toujours de la fièvre. Je vais appeler le médecin. Il le faut, tu sais.

Cette fois, il réagit et sur un ton ferme d'une étonnante vigueur :

– Non, je t'ai dit non.

Clarisse ne répliqua pas. Pour rien au monde, elle n'aurait pu le contrarier.

– Alors tu vas d'abord prendre la tisane que je t'ai préparée."

Elle était déjà à la cuisine. Elle sortit le pot de sa décoction qu'elle avait placé dans le four tiède de la cuisinière. Norroy se rendormit peu de temps après avoir bu la tisane. Il tomba à nouveau dans un sommeil profond sous le regard attendri de Clarisse. Elle ne quitta la chambre qu'en début d'après-midi pour prendre une collation.

Son malade dormit normalement pendant deux bonnes heures. Clarisse en aurait été rassurée si elle n'avait pas manqué de constater que le visage de Baptiste avait peu à peu perdu sa rougeur pour se figer sous une lividité alarmante. Et la fièvre n'était pas tombée, le front accusait même une pointe de température. Elle commença à douter de ses remèdes galéniques. La venue du médecin aurait eu le mérite de la rassurer. Au moins sous l'autorité du diagnostic de l'homme de science, elle aurait pu, avec plus de confiance, adapter ses mixtures à la place de ces médicaments que Baptiste maudissait. Elle n'avait jamais d'ailleurs pensé autrement en souhaitant le recours au médecin. Elle pensa qu'il était des négligences impardonnables quand, après le malheur qu'elles ont provoqué, elles tombent en cruels reproches.

Elle entendit le souffle de Baptiste s'étaler en longs gémissements, elle vit son corps tressaillir de tous ses membres en soubresauts vifs et continus. Il hurla si fort qu'elle sursauta. Elle prit peur. Cette fois, il ne lui était plus permis d'attendre. Il ne voulait pas du médecin, alors elle consulterait "le guérisseur des marais", il habitait une maisonnette, au bord de la tourbière, à quelque deux kilomètres du centre bourg. Elle y courut dans la neige fondante sous l'ardeur du soleil. Pierre Chassérial était là. Il la reçut sur le pas de la porte, l'écouta et ne la laissa pas achever.

– Non, Clarisse, je soigne les bêtes, pas les humains et je ne veux pas d'ennuis avec le médecin. S'il ne méprisait pas mon travail, il me l'aurait déjà fait interdire. Il me suffit de penser à la condescendance méprisante avec laquelle il considère mes soins pour imaginer comment il se comporterait à mon égard s'il venait à apprendre que je me mêle de la santé des humains. Je regrette, Clarisse, c'est à lui qu'il te faut t'adresser."

Elle supplia, elle argumenta, elle vanta les prodiges de ses traitements pour conclure :

– Je ne vous reconnais plus, parce que je vous ai souvent entendu me dire que la vie court semblable à travers toutes ses créatures et aujourd'hui, vous établissez une barrière entre les hommes et les bêtes sous le seul prétexte que vous craignez les représailles d'un médecin. Je vous jure bien qu'il ne saura jamais que j'ai eu recours à vous.

– On dit cela, on dit cela...

Elle vit bien qu'elle avait visé juste car il se renfrogna avant de se décider à l'inviter dans sa maisonnette où il l'écouta énumérer les symptômes du mal de Baptiste Norroy. Elle dit tout et même plus et il demanda encore, avec un intérêt soutenu, des précisions étonnantes. Il se retira dans l'arrière-pièce où il conservait ses plantes et après le temps qu'il lui fallut pour composer ses préparations, il réapparut avec trois sachets.

Il indiqua que ses compositions devaient être utilisées en décoction comme elle savait les faire, qu'il lui fallait utiliser le sachet 1 le plus rapidement possible, et entièrement, le 2 en deux parts égales dès le lendemain et le 3 réparti sur les trois jours suivants. Il ajouta avec fierté : "J'ai centré mes breuvages sur 'la rosée du ciel', la perle de nos tourbières. Vous pourrez juger de ses effets."

Pendant ce temps Norroy souffrait dans la succession de ses cauchemars. D'abord, il se vit contraint d'assister passivement au combat de deux hommes qui se disputaient les faveurs de leur captive : une fascinante jeune-fille au regard désespérément rivé sur lui dans l'attente de son salut. Une prostituée adipeuse beuglait ses encouragements à l'un des bagarreurs, un gaillard au torse vêtu d'un seul gilet noir accentuant la répugnante musculature de ses bras. Il prit le dessus sur son rival et ce fut lui finalement qui enleva la jeune-fille en larmes. Norroy ne vit plus que la prostituée qui lui faisait face en se tordant de rire avec des ricanements exacerbant le répugnant balancement des bourrelets graisseux de son visage. Ses déhanchements, sous l'horreur de son déshabillé moulant s'éternisaient au comble d'une vulgarité noyant l'esprit de Norroy dans le dégoût jusqu'à l'enfermer dans la certitude que cette hideuse vision était l'apanage de toute incarnation.

Le second cauchemar lui parut interminable. Il était poursuivi en pleine nature par trois nains aux visages patibulaires, semblables au point de donner à croire qu'il s'agissait de triplés. Il crut leur échapper en se réfugiant dans une grange, avant d'être saisi de stupeur en y pénétrant. Le refuge de son enfance, qui offrait tant de recoins paisibles pour s'isoler, était ravagé. La façade de la lambrissure arrière se dressait éventrée devant lui et les énormes trous de la toiture n'offraient plus aucune cache parmi l'enchevêtrement vermoulu de la charpente prête à s'effondrer. Les trois monstres surgirent en célébrant par des cris et des gestes barbares leur victoire imminente. Il se retourna et courut droit devant lui pour leur échapper une fois de plus, en s'apprêtant à sauter à travers l'ample ramée délabrée. Il s'arrêta net : en lieu et place du pré qu'il s'attendait à retrouver tel qu'il l'avait toujours connu s'étendait une vaste faille aux profondeurs abyssales. Les triplés riaient à gorges déployées et ils se plaisaient à le pousser et à le repousser dans le précipice où il tombait sans y tomber comme si le temps se plaisait à se suspendre pour fixer son esprit dans le vertige de l'horreur devant la mort fatale.

À son retour, Clarisse fut alarmée par les cris délirants de Baptiste, elle se précipita à son chevet. Elle ne reconnut pas le visage décomposé et transpirant de son malade. Ses bras s'agitaient sur sa poitrine en convulsions désordonnées. Elle le vit enfoncé dans son cauchemar et s'empressa de l'en sortir en lui parlant et en lui tapotant les joues. Quand il se réveilla, ses yeux se fixèrent sur elle dans la vigueur prolongée d'un enchantement. Jamais il ne lui avait accordé un regard aussi présent, aussi chaleureux et elle en fut troublée au point de sentir sa voix atone devant les premiers mots qu'elle s'apprêtait à lui dire. Leurs regards demeurèrent croisés dans l'offrande d'un instant où le temps se délivre de son horizon morne pour s'ouvrir sur un lambeau d'espérance. Elle domina son émotion en s'imposant la force de parler. "Ne crains plus rien, Baptiste, je vais te guérir. Je sais maintenant le remède qu'il te faut. Laisse-moi le temps de te le préparer." Il lui répondit avec la confiance d'un sourire enfantin.

Quand elle revint pour lui servir le breuvage de Pierre Chassérial, son regard abritait la même expression : alangui par la fièvre, il resta posé sur elle. Elle s'efforça de le soutenir par des œillades répétés à travers lesquelles elle puisait la joie d'y reconnaître la tendresse qu'elle lui avait toujours prêtée depuis qu'elle l'épiait à table dans ses moments fréquents de repli intérieur. Cet état de mutisme qui déplaisait tant à sa mère, la ravissait presque parce qu'elle était persuadée d'y trouver, à ces moments-là, le reflet des richesses promises à son cœur.

Le silence s'éternisait. Elle remarqua le désordre du lit. Elle soutint la tête de Baptiste afin de remonter l'oreiller puis elle tendit le drap pour le reborder avant d'étaler l'édredon convenablement. Il ne la laissa pas se rasseoir. Alors qu'elle étendait le repli du drap sur l'édredon, il posa sa main sur la sienne et la retint tendrement. Sous les effets d'une pudeur instinctive, sa main se rétracta d'abord avant de s'apprivoiser à cet enlacement. Elle rougit de ce bonheur inespéré. Il ne lui avait jamais parlé d'une voix aussi douce. "Comme tu es bonne, ma chère Clarisse. Tout est bonté en toi et j'ai honte d'avoir attendu si longtemps pour te le dire et surtout te l'avouer dans un moment où je me trouve si démuni."

Cette sensation soudaine qui s'empara de son esprit et galvanisa son corps, elle l'éprouva pour la première fois de son existence et elle y reconnut bien le bonheur, un vrai bonheur que sa pudeur, une nouvelle fois ne put contenir. Elle délaça sa main pour la porter sur le front de Baptiste en recourant, sous le prétexte de s'enquérir de sa fièvre, à d'autres propos que ceux que son cœur inspirait.

"C'est encore trop, dit-elle, à présent, il faut, Baptiste, te reposer et quand tu te réveilleras, tout ira mieux."

Elle tira les rideaux, juste ce qu'il fallait pour adoucir la lumière crépusculaire qui moirait la chambre. Avant de se rasseoir, elle écarta la chaise du lit.

La sensation du bonheur l'exalta et la porta à des exagérations contradictoires. Elle se représenta Baptiste, au bout de la grande table de la cuisine, comme il venait de lui parler, fier de la prospérité reconquise de sa ferme et délivré de ses maux dans le partage de l'amour qu'elle lui vouait. À peine avait-elle savouré ce rêve qu'elle renouait avec l'idée de l'impossibilité de ce bonheur en pensant qu'il n'était qu'une illusion, une ironie, un ultime piège du malheur pour mieux accomplir son cours sinistre. Elle s'enfonça alors dans la plus noire de ses représentations en prêtant le pouvoir à cette horrible fièvre qui ne tombait pas, de conduire son aimé à la mort.

Baptiste finit par trouver un sommeil profond. Le silence de la chambre, la nuit tombante et surtout son émoi portèrent Clarisse à la prière. Depuis la mort de sa mère, elle vénérait la Vierge Marie, à ses yeux, la Sainte des Saintes, celle qui avait partagé le sort des femmes jusqu'à l'absolu de leur souffrance en gardant cependant toujours son âme au ciel. Les instants de ses invocations lui étaient devenus un refuge sacré à travers lequel elle entretenait la force de ses espérances et de ses consolations. Par les ressources de cette force, son cœur pieux adorait la vie comme un passage nécessaire pour atteindre la félicité éternelle.

Elle lui consacrait une seule prière en exaltant sa foi sur chacun de ses mots puis elle s'adressait à elle comme elle s'adressait à sa mère dans leurs moments de confidences. Sa mère était en Marie et Marie était la Mère des mères, la Mère céleste. Clarisse intercédait auprès d'elle afin qu'elle l'aidât à préserver la pureté de son âme de façon à traverser le séjour terrestre à son exemple, dans l'harmonie du ciel et de la terre.

Ainsi commença-t-elle par rendre grâce à sa Sainte pour le bonheur qu'elle lui avait accordé avec les regards et les paroles de Baptiste et elle la supplia de l'accompagner jusqu'au bout. Sa supplication s'enfiévra en donnant libre cours à l'énergie refoulée de son amour: "Guéris-le-moi! Guéris-le-moi de tous ses maux!"

Elle avait dû exprimer à voix haute ses exorcismes car ils semblaient avoir dérangé Baptiste qui émit quelques brefs gémissements. Elle se rapprocha de lui. Son visage affichait la même lividité aggravée par un brutal durcissement de ses traits.

Elle s'assit sur le bord du lit et enveloppa de ses deux mains la main brûlante de son aimé en trouvant, dans la sensualité révélée de ce contact si souvent désiré, la force de dominer les troubles de son inquiétude par l'exhortation: "Baptiste, il faut y croire, je t'en supplie, il faut y croire. Ne t'abandonne pas au mal, tu peux le vaincre!"

Seul le silence accueillit ses mots. Elle n'éprouva plus que la sensation de l'étreinte qui liait ses mains à celle de Baptiste et la passion qui soufflait jusqu'alors les mots, sans les avouer, s'affirma. Dans le sentiment confondu de la fille de la terre et de l'ange du ciel, Clarisse venait de céder, avec une folle ardeur, à l'aveu irrépressible de son amour.

Baptiste s'agita. Ses paupières s'entrouvrirent. Clarisse se recula. Elle le vit se retourner dans le lit pour finalement retrouver le sommeil. Elle se réentendit prononcer son "je t'aime." Comment avait-elle pu céder à une telle audace? Elle s'apparut réduite à une ombre, l'ombre honteuse qui l'avait dépossédée de sa personne. Elle s'était ridiculement condamnée à ne plus désormais pouvoir encore oser regarder Baptiste sans rougir, après ce déplorable aveu car elle était bien persuadée qu'il l'avait entendu. Elle craignait son réveil autant qu'elle le souhaitait. Après tout, il n'avait peut-être rien entendu.

Il faisait nuit, à présent. Son malade dormait profondément. Il fallait s'apprêter à une longue veille. Elle descendit à la cuisine et se prépara un repas frugal qu'elle prit hâtivement. Elle regagna aussitôt la chambre. Elle plaça une lampe sur une table éloignée du lit de façon à ce qu'elle ne dérangeât pas son malade. Avec le silence de la veillée, son esprit s'apaisa. En observant dans la pénombre les objets de la chambre de Baptiste, son regard s'arrêta sur la curieuse chaise dressée devant l'une des fenêtres. Il s'agissait plutôt d'une chaise-fauteuil qui avait été conçue et réalisée par le grand-père de Baptiste avec une élégante ingéniosité à une époque où le mobilier rustique des paysans ne privilégiait pas le confort des siestes, le canapé y suffisait. Son dosseret dont le motif en forme de lyre agrémentait le cadre bordé par une crémaillère, présentait la commodité de se replier à l'arrière, selon plusieurs inclinaisons possibles. Sentant la fatigue et le sommeil la gagner, Clarisse décida de faire bon usage de ce fauteuil. Elle plaça le support du dosseret en position couchette et le garnit d'un oreiller qui compléta le coussin du siège. Elle éteignit la lumière et s'installa pour la nuit. Elle ne tarda pas à s'endormir.

Pendant ce temps, Norroy était ailleurs. Sa mémoire avait peut-être levé le voile de son oubli. Un cauchemar déjà oublié avait sorti Baptiste de son sommeil pour le laisser dans un état à la lisière du rêve et de l'éveil. Le rêve et la réalité ne se démêlaient plus.

Il marchait depuis très longtemps, depuis peut-être toujours, sur un sentier interminable éclairé à l'horizon par la pleine lune dont la lumière détachait de chaque côté les fuseaux des sapins, unique présence vivante au milieu des ténèbres où le silence se contenait sous un murmure d'effroi continu. Il éprouva brusquement la sensation d'un recul comme s'il sortait de son corps pour le voir se dédoubler dans celui du marcheur qu'il croyait encore être et d'un observateur qui ravissait parfois son esprit pour le plonger dans de sibyllines pensées. Il passait de l'état de l'un à l'état de l'autre. Le marcheur était hypnotisé par les ténébreuses profondeurs de la forêt et l'observateur l'était par la troublante lumière du disque lunaire. Il semblait que ni le marcheur ni l'observateur ne fussent en capacité de subir les effets durables de leur fascination car dès qu'elle s'affirmait, chacun rejoignait l'autre dans une vision ubiquitaire les plaçant devant une effervescence de formes irréelles agitées par le dévoilement d'une réalité inconnue dont l'invisible s'exaltait à apparaître et à enflammer son sens dans l'énigme du rêve.

Et tout se poursuivait ainsi à travers l'inépuisable déploiement de figures vives et libres, immatérielles tel un tourbillon de nuages fëeriques. Plus ils avançaient, plus le marcheur titubait, et chaque fois qu'il risquait la chute, l'observateur redressait sa marche.

Puis d'un coup, la réalité se referma sur son paraître habituel. Le marcheur ne ressentit aucune surprise en se retrouvant, au bout d'un chemin familier, sur une ample tête de roche recouverte d'un manteau de neige plus épais à cet endroit. Les rayons lunaires accentuaient la présence des troncs tortueux de quelques chênes rabougris obstinés à défier les tortures du vent.

L'observateur avait disparu et le marcheur en avait oublié l'existence. Il ne voyait plus que ce qu'il voyait: une reculée aux sombres profondeurs. Pour la première fois, la lune le captiva et il se tint un long moment sous l'attraction de sa lumière où croissait une mélancolie suicidaire. Les influences délétères de la lune se résorbèrent dans la triomphante sensation d'un vide absolu. Les paupières du marcheur se baissèrent et il se jeta dans ce vide, quand, au même moment, à son insu, deux bras ceinturèrent énergiquement son corps et utilisèrent la force de son élan pour le détourner du précipice en le projetant à l'arrière de la corniche. Ébaubi, il se retrouva ridiculement à quatre pattes dans la neige sans parvenir à se relever. La terre l'ancrait au sol et il dut fournir un pénible effort pour se retourner et s'asseoir. Il revit l'observateur, le regard fasciné par le paysage lunaire, à l'endroit même où il se trouvait quelques minutes plus tôt et aussitôt il sentit ses pensées se fondre dans les siennes pour s'imprégner de la révélation d'un inconnu merveilleux tel que l'ouvrait le paysage au-delà de l'impavide sérénité de la lune.

"Le silence enveloppe et protège l'invisible de la vie". Ce fut avec cette pensée que l'observateur quitta la corniche avant de découvrir le marcheur mal-en-point, assis dans la neige. Il s'empressa de l'aider à se relever. Le pauvre homme chancelait à chaque pas. Il le guida jusqu'à l'arbre le plus proche au pied duquel il l'installa dans une position assise avant de s'enfoncer dans la nuit.

À ce moment précis, Baptiste Norroy se reconnut dans le marcheur. Il ne ressentait aucune douleur physique sinon la molle impression d'une paralysie qui le clouait au sol dans une nuit transfigurée. Sa conscience recueillit les exhortations d'une voix l'invitant à se jeter dans le vide : "Livre-toi au néant, la mort n'a plus rien à te prendre, tu es enfin son égal." Une autre voix la supplanta pour diffuser un chant serein qui paraissait prolonger la contemplation à laquelle il s'était abandonné quelques instants plus tôt devant le paysage lunaire. Le duo se poursuivit jusqu'à se confondre sur le fond continu du chant de la vie et dans cette confusion, il entendit distinctement les lamentations de la mélancolie noire : "Tu n'es donc pas digne de recevoir la mort. Tu dois persévérer pour exclure de toi ce qui encore misérablement te perturbe, pour épuiser toutes les illusions de ton maudit moi qui te trompe."

Il sentit la paralysie régresser dans son corps sous l'effet de la douce chaleur que propageait le sapin contre lequel son dos reposait. Sa conscience, à travers les délices de son essor s'ouvrit sur une virginale contrée de l'univers. Il lui sembla que son esprit déployait l'entière énergie de ses ressources et il n'entendit plus qu'une musique énigmatique, une musique incréée, soutenue dans le visible des ténèbres de la nuit à travers d'étranges figures projetées des profondeurs invisibles du ciel. Il s'étonna d'accueillir cette musique avec une intimité si naturelle. Elle lui apparaissait offerte dans le berceau du monde et s'il ne l'avait pas entendue, c'était parce qu'il ne l'avait pas écoutée. Elle courait sur l'univers depuis toujours vers la plénitude promise de sa sérénité et cet instant lui apprenait qu'elle était étrangère aux égarements, aux simulacres et aux confiscations des humains.

Toute la réalité du rêve s'effaça dans une pensée qu'il fit sienne sans se demander si c'était lui qui l'avait formulée ou si c'était encore la voix placide du paysage lunaire : "C'est bien ton moi qui est malade mais tu n'as plus à le vider d'aucune illusion car il est déjà mort à un monde moribond condamné à se répéter jusqu'à son autodestruction. Renonce à ton moi pour enfin naître au monde auquel ton être aspire."

Baptiste Norroy ruminait son rêve. Ses pensées s'entrechoquaient. Il était déjà guéri de sa nuit tragique. Il y avait bien quand même un sauveur. La conscience est le miroir de l'être, seulement les vanités et même les désespoirs et même peut-être finalement que les pleurnicheries du moi s'inventent tous les pouvoirs pour l'occulter.

Oui, bien-sûr, il y a un sauveur et il ne se tient pas ailleurs que dans l'éveil de la conscience de chaque homme.

Clarisse entrouvrit les rideaux de la fenêtre afin de ne pas créer le moindre désagrément à son bien-aimé : un soleil ardent aveuglait la façade de la maison. Elle entendit Baptiste s'écrier d'une voix étonnamment allègre :

"Tu peux, Clarisse, les ouvrir entièrement, j'ai besoin de lumière. Voilà des heures que je rêvasse dans le noir..."

II

L'été avait célébré l'Assomption par un soleil radieux mais les jours qui suivirent furent suffisamment maussades pour justifier le dicton selon lequel on se plaît à répéter, à la Chaux d'Ambruz, qu'après le 15 août, la pluie est toujours derrière le bois, quand bien même il ne pleut pas ou si peu.

Baptiste Norroy avait arrêté sa décision quelques jours avant sur un coup de tête découlant sans doute du flottement de son esprit sur la seule question, qui dans son état, le préoccupait : comment trouver la force de céder à la tentation de vivre ? Et la réponse avait surgi sans lien avec ses embarras du moment, sans rien qui aurait pu l'annoncer et elle avait aussitôt pris un prestige qui affecta son état jusqu'à le renouveler à travers les perspectives qu'elle ouvrait. Une fois encore, il avait éprouvé l'influence d'une présence étrangère à sa conscience et agissante par sa disposition à l'entraîner sur une autre voie que celle toute tracée de sa veulerie. Cette pensée avait perturbé sa matinée avant d'éclore rayonnante sur le marasme de sa vie intérieure.

Depuis, il avait consacré son temps à assurer les préparatifs que supposait sa décision. Sa première démarche l'avait conduit à Luze pour une consultation de son notaire à l'issue de laquelle il avait rencontré son banquier et il était sorti de chez eux avec un esprit tranquille.

Il avait entrepris ensuite la tournée de ses fermiers en se gardant bien de leur dévoiler les vraies raisons de sa visite. À chacun d'eux, il s'était contenté de dire qu'il souhaitait seulement obtenir des assurances pour la conduite future de ses affaires et affermir les dispositions qu'elles exigeaient. Aux consignes qu'il rappelait et à celles, nouvelles, qu'il exposait avec une fermeté trahissant un comportement peu habituel chez lui, les fermiers se prirent à penser que leur propriétaire se voyait mourir dans l'année. Il n'avait échappé à aucun que ses propos sous-entendaient qu'il se dégageait du contrôle de ses fermes puisque, pour ce rôle, il avait désigné un successeur, certes temporaire, ainsi qu'il l'avait souligné, avec une insistance troublante.

De fait, ce successeur, il l'avait longuement rencontré, avant et après la tournée de ses fermiers. Cet homme-là s'était naturellement imposé car il avait toujours été l'homme de confiance de la famille Norroy. Il avait assuré la tenue de leur propre ferme durant plusieurs années jusqu'à ce que sonne l'heure de sa retraite, moment où Hélène Norroy, dépitée par le désœuvrement de son fils, s'était résignée à louer ses terres. Entre eux, tout paraissait convenu.

Il ne lui restait plus, à présent, qu'à faire part de sa décision à Clarisse. À vrai dire, il n'avait pas jusqu'alors trouvé le courage de lui avouer son projet et il ne se masquait pas ses faiblesses sur ce point, même pas par le parti qu'il avait pris de le lui annoncer au dernier moment afin de se réfugier dans la situation du fait accompli qui présentait l'avantage de réduire le temps des atermoiements et des larmoiements.

Il s'était rapidement rétabli de la pleurésie que le traitement préventif de Pierre Chassérial avait, au bon moment, enrayée. Les transformations manifestes de son comportement, quand bien même elles autorisaient à supposer qu'il avait renoncé à sa vie de débauche, ne comblaient pas les espérances de Clarisse. Si, toujours torturée par la honte de sa déclaration d'amour, elle évitait de croiser trop longuement le regard de Baptiste, elle s'était vite rendu compte qu'il ne pouvait plus, lui-même, la regarder autrement qu'à la dérobée. Elle s'était renfermée dans l'idée qu'il la fuyait. Seules les heures des repas les unissaient et c'était toujours pour le voir retranché derrière un silence qui, au moins, présentait la consolation de ne plus accuser de souffrance sur son visage. Même là où il manifestait, par ses prévenances, une attention renouvelée, elle n'y puisa pas un véritable réconfort parce qu'elle les ressentait comme l'affectation d'une gentillesse redevable.

Depuis son affreuse nuit, Baptiste Norroy se cloîtrait dans sa chambre. Il avait demandé à Clarisse de n'y faire le ménage qu'une fois par semaine alors qu'elle souhaitait un entretien quotidien. Elle avait renoncé à insister, ainsi découvrit-elle, chaque semaine, une chambre parfaitement ordonnée à l'exception de la table que

Baptiste avait transformée en un bureau de travail sur lequel s'entassait un entremêlement de livres, les uns fermés, débordant de signets, les autres retournés ouverts, le tout partiellement masqué par un éparpillement d'imprimés. Son respect inné de l'intimité d'autrui avait brisé l'élan de curiosité qui l'avait d'abord portée à déterminer l'intérêt que Baptiste était censé rechercher dans ces ouvrages. Cependant, elle avait vu, en ne touchant à aucun, que les papiers étalés concernaient tous la gestion de la ferme sous la forme de comptes d'exercice ou de baux. Baptiste ne s'était jamais intéressé à l'administration de ses biens et cet intérêt subit, absolument étranger à sa nature, préoccupa Clarisse autant que le silence soutenu derrière lequel il se dissimulait.

En réalité, il ne gérait rien, il se contentait de mettre de l'ordre dans ses papiers et comme cette tâche lui était insupportable, il ne pouvait l'exercer que sur un temps restreint qu'il fuyait dans le délassement de la lecture. Il avait ressorti de son scriban quelques philosophes qui avaient particulièrement enflammé son intérêt, durant ses études universitaires. Ainsi, chez Schopenhauer et chez Nietzsche tout particulièrement, recherchait-il les passages où il crut trouver un écho profond à ses propres conceptions. En les relisant, il aspirait moins à se livrer à une connaissance plus fouillée de leur philosophie qu'à rechercher les arguments susceptibles d'accorder résonance à la musique du silence qu'il avait cru entendre dans le paysage lunaire de son rêve. Cette musique et la voix sereine qui l'avait accompagnée n'avaient depuis cessé de nourrir ses pensées pour l'inciter à transformer sa veule tentation de vivre en tentative.

Depuis quelque temps, il s'attardait régulièrement à la fenêtre de sa chambre. Elle lui offrait l'avantage d'un ample découvert embrassant la place de l'église et les maisons riveraines pour se déployer, au loin, jusqu'au massif forestier qui, seul, fixait son attention. Les activités de la place, les occupations de ses passants ne présentaient aucun intérêt à ses yeux. Il avait repris vie dans sa chambre sous le voile confirmé de l'insignifiance amorphe de tout ce qui existe. Les deux pôles du jour seulement l'accordaient avec l'univers à la faveur d'une fascination apte à transporter son esprit à travers les reflets de l'aurore et les mirages du crépuscule où s'exaltait l'éphémère splendeur confondue du ciel et de la montagne. Parfois, il se surprenait, dans l'oubli de son malheur d'exister, la conscience absorbée par cette beauté et ces figures que la nature ne s'épuise pas à créer. Dans ces rares moments, il renouait avec la voix de son rêve jusqu'à se laisser emporter par une mélancolie que son nihilisme ne tardait pas à fustiger. Finalement, ses ouvertures à la beauté cosmique le ramenaient à l'assurance de ses convictions. La beauté du ciel et de la terre n'était qu'un leurre, un majestueux silence qu'il ressentait, selon son humeur, tantôt comme l'éclat cynique de la cruauté de la vie, tantôt comme son chant du cygne devant le néant.

Ses pensées flottaient dans le crépuscule jusqu'à son effacement, jusqu'à ce que le ciel renonce à ses illusions et retombe dans sa solitude. La place s'enténébrait. Le monde retrouvait son ordre et les hommes redevenaient ce qu'ils étaient : des ombres agitées par leurs actions futiles. Il quittait alors la fenêtre.

Une personne pourtant existait par la place qu'elle occupait dans ses pensées au point de l'ouvrir à une compassion pourtant étrangère à sa mentalité. La déclaration d'amour de Clarisse l'avait d'abord médusé avant de le plonger dans une révoltante affliction qu'il s'était bien gardé de laisser paraître. Cet inconcevable aveu l'avait d'autant plus perturbé qu'il s'était produit au moment même de son éveil à la bonté de celle qui ne pouvait-être que sa sœur. Au lendemain de cette confession, en attardant son regard sur Clarisse, alors en pleine tendresse de dévouement, il avait subi la cruelle vision d'un corps qui ne se ressemblait plus. Dans le trouble de son étourdissement, il n'était pas parvenu à recomposer la représentation familière et affectivement convenue de sa sœur de lait sous l'imposture de cette autre jeune femme qui se déclarait son amoureuse avec une grandeur d'âme lui accordant les pleins droits du partage de son amour. Le choc fut terrible : l'outrageante laideur de celle qui, en avouant son amour, avait brisé la tendre innocence des regards qui unissaient jusqu'alors naturellement un frère à sa sœur.

Depuis l'irruption de cette vision, Baptiste n'avait pas vécu une journée sans qu'il n'en fût tourmenté. Il n'était plus parvenu à rencontrer Clarisse sans se départir de la perception affligeante de son corps maigre, osseux, aux apparences chétives, aux galbes effacés et de ce visage qui ne rachetait rien, avec ses yeux atones, presque gris et cette peau rêche, prématurément ridée. Ce n'était pas la laideur qui le révoltait, c'était son scandale, ce scandale qu'il jetait à la face d'un univers absurde.

Comment la vie, en douant cet être d'un cœur si pur, d'une bonté si naturelle, d'un dévouement si spontané, avait-elle pu renier les promesses de telles qualités dans un corps si ingrat? Rien n'avait épargné Clarisse: les injustices du sort et les cruautés de la nature s'étaient acharnées sur elle dès la naissance pour la priver d'un père avant de la plonger dans les misères et les souffrances d'une mère qui la laissa orpheline.

Ce destin lui confirma la solitude du ciel devant laquelle son art de la tourner en dérision ne lui fut d'aucun secours. La laideur de Clarisse lui apparaissait comme un suprême sarcasme infligé à l'ange. La cruauté aveugle du monde acharnée à prospérer à travers les tragiques souffrances des humains s'incarnait dans une victime vivante et c'était la seule personne pour qui il s'était abandonné à quelque attachement. Son désespoir ne respira plus, il l'emmura au cœur de l'absurde triomphant, dans une désolation où expire le cri achevé devant l'atrocité de la vie. Il en ressortit pour sentir monter en lui un vague désir de préserver Clarisse.

Il avait bel et bien chuté des hauteurs de sa désespérance éthérée. S'il n'était pas tombé dans la pitié, sentiment qu'il n'avait jamais cessé de considérer comme trop médiocrement humain, il s'en était rapproché par la souffrance que lui valait la révélation de son attachement à sa sœur. Cette souffrance lui révéla, du profond de sa nature, le jaillissement d'une tendresse que les âpres certitudes de son nihilisme et les indifférences de son égocentrisme avaient, jusqu'alors, étouffée.

Cette disposition nouvelle n'avait pas tardé à se retourner sur lui-même par une ouverture sur le refoulé de son passé. N'avait-il pas, lui aussi, perdu son père, après l'avoir rencontré une seule fois, pour quelques jours qui avaient illuminé la solitude de sa petite enfance.

Il restait, chez cet esthète de la désespérance, trop d'empreintes pour qu'il pût se complaire dans l'attendrissement devant les malheurs de son passé. Cet éphémère repli sur soi, au lieu d'apaiser sa peine, l'avait finalement acculé aux scrupules de la culpabilité. Il s'était reconnu, par sa personne et en pleine innocence, comme le propre acteur du malheur de Clarisse au moment même où elle avait conquis les forces d'un épanouissement possible dans un amour qu'il ne pouvait lui donner.

Souvent, il l'avait, à ce moment-là, observée pour toujours la découvrir rayonnante dans ses relations avec le personnel de la ferme. La maison des Norroy était pour elle un palais ensorcelé avec son prince endormi par un mauvais sort et elle était cet ange tombé du ciel inspiré par l'ardente confiance de lever le sortilège à l'issue duquel le prince s'éveillerait à la vie promise au bonheur de la maisonnée.

À la faveur de ces instants, Baptiste avait véritablement découvert la candeur et la naïveté de Clarisse où elle puisait le charme qui effaçait les disgrâces de son physique. Il avait compris pourquoi sa laideur lui avait été jusqu'alors inapparente : elle n'existait pas, ni pour les autres ni et surtout d'abord pour elle-même parce que la vitalité de son âme la transfigurait. La douceur de sa parole, la spontanéité de sa bonté et son avidité de bonheur lui donnaient une présence dont émanait une aura contagieuse. Son regard incarnait les yeux de la foi avec le prestige de son mystère, avec ses souffrances consenties, avec ce qui emportait tout : sa sérénité inaltérable.

Fort de cette pensée, il avait senti sa culpabilité fléchir. Clarisse avait au moins cet avantage sur lui : elle avait gagné un salut à son existence qui lui donnait la force de vivre. Ce fut précisément au terme de ce constat qu'il s'était déterminé, par un projet insolite, de mettre un terme à son mode de vie. Il avait pris, en même temps, le parti de lui donner à croire qu'il n'avait jamais entendu sa déclaration d'amour

L'aurore jetait ses premières lueurs sur la crête des monts quand Baptiste Norroy quitta La Chaux d'Ambruz pour rejoindre la gare d'Évinchères. Il partait pour un long voyage, avec un but précis et un parcours indéfini qu'il improviserait au gré des circonstances. Il s'était installé dans le train en veillant à choisir une place qui lui ménagerait une vue sur le soleil levant. Pendant une petite heure, il serait encore dans son pays, avec ses paysages si typiques où la forêt dominante s'écarte un moment à travers les prés-bois pour se resserrer à nouveau derrière la sombre barrière de ses sapins ou pour se contenter de border de vastes pâtures avant de s'effacer à l'arrière des villages que le tortillard de train ne manquait pas de marquer d'un long arrêt dans le brouhaha de la descente et de la montée des voyageurs identifiables aux bardas qu'ils emportaient avec eux.

L'aurore émerveillait la nature. Baptiste Norroy s'appliqua à observer les paysages avec la volonté de s'en imprégner comme s'il n'allait jamais les revoir, comme s'il lui était nécessaire de les garder en mémoire parce qu'une étrange intuition lui dictait qu'un jour leurs souvenirs pourraient lui être profitables...

Le soleil avait avalé l'aurore quand le train atteignit le bas pays avec ses paysages plus variés, plus communs aussi. Il attarda son regard sur l'exubérance des vergers dans l'alignement soigné de leurs arbres comblés de fruits, avant que son esprit ne retrouvât ce qu'aussi, il fuyait : la désolation de Clarisse.

Elle était devant lui, hésitante à parler et ses mots sortirent en même temps que son visage se décomposa. Sa voix désespérée se réduisit à l'écho de son abandon au fatalisme. "Je suppose bien, aux soins que tu apportes à tes préparatifs depuis quelques jours que ta décision est irréversible. Alors qu'il en soit ainsi Baptiste." Et dans l'impuissance de réprimer ses sanglots, elle se précipita dans sa chambre qui était le seul lieu où elle pouvait s'y abandonner.

Durant les deux jours qui avaient suivi, elle avait masqué sa souffrance mais ses paupières gonflées l'accusaient avec une apparence émouvante plus affligeante pour Baptiste qu'un flot de lamentations. S'il avait compris qu'elle endurait la faillite de son amour, il ne pouvait supposer qu'elle touchait le fond de son malheur aussi avec l'échec de la promesse qu'elle avait faite à Hélène Norroy.

C'était un soir de cet hiver dont Hélène savait qu'elle ne verrait pas le bout tant elle se sentait vaincue par la maladie. Une fois de plus, elles avaient pris leur repas sans Baptiste et toutes les deux savaient bien qu'il ne rentrerait à la maison, selon ses habitudes, en ces circonstances, que très tard dans la nuit. Dans un sursaut d'inquiétude, Hélène Norroy avait repoussé les scrupules qui retenaient ses confidences. "Tu sais, les premiers mois de la vie de Baptiste m'ont été très pénibles. Bien-sûr, j'étais seule, mon mari était au front et je me retrouvais avec un bébé chétif qui refusait mon lait. Combien de fois ses pleurs faisaient couler les miens pour me plonger dans une solitude atroce."

Elle avait poursuivi de sa voix frêle pour préciser que leur bon docteur d'alors n'avait pas tardé à trouver une solution dont le souvenir, avec l'éclat d'un sourire, lui avait détendu un instant le visage, peut-être autant en raison de la rusticité du remède que pour les bienfaits de son efficacité. Ce remède lui avait valu l'arrivée d'une chèvre à l'écurie parce que ce fut son lait qui avait donné un appétit goulu à l'enfant. "Tu ne peux imaginer combien j'étais heureuse quand mon mari est venu en permission et que je lui ai présenté son bambin en pleine vigueur. C'était un vrai chérubin, avec son ample chevelure bouclée, son visage éclatant de vie et ses membres potelés".

Elle s'était tue un long moment cherchant vraisemblablement à fixer sa mémoire sur la seule période où elle avait vu le regard de son enfant s'enflammer à une joie qui ne dura que le temps de la permission de son père. Après son départ, il ne s'était pas écoulé un seul jour sans qu'il n'implorât son retour. "Tu es bien placée pour savoir comment il est revenu et c'est à partir de ce moment-là que les yeux de mon fils se sont assombris pour se noyer dans cette tristesse qui ne l'a plus jamais quitté. Je ne l'ai désormais plus entendu me parler de son père et quand moi, je lui en parlais, il demeurait froidement indifférent."

Elle avait marqué une nouvelle pause, mais Clarisse avait bien compris à l'assombrissement de son visage qu'elle allait s'ouvrir à un aveu pénible. "Mon fils souffre d'un terrible mal. Ce mal, ce n'est pas dans son cœur qu'il le porte, Baptiste est bon, c'est dans sa tête qu'il se tient. J'en ignore le nom et je ne sais même pas s'il en existe un. Hélas, ce mal existe bien et il le perturbe jusqu'à l'entraîner à commettre les pires folies. Baptiste est très fragile et quand je le vois, pendant des jours entiers, muet et retranché derrière son regard triste en ne semblant pas en mesure de voir le monde autrement que comme une terre ravagée, il m'arrive de craindre qu'il finira par renoncer à vivre. J'ai quand même fini par comprendre la cause de ce mal. Cet enfant a été conçu durant une brève permission de son père. Mon mari était dans le sursis de l'horreur, entre deux horreurs. C'était un homme en enfer et, je m'en souviens, son regard annonçait celui de Baptiste. Un regard qui ne voit que la mort à travers tout ce qu'il embrasse. Il a pris mon corps bestialement et tu peux me croire, sa fougue n'était pas celle d'un homme qui désire un enfant. Je me savais féconde, mais je ne pouvais pas me refuser. La voici, Clarisse, la cause du mal de mon fils, elle est là, dans la fureur avec laquelle mon mari a dévoré son plaisir pour fuir vainement les images sombres qui ravageaient sa conscience jusqu'à l'égarement de l'amour. Et la tête de mon fils a été condamnée à recevoir les images que portaient celles de son père." La voix d'Hélène Norroy, dans un effort superflu, s'était soudainement élevée pour emporter l'adhésion de Clarisse à la vérité de son explication. La bouche d'or de sa mère adoptive l'avait déjà convaincue. "Oui, Clarisse, oui, l'horreur de la guerre a perpétué sa malédiction en déversant ses germes de ravage dans le cerveau de mon fils et personne ne m'en dissuadera, pas plus que personne ne m'empêchera d'espérer l'en guérir. Baptiste est bon, tout le fond de son être est bon."

À ce moment-là, Hélène Norroy s'était levée pour servir la tisane qui infusait sur la cuisinière. Le silence laissa réapparaître l'angoisse du dehors accrue par la fureur stridente de la bise qui s'était levée. Elle avait renforcé la détermination d'Hélène à exprimer sa demande de promesse. "Maintenant ce que j'ai à te dire est très important pour moi. Je vais t'avouer qu'il y a longtemps que j'ai remarqué l'amour que tu éprouves pour Baptiste. Tes yeux le signent à chaque heure de la journée. Je ne te cacherai pas que ce penchant, au début, m'a contrariée. L'affection que je te porte est celle d'une mère qui ne peut voir sa fille épouser son fils. Seulement avec le temps, je n'ai cessé de constater, chez lui, des attentions qu'il n'accorde qu'à toi. Il éprouve pour toi un sentiment qui l'oblige au respect et quand j'emploie ce mot à son égard, tu devines ce que ça peut supposer pour lui qui n'a de respect pour rien et qui n'aime personne. Je suis sûre qu'il a déjà trouvé en toi ce qu'il cherche encore confusément en lui. Toi seule possèdes les vertus qui éveilleront sa bonté. Je n'aurais pas de meilleure consolation à présenter à la mort qui, je le sais, va bientôt m'emporter dans la gloire de nos bons cieux chrétiens, que de vous espérer unis dans l'amour. Tu es, Clarisse, ma dernière espérance. Je t'en supplie, n'abandonne jamais Baptiste."

Baptiste Norroy se tenait devant la carte du réseau ferroviaire, dans un recoin de la salle des pas perdus de la gare. Contrarié par la trop longue attente de la correspondance que lui imposait la destination qu'il avait prévue, il cherchait un autre itinéraire en s'adaptant aux horaires des trains en partance affichées sur le panneau. Il l'avait décidé: il ne concevait pas la conduite de son voyage autrement que sous le mode d'une improvisation avec l'exigence de donner toujours la main au hasard sans autre contrainte que celle de ne pas trop s'écarter du lieu qui avait suscité son départ.

Tout près de lui, un un solide gaillard ne séparait pas ses lèvres de celles de sa compagne et chaque fois qu'il desserrait son étreinte, la fille redoublait ses sanglots. À l'arrière, assis à même le sol, devant le mur sur lequel s'affichait en hauteur le départ des trains, un groupe de lurons croyaient chanter en braillant. Ils se passaient, à la ronde, une bouteille de vin que chacun s'empressait de prendre pour en avaler une goulée, en poussant, avant de la repasser au suivant, un cri tonitruant qui se voulait original par la déclinaison de sa grossièreté. Leur vacarme se trouva brusquement couvert par l'irruption de plusieurs soldats surexcités qui traversèrent le vaste hall en manifestant, avec l'exubérance et la stupidité que déchaîne l'alcool, vraisemblablement leur satisfaction de retrouver la vie civile. Leur passage eut pour effet d'attiser l'ébriété du petit groupe assis qui jugea utile de donner du ton à la stupidité de leurs plaisanteries.

Norroy avait arrêté son itinéraire de remplacement avec un train qui partirait dans moins d'une demi-heure. Il décida d'aller l'attendre sur le quai. La solitude lui était refuge. Il détestait prêter son esprit à la vulgarité. C'était du temps perdu, des instants contagieux qui accoutument à la médiocrité. Il cala son sac sur le dos, prit sa valise et quitta la salle des pas perdus. Il emprunta le passage de la traversée des voies jusqu'au quai c où il s'installa sur un banc. Les quais étaient déserts. Il en apprécia aussitôt le silence. Il était des atmosphères insupportables à Norroy, celles où s'affichait trop arrogamment "la réalité glorieuse" dans laquelle la gent commune s'installe avec une déconcertante assurance. Il se plaisait, dans ce silence, à sonder la réalité à travers sa nudité et cette pratique l'avait conduit à conclure que la réalité n'existait pas en dehors d'un incessant déferlement de rideaux de fumées illusoires derrière lesquels, toujours, triomphait le néant.

Pourtant, sur ce quai, il fut soudainement saisi par une impression différente. Il ne vit plus une gare, il vit son squelette et ce squelette emporta son regard sur la fuite rectiligne des voies désertes jusqu'au point où elles se confondaient. Ce point, en s'illuminant, accapara son esprit. Il le vit se transformer en une auréole au cœur de laquelle se présageait l'ailleurs de son voyage à travers l'apparition improbable d'une réalité exhortée par des figures dont l'étrangeté s'agitait à suggérer un envol vers un merveilleux accessible. Quand, à l'arrivée d'un train, sa vision s'effaça, il la retint en la nommant *la réalité aux ailes blanches*.

À plusieurs reprises, déjà, depuis sa nuit bouleversante au bord du précipice, de tels éclairs de réalité avaient traversé son esprit pour lui donner à croire que certains sentiments ou des situations inattendues ou tout simplement des objets, se détachaient de la réalité commune, emportés par leurs ailes blanches dans un invisible qu'elles semblaient s'obstiner à révéler.

Son regard fixé sur ce point lointain noyé dans le soleil absorba ses pensées pour le plonger dans la douceur d'une rêverie qui ne lui était pas coutumière. Il réentendit la musique de son rêve comme si elle rythmait *la réalité aux ailes blanches* déployées avec les promesses de l'appel au voyage.

Le brusque besoin de justifier son choix d'entreprendre ce périple le sortit de ses songes. Sa pensée s'attacha au souvenir de ce qu'il considérait comme le temps fort de son rêve initiateur quand il avait cru entendre les exortations l'enjoignant à se détacher de son moi malade pour tenter de vivre en s'aventurant à devenir un autre. Sa démarche - provoquer le hasard, se livrer corps et âme à l'inconnu - le stimula. Il ne partait pas en voyage, c'était un voyage qui l'emportait au-delà d'une fuite, dans un vide où le but final n'était peut-être qu'un prétexte. Précisément, il douta de la crédibilité de ce lieu qui avait déterminé sa décision et il se complut à en reconstituer les circonstances.

Au détour de ces instances fortuites que soumet parfois la conscience, le choix s'était ouvert sur la vision d'un paysage qu'il n'avait pu voir qu'en photographie, ce qui n'excluait pas qu'il pût être le résultat d'un texte visualisé. La réponse s'était imposée par la précision rapide du souvenir qui recomposa avec netteté l'image en la situant sur la page de couverture d'un livre qu'il avait lu une dizaine d'années auparavant. À ces indices, sa mémoire s'était avivée. Oui, c'était une gravure d'une facture remarquable par la maîtrise du jeu des noirs et des blancs étalés sur une gamme figurant subtilement les finesses de leur contraste. Il y était et il l'avait imaginée comme il l'avait vue lors de sa découverte. Il s'agissait d'une représentation de la Pointe du Raz ou d'une pointe voisine car l'artiste avait moins privilégié une situation précise avec des détails identifiables qu'une atmosphère. On y voyait, au premier plan, une mer en fureur acharnée à ensevelir l'avancée extrême d'une épine rocheuse, alors que l'arrière-plan déployait une solitude infinie à travers la lugubre agitation des flots confondus à l'horizon avec un front de nuages envoûtés par les ténèbres.

Le désir de retrouver ce livre l'avait aussitôt conduit à sa recherche. Il s'était précipité vers l'armoire de sa bibliothèque désertée depuis la fin de ses études et s'il n'avait pas trouvé ce qu'il cherchait, au moins, son regard avait embrassé, à ce moment-là, sur le dos de certains ouvrages, quelques noms d'auteurs qui avaient ravivé des intérêts antérieurs. Curieusement, en reparcourant certains passages de ses lectures estudiantines, des lambeaux de textes qui accompagnaient sa gravure lui étaient revenus en mémoire pour finir par occuper son esprit.

Un espace légendaire avait conquis son imagination : celui d'une fin de monde où la terre dresse un socle de roches ardentes contre l'inlassable déferlement des vagues. Ces souveraines des lieux, elles n'aiment et elles n'étreignent que des cadavres. Ici, seule survit, parmi les grondements et les gémissements de l'océan, l'errance des âmes aux portes d'un prétendu *Autre Monde*.

Sur le quai de la gare, Baptiste Norroy remonta à la source de sa décision : au cœur de ces réminiscences et dans l'imaginaire qu'elles avaient entretenu, il avait identifié les évocations de ce paysage à son état mental et alors éprouvé la nécessité de vivre cette identification parce qu'un pressentiment l'avait aussitôt persuadé que ce lieu, dans la vie de sa tourmente, était le seul où il trouverait la réponse à sa tentative de vivre.

Le livre qu'il cherchait, il l'avait retrouvé un peu plus tard, sans le chercher, à la faveur des prouesses de la mémoire et ce n'était pas un livre, mais un vieil almanach sans doute acquis par son grand père lors d'un voyage en Bretagne. Il l'avait aussitôt récupéré dans un placard mural où il avait l'habitude d'archiver des documents qu'il jugeait nécessaire de conserver. L'almanach comportait même un signet à la page de la gravure. En l'observant, il avait été frappé par la fidélité de sa mémoire. Il avait ensuite relu les textes placés en vis-à-vis de la gravure qui se ramenaient à une compilation de légendes, qui ne lui avait pas procuré les invites que son imagination, quelques instants plus tôt, avaient éveillées.

Sur le quai, cette même pensée évolua en doute. Cette révélation de *la réalité aux ailes blanches* le perturbait. Il réconcilia ses attentes en s'affirmant que tout voyage véritable se ramène, peut-être en définitive, à un besoin de fuite entretenu par un soi-disant but exaltant qui ne vaut que pour les faveurs qu'il apporte en amont. Il se résolut alors à prendre le temps avant de confronter son mental à ce paysage imaginé.

Norroy se tenait à l'avant de l'autocar, à côté d'une vieille dame qui couvait entre ses pieds un panier en osier dans lequel sommeillait un chat. Elle ne cessait pas de s'entretenir avec son "Micki", à travers les interstices du panier, pour le rassurer de sa présence et le chat, contrarié dans le refuge de son sommeil, lui répondait, chaque fois, par des miaulements atones. Baptiste fut amusé jusqu'à l'attendrissement par la sérénité que cette vieille dame puisait dans l'attachement à son chat. Elle n'avait adressé la parole à Baptiste qu'une seule fois pour lui dire que son "Micki" était aussi heureux qu'elle de retrouver la maison, après un long séjour chez sa fille. Elle ne portait pas en odeur de sainteté son gendre au seul motif qu'il détestait les chats ce qui la scandalisait.

Elle se leva, bien avant l'arrêt de son village, et demeura ainsi, face à la portière, debout, un long moment, avec un énorme sac en bandoulière et le panier de son chat au bout des bras qu'elle finit par déposer à ses pieds. Les bizarreries de son accoutrement rustique accentué par l'audace naïve d'un chapeau de paille enrubanné et garni de fleurs amusèrent Norroy. À l'arrêt de l'autocar, elle prit congé de lui avec la gracieuseté d'un sourire et l'ingénuité d'un regard qui se fondirent dans les exubérances de son habillement pour inspirer finalement une émouvante sympathie.

Baptiste Norroy resta dans le temps de la distraction en se surprenant à observer le chauffeur. Il se surprit même avec l'idée qu'il aurait aimé être chauffeur. Il imagina ce travail comme une échappade au temps. L'art de ne plus penser. Il aurait aimé transporter des voyageurs, les éprouver derrière son dos, l'esprit absorbé par le ruban de la route. Il trouvait là une possibilité de survivre au vide de l'existence. La nature de cette pensée l'amusa, comme un jeu d'enfant, sans porter à conséquence.

Gourmé jusqu'alors, le chauffeur se mit soudainement à siffloter une chanson parisienne qu'il enchaîna sur une autre avant de revenir à la première en finissant par moduler ses airs avec une incohérence qui laissait supposer qu'ils n'étaient plus que l'aveu inconscient d'une humeur.

L'autocar s'enfila dans la longue rue étroite d'un bourg avant de se garer sur une place bordée par un lavoir. Un petit homme rondouillard, coiffé d'un béret attendait avec une valise aux pieds. Derrière lui, une blonde capiteuse se tenait assise sur un chariot chargé de colis. Dès que le chauffeur eut ouvert la portière, elle jeta sur lui un regard trahissant une évidente passion amoureuse.

Le chauffeur invita le voyageur à prendre son billet avant de s'empresser à rejoindre la femme qui poussait son chariot vers l'arrière de l'autocar.

Le nouveau passager s'assit aux côtés de Norroy et il était à peine installé qu'il entreprit une conversation amorcée par des questions indiscrètes. Incommodé, Norroy répondit évasivement, sans sympathie si bien que l'homme au béret, en bavard incorrigible, échoua dans le ridicule d'un monologue sans même en prendre conscience.

L'arrêt s'éternisait. Le chauffeur finit par réapparaître. Il lança le moteur mais ne démarra pas. Il suivait du regard la femme qui poussait son chariot vide vers la remise où elle le déposa puis elle vint s'installer tout à l'avant de l'autocar sur un siège dépliable. L'autocar enfin reprit la route.

L'homme au béret, devant la froideur de son voisin se réfugia un long moment dans l'observation du paysage. Il se retourna brusquement vers Norroy en soulevant une question dont le ton pressant effaça le caractère saugrenu. "Vous avez déjà fait les vendanges, vous?" Norroy hocha négativement la tête. "Eh bien moi, voici dix ans que je les fais et toujours dans la même maison, au domaine Bergerol, sur la Côte de Beaune, avec, entendez bien cela, des parcelles qui empiètent sur la Montagne où on tire le meilleur vin de Bourgogne. J'y serai demain matin."

Il marqua un bref silence pour reprendre son propos sur un ton compassé: "Mon pauvre Monsieur, vous ne pouvez pas savoir ce que vous perdez à ne pas avoir vécu ça. Je vous le dis, moi, je ne pourrais plus m'en passer. J'ai rien trouvé de mieux pour me remettre les idées en place. Je suis toujours bien dans ma tête quand j'en ressors. Y a pas mieux pour faire le vide en soi, pour oublier tout ce qui fait mal dans la vie. Et le soir, on se retrouve en bonne compagnie. Qu'avec des gens qui ne pensent qu'à rire. Oui, à la fin des vendanges, je m'en reviens toujours avec un esprit neuf. Oui, Monsieur, tout neuf. Pour sûr, y a rien de mieux pour requinquer le moral".

L'homme au béret commença à intéresser Norroy...

Finalement, Baptiste Norroy ne séjourna qu'une nuit à Beaune. Avant même la descente de l'autocar, l'homme au béret l'avait converti aux vendanges. Tout était arrangé, il n'y aurait pas de problème: aux vendanges, on n'a jamais assez de bras. Il entraîna donc Norroy à l'hôtel qu'exploitait un dénommé Maurice Jeantou qui se chargeait du recrutement des saisonniers. Son rôle consistait à pourvoir éventuellement au remplacement des défections – la plupart des vendangeurs revenaient d'une année à l'autre – et surtout à assurer l'acheminement de l'équipe en place pour la saison. En fait, ce Maurice Jeantou était le mari d'Adrienne Bergerol, mais le couple vivait séparé depuis de nombreuses années et la propriétaire gérait seule ses vignes. Cette situation fut propice à nourrir la verve des intarissables bavardages de l'homme au béret.

Après que le gérant de l'hôtel eut donné son accord d'embauche au nouveau venu, ils se rendirent dans une gargote proche. Le temps du repas fut en effet presque entièrement consacré à l'histoire de ce couple qui n'intéressait pas Norroy, ce qu'il fit vertement comprendre, ce qu'il répéta en manifestant son désintérêt, sans succès, car son impénitent bavard trouvait toujours un biais pour revenir au même sujet. Alors Norroy se résigna à faire semblant de l'entendre en n'écoutant plus que les amusantes discussions des habitués du bar.

Ce qu'il avait compris lui suffisait. L'homme au béret vénérait sa "Madame Bergerol". Il voyait en elle une patronne parfaite: elle ne tuait pas ses saisonniers au travail, elle payait bien et elle ne lésinait pas sur la qualité des repas. Il l'idéalisait sous la figure d'une femme éblouissante, énergique au travail et enjouée aux ripailles du soir parmi ses vendangeurs. Vraiment enjouée ? Non pas vraiment mais déterminée à l'être par la force de son caractère qui maîtrisait sa pudeur de dissimuler le drame qui assombrissait son existence sans la départir de son entrain à animer l'ambiance chaleureuse qu'elle entendait dispenser durant les vendanges. Mais ce qui, par-dessus tout, impressionnait l'homme au béret, c'était le rayonnant respect qui se dégageait de sa personne. Et là, il se complut à raconter dans le détail, comment avaient été éconduits les rares hommes qui avaient cédé à l'audace de la courtiser.

Par contre, la représentation affligeante qu'il accorda à son mari, présenta le mérite d'une concision cinglante : son existence se réduisait à celle d'un affairiste, doué pour toutes les combines véreuses.

Ce fut le seul moment où Baptiste Norroy rompit l'étourdissante faconde de son protagoniste, en lui demandant sur un ton très détaché, comment deux caractères aussi opposés pouvaient encore trouver le moyen de s'entendre. L'homme au béret qui n'avait pas de réponse en trouva une immédiatement : "C'est comme s'ils vivaient séparés en étant inséparables. Ce qu'il y a de sûr, c'est qu'il ne doit pas l'honorer souvent. Jeantout est un homme à femmes."

Divers bâtiments encadraient la vaste cour autour de la maison d'habitation et un haut mur les reliait. Norroy apprécia son dépaysement à travers l'atmosphère champêtre de cette cour animée par la préparation des vendanges. Il découvrait tout, dans l'ignorance du nom du village où il se trouvait et il ne cherchait pas à le savoir. Il lui suffisait d'être ici, pour quelques jours, c'est-à-dire, ailleurs.

Il comprit qu'il faisait partie du dernier groupe des arrivants, les autres s'installaient, certains s'activaient déjà dans la cour et dans le cellier. Madame Bergerol se tenait à l'entrée du pavillon des saisonniers pour accueillir son dernier groupe. Il se plaça derrière son parrain qui était resté à la queue de la file.

Madame Bergerol parlait à chacun avec une affabilité familière en prenant la peine de personnaliser la joie des retrouvailles. Elle apparut bien conforme au portrait que lui en avait fait son compagnon de voyage. La douceur cuivrée du timbre de sa voix avait d'abord retenu son attention avant qu'il ne se trouvât face à elle pour la voir plus belle, qu'en toute indifférence, il aurait pu l'imaginer. Une élégante robe noire d'été exaltait sa longue chevelure brune et la grâce de son corps. Mais Norroy ne resta sensible qu'à la prestance immédiatement perceptible qui émanait de sa personne.

Elle réserva un accueil plus jovial à l'homme au béret qu'elle appela Marc. Leur entretien se prolongea en cordiales banalités. Marc se retourna pour lui présenter Norroy. Elle le dévisagea curieusement et Norroy vit alors son visage se raidir et son regard s'assombrir sous un trouble qu'elle réprima aussitôt. Elle lui tendit une main dont l'élan avait perdu la franche spontanéité accordée aux autres. La froideur de cet accueil, souligné par le timbre soudainement éteint de sa belle voix, dépita Norroy. "Ah! J'ai enfin l'honneur de faire la connaissance de notre nouveau venu. Savez-vous que j'ignore jusqu'à votre nom? Il est vrai que votre embauche a été précipitée."

Il se présenta et elle ne répondit que par l'éclair d'un sourire avant d'indiquer rudement les usages de la maison et les instructions sur le travail qu'il aurait à exécuter. "Maintenant, je vais vous installer. Si vous soulez me suivre." Elle l'entraîna vers une autre entrée du pavillon des saisonniers. "Il me reste, ici, une chambre individuelle, je suppose qu'elle vous conviendra mieux qu'une place au dortoir." Il n'eut pas le temps de répondre, elle s'était déjà engagée dans une petite chambre sombre où elle l'invita à déposer ses bagages. "Je vous laisse vous installer. Vous aurez tout le temps. Le repas commun est prévu à 20 heures. Le temps paraît au beau fixe. Nous nous mettrons à l'ouvrage dès demain matin à 7 heures. Nous mangeons toujours aux mêmes heures et les repas sont servis au rez-de-chaussée de la maison."

Quand Baptiste Norroy arriva à l'heure précise du repas, la plupart des vendangeurs étaient déjà assis autour d'une enfilade de tables unifiées par des nappes à carreaux rouges et blancs. Au-devant des couverts s'alignaient des cruches contenant l'aligoté servi en apéritif et dont l'excellence alimenta les conversations par une surenchère de compliments.

Les habitués s'étaient attablés selon leurs affinités. Norroy se jeta sur la première place libre. Il n'était pas très éloigné de la maîtresse de maison, à sa place, au bout de la table. Ce n'était sans doute pas un hasard si le fidèle Marc se tenait à la droite de son égérie. Madame Bergerol fit tinter son verre à l'aide d'une fourchette pour demander le silence. Elle se leva. Son châle rouge, qui enserrait sa chevelure, soulignait les traits ardents de son visage.

Elle souhaita la bienvenue à toute son équipe et présenta les trois nouvelles recrues, avec, une fois de plus, une tiédeur affirmée à l'endroit de Norroy en ne lui prêtant d'autre intérêt que celui de la rareté de compter un montagnard parmi l'assemblée. Avant de se rasseoir, elle énuméra les consignes pour le lendemain.

Ce premier repas ne fut pas agréable à Norroy. Il restait intrigué par l'inexplicable antipathie que Madame Bergerol lui avait manifesté dès son arrivée et que la soirée confirmait. À plusieurs reprises, durant le repas, il avait remarqué qu'elle l'observait à la dérobée en jetant chaque fois sur lui un regard curieusement préoccupé. En fait, Norroy était plus troublé par les raisons de cette attitude que par son importance.

L'atmosphère n'était pas faite pour dissiper son trouble. Il n'entra pas dans l'entrain des retrouvailles. Les convives se plaisaient, à tour de rôle, à se raconter les événements de l'année écoulée dans l'étalement des banalités de leur existence désolamment grises. Personne n'essaya de se rapprocher de lui, sauf au bout d'un moment, son voisin, un piètre amuseur qui chercha à l'entraîner dans les rires confondus de son auditoire, émoustillé par ses gaudrioles à quatre sous.

Sitôt le repas terminé, il quitta la table et se rendit dans la cour. Il croisa, à sa sortie, le regard étonné de sa patronne qu'il honora d'un salut aimable. Il franchit le portail de la propriété et descendit la rue du village plongée dans l'obscurité. Dans le ciel entièrement étoilé, la lune dessinait la plénitude tranchée de son premier quartier. Il marcha dans sa solitude avec un esprit libre aussi dégagé que le ciel à travers lequel, sans pensées, son humeur baignait.

Dès le premier jour de la récolte, le plus novice des vendangeurs, sans le vouloir, sans le savoir, se révéla le plus efficace. Sous l'ardeur du soleil et avec un entrain d'adolescent, il s'était laissé emporter par le rythme de la cueillette qui lui valut le bonheur de la sensation d'exister. Il découvrit la joie du corps avec l'impétuosité insoupçonnée de l'éveil de ses sens. Il infirma une nouvelle fois son intellect en constatant que l'oubli de tout, auquel il aspirait et qu'il se représentait comme la pure jouissance du vide, n'était qu'une vue abstraite de son esprit malade qui ne correspondait en rien avec cette heureuse dissipation du moi à travers l'éveil de la vie inconsciente de son corps, de cette vie sensitive dédaignée. Il ne manqua pas de remarquer que la joie du corps dispose à la sérénité de l'esprit. Il se laissa aspirer par cet enthousiasme qui coulait dans ses veines, qui irriguait ses nerfs et qui résonnait dans son cerveau en murmures inlassablement disposés à dire "je suis là pour vivre" car pour la première fois avec une telle clairvoyance, il s'éprouva dans le sentiment de vivre.

Il n'avait pas revu Madame Bergerol depuis le matin, au démarrage des vendanges. En fin d'après-midi, elle passa dans son rang. "Eh bien ! dites donc, vous ne dormez pas au travail, vous. Si tout le monde travaillait à votre rythme, on terminerait les vendanges deux fois plus vite. Vous êtes épatant, Baptiste ! Vous permettez que je vous appelle Baptiste ?"

Il se retourna vers elle en se contentant de répondre par un hochement de tête affirmatif et reprit son travail. C'était la première fois qu'elle lui parlait sur un ton attentionné.

Elle demeura silencieuse en le regardant travailler. Ses lèvres palpitaient sous les questions qu'elle n'osait pas lui poser et qu'elle ne lui posa pas d'abord parce qu'elle n'en trouvait pas la forme convenable.

Sa présence finit par devenir pesante à Baptiste. Il ne savait quel comportement adopter devant elle, alors il prit le parti de poursuivre son travail comme si elle n'était pas là.

Elle finit par trouver un biais en recourant à une question anodine qui libérerait celles qui lui brûlaient les lèvres et qui irrita Baptiste par l'outrecuidance de sa curiosité. Il n'avait jamais apprécié que l'on s'intéressât à sa vie privée. Par de telles privautés, la dame hautaine du domaine outrepassait ses prérogatives. Il répondit opportunément avec les accents d'une fierté courtoise qui plut à Madame Bergerol davantage qu'il ne le supposât.

Il ne la revit pas, dans l'atmosphère affable de cet échange, avant la pause du repas de midi, le lendemain. Cette fois-là, encore, elle le rejoignit dans le rang qu'il achevait pour seulement lui annoncer qu'elle avait décidé d'entreprendre, dès l'après-midi, la vendange de la meilleure parcelle de la propriété et qu'au vu de la qualité de son travail, elle lui confiait cette tâche.

À la reprise, ils se rendirent, chacun une seille au bras, sur cette fameuse parcelle, celle de la Montagne comme l'avait indiqué Marc dans l'autocar. La parcelle s'étendait en escarpements successifs, aux confins du domaine. "C'est ici. Vous pouvez distinctement mesurer l'étendue de votre travail, la parcelle s'étale, en continu, jusqu'à la murette."

Elle observa le premier rang et cueillit une grappe. "Nous n'aurons pas de temps à perdre. Le raisin est à maturité avec une égalité exceptionnelle."

Elle éleva la grappe, en donnant à croire qu'elle la présentait au soleil et la laissa, quelques secondes, suspendues au-dessus de leur tête avant de céder subitement au mouvement qui porta la grappe sous les yeux de Norroy. "Goûtez ! s'exclama-t-elle, alors qu'une crispation traversa son visage pour s'effacer dans un sourire insoumis. Elle ne lui laissa pas le temps de porter sa main à hauteur de la grappe pour en détacher un grain. "Non ! Goûtez à pleines dents, comme cela..." et ses lèvres s'ouvrirent pour croquer, avec voracité, dans la grappe qu'elle comprima, dans le même temps contre la bouche de Baptiste. Seules la pulpe et la peau écrasées autour de leur ramille séparaient leurs lèvres. Elle se recula. Un sourire lascif figea son visage. "N'est-elle pas excellente, cette grappe ?"

Le ton espiègle de sa voix sortit Baptiste Norroy du chaos de sa surprise. Le feu brutal de la réalité avait transfiguré son regard. Il ne voyait plus, devant lui, la maîtresse du domaine, mais les charmes d'un corps féminin dont la robe d'été, sous les couleurs vives du soleil, enflammait la sensualité d'une poitrine exaltée et de deux bras retenus dans l'ivresse d'une étreinte. Mais les bras se replièrent et Madame Bergerol retrouva son état aussi vite qu'elle l'avait perdu. Elle intima le rappel au travail : "À chacun son côté, Baptiste. Je prends l'avant, vous prenez l'arrière."

Elle était déjà tout à son ouvrage quand Norroy coupa ses premières grappes. Il entreprit son rang machinalement. L'éveil à la sensualité soudaine à laquelle venait de le soumettre l'énigmatique maîtresse du domaine dévorait toute l'énergie de son corps. À plusieurs reprises, il chercha son regard à travers le jour des ceps et, à chaque fois, il le découvrait fixé sur son travail, dans une imperturbable indifférence à l'homme qu'elle venait de séduire. Il aurait fini par céder à l'idée que la rencontre sensuelle, qui les avait un instant unis, n'avait été qu'une hallucination s'il n'en avait pas gardé la réalité avec la fièvre qui exacerbait ses sens. La frénésie l'emportait avec d'autant plus d'impétuosité qu'elle défiait les certitudes de son mental. Jamais il n'avait éprouvé avec une telle véhémence l'existence et les exigences de son corps.

Il constata l'ardeur avec laquelle Madame Bergerol s'activait à sa tâche. Elle avait pris plus de trois pieds d'avance sur lui ! C'était clair, elle voulait lui donner une leçon de vendangeuse ! Il se plut, tel un adolescent, à relever ce défi supposé, en renouant avec le rythme qui était jusqu'alors le sien. Il mordit à ce jeu, stimulé par le désir de se rapprocher de la promesse confuse qu'exaltaient ses sens.

Il serait arrivé le premier, si Madame Bergerol qui était tourmentée par un tout autre sujet que celui d'arriver en tête, n'avait, en voyant son avance perdue, délaissé ses derniers ceps pour se précipiter vers la hotte avant même que Baptiste n'eût le temps d'y déverser le contenu de sa seille.

Elle se tenait devant lui, fraîche et alerte dans une posture où elle jouait trop ostensiblement le jeu d'un détachement après son abandon sensuel du début de l'après-midi. Le masque qu'elle s'efforçait de composer sur son visage ne dissimulait pas le regard fiévreux du désir que portaient ses yeux. Ce détail n'échappa pas à Baptiste et accrut son ravissement de la découvrir encore plus désirable. Il avait déjà fait d'elle sa maîtresse secrète. Le ton grave qu'elle adopta pour lui parler ne le contraria pas. "Nous avons déjà, Baptiste, un point commun ; nous partageons la passion du travail. Je vous avouerai qu'en ce qui me concerne, c'est la seule passion qui trouve une vraie durée, c'est la seule passion que le temps ne conduit pas au désastre de la déception... Je crois bon de vous avouer que je n'ai pas tardé à tomber dans les remords après mon comportement de tout à l'heure et c'est pourquoi j'ai brisé la faiblesse de cet abandon en la fuyant dans l'ardeur au travail. Le travail m'a toujours été un refuge fidèle et efficace, du moins jusqu'à ce jour..."

Elle avait fermement appuyé ses derniers mots sous le poids d'une lamentation. Son corps amorça l'intention d'une étreinte qu'elle interrompit pour s'assurer qu'ils n'étaient pas sous le regard de quelqu'un. Rassurée, elle posa ses bras sur les épaules de Norroy et, avant de s'abandonner à l'étreinte désirée, un ultime sursaut de sa conscience l'obligea à se justifier : "Ne vous méprenez surtout pas en allant supposer que je suis une femme frivole en quête d'aventures amoureuses ou pire encore, que Madame la propriétaire du domaine se donne, à chaque vendange, du plaisir avec le premier venu des jeunes hommes qui pourraient lui plaire. C'est vrai pourtant qu'il vous sera difficile de me croire quand je vous aurai dit que voici bientôt dix ans que je vous attends. Je veux dire que vous êtes l'homme, que depuis dix ans, j'attends et qu'enfin, je crois reconnaître."

Il tomba des nues et le temps de son trouble suffit à Madame Bergerol pour triompher de ses faiblesses au moment où elle allait y succomber. Elle crut, sans y croire, elle crut, encore une fois, pouvoir maîtriser la passion qui la jetterait dans les bras de son élu. Elle rompit brutalement, comme elle savait si bien le faire, la promesse de l'étreinte, cependant, le ton narquois de sa voix trahissait le désaccord avec son acte. "À tantôt Baptiste. Je vous laisse finir seul, mon rang et même toute la parcelle. Ce sera la pénitence de mon séducteur. Du travail m'attend ailleurs et il ne serait pas convenable que mes vendangeurs découvrent que j'ai un préféré, surtout dans ce recoin."

Il la regarda s'éloigner de sa démarche gracieuse vers l'avant de sa propriété pour rejoindre ses équipes de vendangeurs. Le paysage s'irréalisa, le soleil n'éclairait plus que cette nymphe qui le plongea dans un étourdissement charnel.

Il ne la revit pas avant le repas du soir. Elle ne fit, du reste, aucun cas de lui. À table, chacun avait jalousement repris la place conquise dès la première soirée si bien que Norroy se trouva condamné à la compagnie de son gaudrioleur. Il s'appliqua à ne pas lui être désagréable. Quant à son autre voisin, il n'accordait attention, jusqu'à la grossièreté, qu'à son groupe d'amis. Marc, bien sûr, pavanait aux côtés de Madame Bergerol et Baptiste la surprit plusieurs fois à l'écoute compassée de ses bavardages. Il profita de ces moments pour oser attarder son regard sur elle.

La vision de la femme, prête à l'étreinte, les lèvres auréolés de jus de raisin ne se détachait pas de son esprit et l'incroyable contraste avec le prestige de cette dame, ici présente, le plongea, à la fois dans le trouble et l'éblouissement.

Il la regarda avec l'attrait d'un peintre épris de son portrait. La beauté charnelle de la femme désirée s'accroissait comme aux lectures déchiffrées d'un palimpseste où se reconstituait, dans la confusion du même visage, le charme angélique d'une jeunesse prude que le temps avait préservé et finalement magnifié en lui accordant les appâts de la volupté tels que les accusaient les empâtements de ses traits.

Madame Bergerol s'aperçut qu'il la regardait, il détourna aussitôt son regard pour le poser sur les convives.

Le repas s'était annoncé joyeux. Le temps des retrouvailles était achevé et s'ouvrait à l'ambiance propre à ces nouvelles vendanges. Il s'était laissé emporter, à plusieurs moments, par l'esprit de la fête qui s'amplifia à la fin du repas quand les convives, gavés de bonne humeur, supplièrent un des leurs à sortir son harmonica. Il ne se fit pas prier longtemps. Il avait du souffle et il jouait juste, avec des modulations personnelles talentueuses quoique parfois emphatiques. Il commença par des airs de son pays qui ravirent d'abord les assistants, toutefois comme la plupart n'en connaissaient pas les paroles, certains fêtards réclamèrent des succès parisiens qu'il consentit à interpréter et qu'il interpréta avec autant de virtuosité. Alors les chants s'élevèrent dans l'abandon à une joie spontanée qui laissait oublier les beuglements et les discordances de certains. Norroy sortit de sa distraction pour constater que Madame Bergerol avait quitté la table.

Le joueur d'harmonica fit une pause à la faveur de laquelle le gaudrioleur reprit le dessus. Vraisemblablement parce que le musicien lui disputait le rôle de vedette, il ne lui accordait pas grande estime et il ne manqua pas, à sa façon, de le montrer à son entourage. "Ce gars-là ne tient pas la route longtemps parce qu'il ne sait pas picoler. Vous le voyez avec ses deux verres sur le nez, eh bien! quand vous ne les verrez plus, c'est qu'il les aura dans le nez." Il dut se contenter du sourire de Norroy, alors que les rires des autres voisins déchaînèrent sa verve qui l'entraîna dans une suite de plaisanteries improvisées sur des situations d'alcooliques choisies pour ridiculiser le joueur d'harmonica.

Norroy se leva pour sortir.

– Tu t'en vas déjà?! s'écria le gaudrioleur. J'ai vu pas mal de gars bizarres, mais des pareils que toi, jamais. On dirait que tu n'aimes que le boulot dans la vie.

– Oui, le travail et tout autant la douceur des derniers soirs d'été, sous un ciel étoilé.

Et Norroy s'éloigna vers la sortie.

Il traversa le couloir central où il vit, dans la cuisine, les deux servantes s'activer à la vaisselle. Il rejoignit le corridor d'entrée seulement éclairé par un rai de lumière projeté d'une pièce dont la porte était restée ouverte. C'était le cellier de la maison, une vaste pièce qui abritait des fûts, des garde-manger et des resserres à légumes. Il aperçut Madame Bergerol de dos, vraisemblablement occupée à procéder à l'inventaire de ses provisions. Il tapota sur la porte ouverte et se plaça dans l'embrasure de l'entrée, au-dessus des trois marches qui y conduisaient.

Madame Bergerol se retourna et la surprise trouva à peine le temps de s'inscrire sur son visage qu'aussitôt les marques d'une vive exaltation la couvrit. Elle ne put réprimer un éclat de rire qui trahissait sa complaisance à savourer l'incongruité de cette rencontre en un lieu aussi imprévisible. Et l'excitation qui en résulta l'avait apparemment conquise. "Descendez, Baptiste, descendez donc!» Ils se croisèrent, car madame Bergerol s'était précipitée vers l'entrée pour fermer la porte en prenant soin de retourner la clef à l'intérieur et d'en donner un tour. "Assurément, ici, nous sommes à l'abri des regards indiscrets."

Norroy, déjà, n'existait plus que sous l'ardeur de son désir, aiguillonné par les senteurs que confondaient, à travers la fraîcheur du cellier, les émanations de vin, de terre et de légumes.

Un même mouvement les emporta l'un vers l'autre pour les envoûter dans le croisement de leurs regards passionnés. Ils s'enlacèrent et demeurèrent étreints dans le partage frénétique de leurs corps, chacun la tête posée sur l'épaule de l'autre.

Elle perdit la première le contrôle de sa passion en posant avidement ses lèvres sur celles de son irrésistible élu pour accomplir enfin son impossible baiser.

Très vite, la jouissance de leurs baisers ne combla plus l'ardeur de leur désir. Sans même la conscience de se chercher, naturellement leurs corps se trouvèrent. Elle s'agrippa à son cou, il la souleva contre lui avant de l'asseoir sur le tablard du cellier. Leurs lèvres ne se quittèrent plus. L'éblouissement du désir, sa poussée fulgurante les unirent dans les délices de l'émoi de la chair. Il redoubla son plaisir en entendant les saccades croissantes de ses gémissements et, quand il vit sa bouche convulsée par l'ivresse des sens et ses yeux noyés dans l'extase, il comprit qu'elle touchait déjà à l'épanouissement de sa jouissance, alors il s'y engouffra pour s'abandonner, lui aussi, au paroxysme du plaisir charnel.

Leurs corps se retrouvèrent dans la position de leur première étreinte, apaisés dans le vide qui succède aux plaisirs de l'amour. Ce vide s'anima en eux comme si une force indéfinie tentait de les retenir au sein d'un espace, hors du temps, qui bouleversait leur mental et s'offrait comme une promesse accessible, au-delà de leur prison, au réel accoutumée. Ils échangèrent leurs sourires en se contentant de se voir dans le bonheur de leur satisfaction. Cet instant les unissait au plein de leur être aussi intensément qu'ils l'avaient été dans le partage de leurs corps. Les amertumes de leur moi malade étaient sapées à vif.

Dans le bonheur de sa sensualité comblée, la prestigieuse propriétaire du domaine Bergerol n'avait d'yeux que pour son jeune amant et sous le regard de Baptiste, elle n'était plus qu'Adrienne et ce prénom n'était pas seulement celui d'une maîtresse volcanique, il s'affirmait comme celui d'une princesse de vie.

Elle laissa ses bras reposer sur les épaules de son amant. Sa bouche palpitait sous la retenue pudique des mots qu'elle n'osait prononcer et qu'elle se résolut à traduire par une foison de baisers alertes et légers avant de se détacher de lui dans l'élégance d'un mouvement de grande dame. Chacun de ses gestes chantait l'allégresse. En remettant sa toilette en état, elle lui déclara, avec la vivacité de son sourire: "La nuit entière ne suffirait pas à épuiser mon désir." Elle hésita, avant de poursuivre: "Ce serait trop risqué si je vous recevais chez moi. Nous nous rencontrerons demain soir, dans le fenil, au fond de la cour. Nous trouverons là, une parfaite tranquillité. Comme vous avez pris l'habitude de partir dès la fin du repas, vous pourrez continuer à le faire, sans éveiller l'attention.

Vous monterez l'escalier à gauche, dans la remise et vous m'attendrez. Maintenant, faites ce que vous voulez, mais surtout ne les rejoignez pas. J'irai chanter avec eux. Partez le premier puisque vous ne m'avez pas laissé achever mon travail."

Elle fut absente dans le baiser de la séparation. Norroy, lui fit remarquer en la tutoyant pour la première fois. "Non, Baptiste, ne cédons pas à ces vaines privautés. Vous ne pouvez pas supposer de combien de charmes elles nous priveraient. J'ai toujours vouvoyé mes parents et jusque dans les moments les plus intimes ma mère. Cette habitude ne nous a apporté que des avantages."

L'humeur, le mystère, la magie de l'humeur, fleur de l'âme ou désastre de la conscience malade et du moi torturant ! L'humeur de Baptiste Norroy, au quatrième jour de ses vendanges, se mêlait à celle du temps suspendu sous un ciel d'azur que le soleil assouvi de la fin de l'été rassérénait.

Tout ce qu'il avait vécu depuis son arrivée au domaine Bergerol se confondait dans sa conscience pour épancher et conforter ce bien-être qui ne le quittait plus depuis son arrivée.

En pleine candeur, il finit par s'adonner à la joie de naître à cette vie élémentaire telle qu'elle s'affirmait à l'éveil de ses sens. Un autre l'accueillait en lui-même : l'inconnu de soi où s'intensifiaient les présences d'une réalité insoupçonnée, où s'éveillait un regard nouveau indifférent aux tromperies de l'existence. Les vendanges, la terre, les grappes de raisin, Adrienne animaient son humeur pour l'ouvrir à une aspiration nouvelle qui enivrait son corps à travers l'émerveillement de ses sens confondus. Cet humeur lui devenait la fleur de l'âme quand elle s'épanouit dans l'oubli du moi, quand la conscience s'attendrit à l'écoute de la vie en œuvre dans le fourmillement de la terre éprise d'un rayon de soleil.

Il n'était plus devant un paysage amorphe comme il n'avait jusqu'alors jamais cessé de le découvrir, il en était le cœur palpitant ému par la joie de participer au vivant qui se déployait sous ses yeux.

Le lendemain soir, à la fin du repas, un vendangeur proposa d'organiser un tour de chant invitant chaque convive à entonner sa chanson préférée. Baptiste Norroy parvint à quitter la table discrètement afin d'échapper à son tour de chanter.

Il resta un long moment dans le silence de la cour sous le ciel étoilé avant de rejoindre le fenil où tout concordait avec la description d'Adrienne. Il n'eut même pas à chercher l'interrupteur à droite, au pied de l'escalier. En fait, il en trouva deux, l'un jetait la lumière sur le bas du fenil qui faisait office de remise occupée par des charrettes abandonnées et une pile de planches embâtonnées contre le mur en pierres au-dessus duquel s'étendait un cours de foin éclairé par l'autre interrupteur. Il gravit l'échelle de meunier et découvrit, dans le ravissement de sa surprise, la délicatesse avec laquelle Adrienne avait aménagé leur nid d'amour. Elle avait étendu une couverture sur le cours de foin, juste au pied de l'œil-de-bœuf qu'elle avait aveuglé par un rideau de façon à ce que la lumière n'attirât pas l'attention du dehors. Sur le rebord, elle avait déposé un vase garni d'un ample bouquet de fleurs des champs. Décidément, Adrienne pensait à tout. Ces prévenances le charmèrent et adoucirent son attente.

Il écarta d'un pli discret le rideau de l'œil-de-bœuf et plongea son regard sur le point de vue offert. Les rougeurs du crépuscule exténuaient dans les fuseaux d'une rangée de peupliers qui bordaient la colline. À l'avant, la nuit obscurcissait déjà la campagne. La luminosité du ciel laissait encore deviner par son miroitement une mare qui séparait les masses noires de deux fermes.

Il se laissa emporter dans les songes du silence nocturne avec un attrait que son humeur propice redoubla. La douceur de la nuit l'apprivoisa jusqu'à diffuser, dans son être, un fluide inspirateur d'une vision qui émanait de la tranquille suffisance de la réalité soudainement fracturée par le surgissement de formes promises à le ravir pour l'accoutumer à la présence d'un invisible qui s'enhardissait chaque fois davantage pour l'éveiller au cœur d'un ailleurs où s'appesantissait l'insondable profondeur de la réalité. Une pensée le sortit de son émerveillement pour lui confirmer que le monde ne finissait pas avec le monde ainsi qu'il en était jusqu'alors persuadé.

Peu de temps après, la porte du fenil s'ouvrit et se referma prestement. Adrienne apparut au-dessus de l'escalier, vêtue d'une robe bouffante, boutonnée à l'avant, et il la vit s'avançer vers lui, à pas primesautiers accordés à son plaisir enfantin de marcher dans le foin.

Il se rendit au-devant d'elle et dans leur étreinte spontanée, il s'aperçut qu'elle était nue sous sa robe au bleu ensorcelant ce qui le fit céder à une délicieuse excitation que le piquant de son parfum accentua. Adrienne le refréna. "Prenez patience, mon beau félin ! Ce soir, nous avons tout le reste de la nuit devant nous."

Elle se dirigea vers la fenêtre en prenant plaisir à poser ses pas de danse dans le foin. Elle se baissa pour en recueillir une brassée qu'elle projeta au-dessus d'elle en humant l'odeur d'herbes sèches qui s'en dégageait. Chacun de ses gestes, chacun de ses mouvements amplifiait son charme. Elle s'attarda devant le bouquet du rebord de l'œil-de-bœuf qu'elle caressa en l'enveloppant délicatement de ses mains. Elle revint vers son amant, d'un pas sautillant et alerte et le prit par la main pour l'entraîner à l'avant du cour de foin, au centre du fenil. Elle expira son bonheur avant de l'exprimer. "Comme nous sommes bien, ici ! Vous savez, je vous ai menti, hier soir. J'aurais pu vous recevoir chez moi sans courir de risque. En vérité, ça ne m'aurait pas été agréable. Je ne serais pas sorti de mon quotidien et j'aurais craint de subir l'impression d'une banale liaison adultère. Ce n'est pas ce que je veux avec vous. C'est tellement différent ici, tellement en accord avec notre amour sauvage."

Elle fit une pause, le regard émerveillé sur la pénombre de son fenil. "Je tiens à ce que vous partagiez aussi avec moi l'esprit de ce lieu." Et elle insista sur la poésie rustique qui émanait de ces murs de pierres et des enchevêtrements enténébrés des poutres en cœur de chêne de la charpente.

Baptiste lui répondit que, bien avant de supposer qu'il partagerait avec elle le charme de cette grange, il l'avait apprécié dès l'après-midi de son arrivée au domaine. Il en avait admiré les charmantes proportions et surtout la pittoresque enchevauchure des laves de son toit.

Elle précisa, avec fierté, que cette construction datait du XVe siècle et qu'elle était la seule survivance du domaine initial lequel avait été réaménagé par ses grands-parents selon des exigences trop dévolues aux étroitesses de l'utilitaire, aggravées par un goût déplorable de l'ostentatoire. "Que voulez-vous, je suis une puriste et voilà pourquoi je vous invite dans mon antre. Ici, tout est à moi, rien qu'à moi. Ce fenil porte les souvenirs les plus chers de mon enfance, il entretient mes rêves les plus fous et il préserve mes goûts rustiques contre les extravagances de ma vie bourgeoise. Oui, mon beau félin, je vous invite dans mon antre secret et soyez bien sûr que mis à part mes petits camarades qui partageaient mes jeux d'enfance, il n'a jamais reçu d'autre invité que vous."

Elle se pelotonna contre lui et l'embrassa avec un détachement qui laissait présager l'annonce d'un aveu :

"Et puis, il y a une autre raison. J'ose céder à une confession impudique. Voilà des années et des années que m'obsède le désir, quand je viens ici, de faire l'amour dans le foin, et vous voyez, je n'en ai pas perdu l'idée. Ce désir vous attendait... Maintenant, prenez-moi."

Ils furent bien vite sur la couverture, au creux du lit immense du foin. Elle retarda son empressement en barrant de son bras levé la bouche qui cherchait à rejoindre la sienne et elle respira à pleine poitrine les effluves de l'herbe sèche. "Imprégnez-vous bien de cette odeur, Baptiste. C'est en la partageant pleinement avec moi que ma grange gardera en mémoire notre amour."

Elle maintint, un long moment, ce repos en resserrant dans sa main celle de son amant pour l'apaiser. Elle se retourna délicatement sur lui et lui prodigua la douceur des caresses qui apprivoisent la volupté pour l'aiguillonner vers des délices plus puissantes. La satisfaction de ses espérances amoureuses, le dénouement de ses frustrations, ses obsessions d'amour dans le foin, animaient sa passion à travers chacun de ses gestes jouissifs. Dans l'abandon de soi où il perdit jusqu'à l'égoïsme de son désir, Baptiste franchit, une nouvelle fois, les frontières inconnues de ses sens qui dérivaient dans les ravissements de l'union avec le corps adorable de sa maîtresse.

Quand Adrienne eut poussé le cri comblé de son plaisir, elle se resserra contre lui et elle chuchota à son oreille : "Comme je vous aime, Baptiste."

Le silence de la grange vénéra leur amour. Ils s'y recueillirent dans le vague des pensées qui étirent le bonheur. Ce fut Adrienne qui parla la première. Elle venait de s'asseoir en tailleur.

– J'ai trouvé, enfin trouvé qui vous êtes, Baptiste... Vous êtes mon mage !

– Votre mage ?

– Parce que vous êtes ma flamme. Une flamme qui a délivré mes rêves, qui a donné réalité à mes attentes. Et cette flamme-là, sera pour moi, éternelle, comme celle des mages.

Ce rapprochement jeta une ombre dans l'esprit de Norroy qu'il dissimula d'abord en la laissant poursuivre.

– Comme je voudrais que ces vendanges s'éternisent mais le temps n'a jamais été aussi propice à ce qu'elles soient courtes. S'il pouvait pleuvoir, pleuvoir à verse... La pluie, sur ce toit de laves, vous ne pouvez pas imaginer le ravissement qu'elle procure quand on est dessous. Avec vous, à mes côtés, il doublerait.

Cette fois, il était sûr d'avoir compris.

– À vous entendre, Adrienne, tout me porte à croire que notre belle union ne durera que le temps des vendanges. Oui, vous avez vu juste, je tiens bien le rôle du mage : il passe pour célébrer un avènement et il disparaît...

Elle se fit câline avant de se justifier.

– Voilà bien mon beau félin qui réapparaît. Il mord dans la vie, il la dévore en croyant que le temps lui appartient et quand le temps réapparaît pour de bon, il est désemparé. Vous le savez bien, Baptiste, notre amour est charnel. Et la chair ignore le temps, elle l'engloutit dans sa propre durée jusqu'à y trouver sa satisfaction puis son oubli. Pour la chair, tout commence et tout finit presque en même temps. Mais nous sommes tellement naïfs que nous nous acharnons à nous accrocher à un commencement. Le seul remède pour éviter le désastre de la fin, c'est de vivre notre instant, le nôtre, Baptiste, dans la suffisance et la plénitude du présent. Alors, il n'y a plus de commencement ni de fin.

– Je souscris volontiers à cet éclatant point de vue, ma chère philosophe, sans objecter cependant qu'il est servi à point pour vous être profitable.

– Autant qu'à vous et certainement même davantage parce que notre liaison ne vous sera bientôt plus qu'un heureux souvenir que vous finirez par oublier. Pour moi, c'est différent : après vous, il n'y aura pas d'autre homme et pour le plaisir que vous me donnez, vous aurez été le seul. Ah ! comme tout serait simple si la clarté qui illumine l'union de nos corps avait pour foyer celle de notre esprit. J'ai beaucoup trop souffert pour ne pas savoir combien corps et esprit sont indémêlables. Je crois que le corps atteint sa pleine satisfaction quand l'esprit trouve obscurément ce qu'il cherche. À chacun notre part, Baptiste. Vous savez, je ne parlais pas à la légère quand je vous ai dit que vous étiez mon mage. Il est vrai qu'il vous est malaisé de comprendre que la paix charnelle que vous m'apportez me deviendra ressource spirituelle. Aussi invraisemblable que cela puisse vous paraître, j'attendais un homme et c'est vous qui êtes venu, sans me laisser le choix. Vous étiez celui que j'attendais, que je le veuille ou non. Tout est accompli pour moi. L'avenir n'appartient qu'à vous, dès la fin de ces vendanges.

Il résista à la tentation de l'inviter à admettre qu'elle avait résolu avec une fière élégance l'art de programmer une séparation. Il n'y céda pas parce que les propos d'Adrienne l'avaient remué jusqu'à le pousser dans la réalité du temps, de son temps, avant de déposer dans son esprit une évidence que sa réflexion acquiesçait.

Ses pensées le ramenèrent dans l'attraction de son voyage qui s'était effacée comme tout ce qu'il avait laissé derrière lui. Son passé s'était figé dans une vie antérieure que sa conscience n'animait plus. Il se sentit happé par un réel besoin de nomadisme qu'il accueillait avec moins de désinvolture qu'au moment où il avait pris sa décision d'entreprendre son voyage. Partir ne signifiait plus seulement fuir, mais surtout se vouer à la curiosité de vivre. L'avenir, seul, portait son destin.

Adrienne plaqua ses deux mains sur le visage de Baptiste en tenant ses yeux en œillères. "Je sais les pensées qui s'agitent sous ces beaux yeux tristes. Eh oui ! C'était fatal : il faut reprendre goût au voyage."

Elle lui libéra les yeux et d'une voix flûtée, en brisant l'expression de surprise qu'amorçait sa bouche, elle reprit la parole. "J'adore vos yeux, Baptiste. Quand vous êtes arrivé au domaine, je ne savais rien de vous. Dès que je vous ai vu dressé droit devant moi, dès que j'ai vu ce corps félin, avec sa valise et son sac à dos posés à ses pieds, dès surtout que j'ai croisé votre regard, j'ai tressailli sous l'effet d'un choc incontrôlable. Devant cette apparition imprévisible, je ne m'appartenais plus. Je ne vous voyais pas, je vous reconnaissais. Vous étiez l'incarnation de l'image improbable de l'homme que j'aurais toujours souhaité aimer. Toutes les espérances de mon être se projetaient sur vous. Vous vous êtes alors rapproché de moi et vous avez répondu à la banalité de mes questions, tandis que mon cœur battait la chamade, et vous m'avez répondu avec une indifférence qui n'a pas chassé la tristesse de vos yeux. Je me suis aussitôt sentie engloutie dans le tourbillon de cette tristesse."

Elle se réfugia dans un instant de silence, sans doute pour mieux conforter ce qu'elle s'apprêtait à lui révéler. Il revécut parfaitement la situation de cette première rencontre en mesurant la tromperie des apparences.

– En vérité, nous sommes, vous et moi, de la même trempe. Nous partageons le malheur de n'être pas en phase avec nous-mêmes.

Il se souvint d'avoir exprimé le même constat à Suzanne Costel, lors de leur rupture, mais il se trouvait alors sur une pente de la vie qui n'était plus la sienne à présent. Ce souvenir redoubla son attention à la suite du propos d'Adrienne.

– Notre tristesse est singulière. Elle n'est pas la complaisance au renoncement et moins encore un état relâché de notre âme. Tout au contraire, elle est aspiration à la joie, je pense, bien sûr, à une sorte de joie absolue qui flotte dans l'univers. Je connais des musiques qui disent cela mieux que les mots, la tristesse y est si intense qu'elle se fond dans la joie au point de n'être plus qu'une tension qui se dissipe en elle. Vous le croyez aussi ?

– Je ne sais pas, je ne sais plus. Il y a seulement quelques jours, avant d'arriver ici, je vous aurais ri au nez, avec des mots gangrénés d'ironie. Aujourd'hui, je crois davantage à cette musique de la vie qui chante dans le silence de notre corps qu'aux certitudes des mots.

– Et c'est cette musique, et elle seule, qui nous unit. Mais elle ne nous appartient pas...

Elle était prête à dire le contraire, elle était prête à lui avouer combien, en vérité, toutes les fibres de son corps aspiraient à prolonger bien au-delà des vendanges leur liaison, combien l'emprise de cette musique de la vie la portait à lui vouer son existence. Sa lucidité, son bon sens l'emportèrent. La grande Dame gérante du domaine Bergerol triompha devant la femme éprise d'un amour impossible. Et la joie succomba un instant devant la tristesse quand elle retrouva le pouvoir de parler :

– Il y a une ligne de partage entre nous. Mon fol amour pour vous n'égare pas ma lucidité. Je suis déjà loin de votre jeunesse et donc condamnée à vivre notre aventure avec l'amertume d'un amour qui arrive trop tard alors que pour vous, elle sera l'ouverture à la vie que vous allez découvrir. Si vous saviez combien de fois, avant de m'abandonner dans vos bras, je me suis efforcée de vous fuir, combien de fois je me suis imposée le sacrifice de ne plus voir en vous qu'un vendangeur comme les autres. Les trois premiers jours des vendanges ont été terribles pour moi. Je ne m'endormais plus, je délirais dans mes cauchemars pour rechuter dans les hantises de l'insomnie. Tous mes efforts ont été vains. Je trouvais toutes les excuses. Les vendanges finiront bien vite et il partira et il n'aura jamais été à moi. Quand je me suis donnée à vous, dans le cellier, la surprise de vous y trouver n'a parlé qu'à mon désir de vous posséder. Après ce moment, plus rien ne m'a retenue, je savais que j'irai au bout de ma passion avec la consolation de me persuader que c'était l'unique façon d'exorciser le démon de mes entrailles. On peut ne pas être raisonnable et le savoir. C'est une autre façon de l'être.

– C'est curieux, mais rien, dans vos aveux ne me surprend. Une seule chose m'étonne : je me demande d'où vous tirez l'assurance de si justement me connaître.

– Parce que je vous aime.

Il enveloppa le corps d'Adrienne et quelques baisers suffirent à les replonger dans le temps exalté de leur passion, dans le temps émancipé de l'érotisme. Les aveux de sa maîtresse l'enfiévrèrent autant que les attraits de son corps. Sa volupté avait trouvé une nouvelle forme, d'abord vaguement dominée par un puissant désir de possession qui s'affirma ensuite par l'obsession d'exorciser le démon enfui dans les entrailles de sa maîtresse. Il maîtrisa son plaisir dompté par l'attention à celui qu'il lui procurait à travers le souffle haletant, les gémissements et les cris de sa maîtresse emportés vers un plein sourire d'assouvissance. Il s'émerveilla : jamais il n'avait rien vu de plus beau que le visage d'une femme ravie par la jouissance.

Adrienne Bergerol avait vu juste : les vendanges finiraient encore plus tôt que ne l'avaient annoncé les prévisions les plus optimistes. Aucun nuage, aucun vent n'étaient venus troubler la sérénité du ciel.

Ce soir-là, ils savaient que le moment consenti à leur séparation approchait. Il ne leur restait devant eux que deux nuits, trois, peut-être, mais deux plutôt, car la dernière soirée, Adrienne se devait de la consacrer entièrement aux repas d'adieux et à la fête des vendangeurs à laquelle Norroy avait d'ores et déjà décidé de ne pas assister.

La perspective de leur séparation ne les perturbait plus. Adrienne avait été convaincante : seul le présent comptait et ils s'employaient à vivre chaque moment comme un chef-d'œuvre de présence aux instants qui les unissaient.

Le coup d'une heure venait de sonner au clocher de l'église et Adrienne s'apprêtait à regagner son appartement quand ils entendirent la porte du fenil s'ouvrir sauvagement. La lumière du bas s'alluma et une voix hurlait : "Ils sont là-haut ! Ils sont là-haut !"

Adrienne reconnut aussitôt la voix de Maurice Jeantou, son mari. Les amants étaient debout quand ils le virent surgir suivi de trois hommes brandissant un gourdin. Le Jeantou, à l'avant de ses acolytes, leur apparut comme un fou furieux animé par une soif de vengeance telle qu'elle se manifestait à travers ses propos hargneux qu'il scandait avec une violence qui ravageait son visage par d'effrayantes convulsions.

Norroy s'interposa, ce qui eut pour effet de redoubler la fureur de Jeantou à laquelle il donna aussitôt libre cours avec l'ordre à ses comparses d'infliger une volée de coups de gourdins à ce "mécréant qu'il n'avait pas embauché pour vendanger sa femme". Adrienne était tétanisée. Elle se précipita vers l'escalier avec l'intention d'aller chercher de l'aide auprès de ses vendangeurs. Jeantou la rattrapa et la ramena ceinturée auprès du groupe. "Ah non ! Tu ne fuis pas. Tu ne vas pas nous gâcher le plaisir de cette fête qui est aussi en ton honneur. Allez-y, Messieurs, que la fête commence."

Seulement la fête ne commença pas comme Jeantou l'avait prévue. Par un bond prodigieux, Baptiste Norroy réussit à projeter son corps hors de portée du premier coup de gourdin pour se laisser retomber sur son agresseur qui, désemparé se retrouva immobilisé par une infaillible clé au cou. Norroy utilisa son adversaire soumis comme bouclier et se plaça à l'écart, laissant les deux autres complices hébétés. Il aurait pu alors devenir maître de la situation s'il avait pris en compte la position de Jeantou, juste derrière lui et qui lâcha immédiatement son épouse pour libérer son comparse. Comme les deux autres se précipitèrent à la rescousse et que même Adrienne se mêla à l'échauffourée, en martelant de vifs coups de poings le dos de son mari, il en résulta un entremêlement confus de corps où le rapport inégal des forces tourna fatalement à l'avantage des agresseurs.

Norroy, plaqué au sol, se trouva dans l'impuissance d'échapper à la hargne des coups de gourdins. Adrienne, à nouveau ceinturée par son mari, lui talonnait les chevilles en se débattant et en hurlant. Il la neutralisa en resserrant sèchement l'étau de sa prise. Elle se sentit étouffer et son visage, ravagé par le dépit et la colère s'abandonna aux sanglots. "Maintenant, ça suffit! cria Jeantou à ses acolytes. Arrêtez! N'allez surtout pas trop me l'abîmer!"

Baptiste Norroy gisait dans le foin, le corps torturé par la douleur. Il se sentait rompu de partout et il n'était pas un de ses membres qui n'éclatait en souffrance. Son nez tuméfié déversait un flot de sang qui l'aveuglait.

Jeantou libéra Adrienne. Elle se précipita sur le corps de son amant. L'ordonnateur de la sinistre fête brisa le silence du fenil qui commençait à devenir pesant.

– Tout est bien qui finit bien. J'imagine que vous auriez souhaité une séparation plus romantique. Celle-ci présente le mérite de remettre les pendules à l'heure. N'allez pas croire, monsieur Norroy et votre vieille maîtresse le sait bien, que c'est la jalousie qui m'ait dicté le besoin de cette correction, ni même, mon honneur bafoué aux yeux de certains. Ce serait, quand même, un peu, votre irrespect, à tous deux, des convenances. L'adultère dans un fenil, fallait y penser! Oh! Je vois, Adrienne, que ces propos te révoltent et je sais trop bien pourquoi, mais moi, vois-tu, j'ai toujours respecté les bonnes manières...

Adrienne se dressa devant lui, furieuse, le regard lourd de haine.

– Oui Jeantou, tes bonnes manières! Eh bien tes bonnes manières, je te prie de croire que tu vas me les payer et même me les payer très cher!

Il se contenta de lui infliger le sourire de son cynisme et reprit le fil de son propos.

– Non, pour dire vrai, je n'ai voulu cette fin que pour le plaisir qu'elle m'a procuré. Vois-tu, Adrienne, ce plaisir éponge complètement ma fâcherie. Maintenant, tu peux retourner à nos vendanges, sans t'inquiéter pour le sort de cet homme. Crois-moi, nous allons rapidement le remettre sur un bon pied afin qu'il regagne au plus vite la vie tranquille de ses montagnes, à moins qu'il n'ait encore envie de nous offrir le plaisir d'une nouvelle correction, mais cette fois ce sera pour lui briser les os...

Baptiste Norroy lisait une revue quand on frappa à la porte de sa chambre si timidement qu'il ne l'entendit pas.

Depuis huit jours, il occupait l'une des chambres les plus confortables de l'hôtel de Maurice Jeantou. Ce dernier avait tenu sa promesse de remettre sa victime sur pied. Sitôt arrivé à Beaune, il avait appelé un médecin, de toute évidence complice de ses manigances. Le praticien avait examiné le patient et rapidement conclu qu'aucune fracture n'était à déplorer. Il avait ajouté, en soulignant son humour par un sourire, qu'au nombre des hématomes constatés, des conséquences aussi bénignes auraient relevé du miracle si les coups de bâton n'avaient pas été aussi magistralement administrés. Il avait ensuite prodigué les premiers soins.

Il n'empêche que Baptiste Norroy dut subir trois jours de calvaire et autant de douleurs intermittentes violentes avant de ressentir un affaiblissement progressif de ses souffrances qu'une infirmière prévenante s'appliqua à adoucir. Et celle-là n'était pas complice ainsi qu'en avait témoigné, au premier jour de ses soins, sa compassion assurément dénuée d'humour: "Vous n'avez vraiment pas eu de chance avec cette mauvaise chute dans l'escalier. Vous auriez reçu mille coups de bâton que vous ne vous en seriez pas mieux sorti."

On frappa à nouveau à la porte, mais cette fois, par trois coups bien appuyés. Norroy n'avait reçu jusqu'alors aucune visite, mises à part celles, régulières, de l'infirmière et du serveur de l'hôtel qui, comme dans le service d'un hôpital, lui apportait son repas et entretenait sa chambre. On n'était dans les heures ni de l'une, ni de l'autre. À sa réponse, il fut curieux de découvrir qui franchirait la porte.

C'était Adrienne. Il reconnut d'abord madame Bergerol, dans l'éclat de son élégance bourgeoise, puis Adrienne lui réapparut, plus belle que jamais. Cette beauté adulée laissa froid son corps endolori. Elle ressentit sa froideur ou plutôt, ce qui lui fit plus mal, une sorte d'indifférence profondément naturelle qui coupa net son désir de l'embrasser sans briser son empressement à s'asseoir à ses côtés. Elle ne laissa pas le silence s'installer.

– Vous savez, il ne s'est pas écoulé un jour sans que je ne prenne de vos nouvelles auprès de votre infirmière...

– Oui, je le sais, elle me l'a dit. Elle m'a dit aussi, presque chaque jour, que j'avais une patronne admirable, une femme vraiment gentille, et à chaque fois je lui ai répété que je le savais.

– Jeantou, avec de lourdes menaces, m'a interdit de vous revoir et il est ici chez lui, mais j'ai un allié dans la maison. C'est lui qui m'a prévenu que son patron était parti hier pour un voyage d'affaires...

– Jeantou est un pauvre type et je n'accorde aucun intérêt aux pauvres types. Même le mépris que l'on pourrait leur accorder leur serait encore avantageux.

– La fête de la fin des vendanges n'a pas été très joyeuse. Votre absence, sans doute des rumeurs et surtout mon altercation avec Marc ont refroidi les esprits. C'est lui qui nous a dénoncés à Jeantou.

– Tiens donc ! Il s'est abaissé jusque-là, le ver de terre amoureux d'une étoile ! Celui-là, il n'aura jamais su que parler et ramper, ramper.

– Je l'ai toujours jugé trop insignifiant pour aller supposer qu'il aurait pu me porter un attachement de ce genre.

– L'amour platonique, Adrienne, l'amour platonique est inépuisable chez un esprit rustre jusqu'au jour où son orgueil le touche à la hauteur de sa médiocrité, alors il sombre dans la mesquinerie.

– Je l'ai congédié sur-le-champ et définitivement.

– Il ne sera pas malheureux longtemps car il retrouvera vite le bonheur de parler et avec notre aventure, il aura une nouvelle belle histoire à raconter.

– Je vous sens très amer, Baptiste. Comment allez-vous ? Je pense mériter le droit de recevoir une réponse sincère.

– Presque bien, Adrienne et bientôt prêt à partir. Peut-être demain.

– C'est ce que m'a annoncé votre infirmière et c'est pourquoi je suis venue. Je ne vous aurais jamais laissé partir sans une explication que l'intervention exécrable de Jeantou a rendu nécessaire. Je le vois bien, elle a créé un climat de suspicion intolérable entre nous. Plusieurs fois, vous m'avez posé des questions sur la nature exacte de mes relations avec mon mari, et, j'en conviens, mes réponses sont toujours restées évasives. C'était uniquement parce qu'elles ne concernaient pas notre bel amour. Pour tout vous dire, il faut remonter à un épisode de la vie de mon père. C'est ce qui me pèse le plus à vous dire. Mon père aura été un travailleur infatigable. Le travail de la vigne le passionnait et sous sa conduite, notre domaine a considérablement prospéré. Il a su lui redonner vie après les terribles désastres du mildiou et du phylloxéra. Seulement à l'âge mûr, mon père a mal tourné. Il s'est épris d'une danseuse et à partir de ce moment-là, il est devenu un viveur. À cette époque, ma mère et moi avons beaucoup souffert de cette frasque sans supposer que nous étions loin d'être au bout de notre malheur. Cette danseuse s'adonnait à la passion du jeu et elle a fini par la partager avec mon père. L'aventure s'est achevée par des pertes colossales qui ont mis notre domaine au bord de la ruine. Les parents de Jeantou fréquentaient les miens et j'étais bien trop naïve, en ce temps-là, pour penser que leur amitié et la fréquence de leurs visites dissimulaient la rapacité de leurs intérêts. Par contre, je m'étais bien rendu compte qu'ils profitaient de ces rencontres pour placer leur fils qui était amoureux de moi. Ils ont bien joué et même réussi un coup double : alors que nous étions au bord de la faillite, ils ont hypothéqué le domaine et j'ai fini par consentir au mariage.

– Les affaires et l'amour, c'était un sacrifice avantageux.

– Non, Baptiste, je ne l'ai jamais aimé et lui s'est très vite détaché de moi. Nous avons rapidement fini par conduire notre vie chacun de notre côté, moi, dans mon domaine et lui, dans ses affaires immobilières. Il me tenait, il me tient toujours par son hypothèque qu'il a su exploiter avec le temps, mais soyez bien certain que je me vengerai par les gains de mon travail et croyez-moi, je suis bientôt prête à y parvenir.

– Cette explication réaliste éclaire mieux votre philosophie de la présence.

– Décidément, vous vous complaisez à être désagréable, au point de ne même pas chercher à me comprendre. Ne dégradez pas ainsi la sincérité de mon amour. Rien ne compte plus que mon domaine, c'est vrai. Je le tiens à bras-le-corps et sur le marché du vin, je fais bonne figure. Ma renommée y est partout établie. Ce n'est pas, Baptiste, et maintenant, vous devriez en être convaincu, cette dame-là qui s'est donnée à vous, c'est la femme qu'elle cachait. Aujourd'hui, et grâce à vous, les deux ne font plus qu'une...

– Et si je ne consentais plus au jeu de la présence dans le cas où je serais fou, éperdument fou de vous à ne plus pouvoir vous quitter?

– Vous dites des sottises. Ne vous abusez pas. En réalité, vous ne m'aimez pas. Vous ne m'avez que désirée, avec tous les sortilèges de l'amour. Et puis regardez la réalité en face: je suis de presque quinze ans votre aînée. Aujourd'hui, de vos vingt-cinq ans, cet écart ne présente à vos yeux que des avantages, mais plus je vieillirai, plus l'écart s'accroîtra.

Elle marqua une longue pause que tous deux, dans la vérité de cet instant, accueillirent comme un refuge nécessaire où déjà, chacun se retrouvait seul face à lui-même et au cœur blessé de l'étrangeté de ce destin qui les avait unis pour un bonheur aussi éphémère. Adrienne, la première, en sortit:

– Votre vie vous attend, Baptiste et elle va vous offrir la vraie élue de votre cœur. Et moi, je ne serai pas abandonnée, au contraire, dans les meilleurs moments, je glisserai mes pensées dans celle de votre aimée et je ne ferai qu'un avec elle comme si vous étiez à mes côtés. Il faut que vous consacriez autant d'énergie à m'oublier que moi à vous garder dans mon cœur, là où survivra mon mage.

Ils se replièrent à nouveau dans leur silence. Lui pour y trouver un agacement devant l'assurance avec laquelle Adrienne évacuait le drame de leur séparation en lui prédisant la rencontre de l'âme sœur qui couronnerait son existence. Elle, pour traverser une illumination de sa pensée qu'elle ne put se retenir d'exprimer:

– Peut-être existe-t-il, au-delà de la vie, un lieu où tout se réconcilie.

Il la regarda. Il la vit, dans ses yeux, faiblir, il la vit résister à ses attendrissements alors que lui-même résistait aux siens afin de s'accorder avec l'évidente réalité de leur situation.

– C'est vrai, Adrienne, tout est accompli. Tout est accompli entre nous. Presque à la perfection, s'il n'y avait ce cap terrible de la tristesse de notre séparation à franchir. J'aurai été votre mage et vous une délicieuse initiatrice à la vie.

Il prit sa main et la caressa tendrement. Elle posa un baiser sur ses lèvres molles.

III

L'horaire de l'autocar, en fin d'après-midi, laissa à Norroy le loisir de flâner dans les rues de Beaune. Il éprouva le bon rétablissement de son corps, seule une légère douleur persistait à un genou et le contraignait, par moments, à boiter.

Il tomba infailliblement sur les Hospices devant lesquelles il s'attarda dès qu'il eut pénétré dans la cour intérieure, sous l'effet d'une curiosité avivée par ses lectures de la veille. Il ne vit d'abord que la splendeur du pan de la toiture avec les entrelacs géométriques dessinés sur l'étalement de ses tuiles aux couleurs éblouissantes sous l'ardeur du soleil. Il sortit de son vertige en se souvenant d'une phrase qu'il avait lue dans la revue que lui avait offerte son infirmière pour lui faire aimer Beaune. Curieusement, le sens de cette phrase, qui n'avait éveillé aucun intérêt au moment où il l'avait parcourue, lui revint en mémoire comme s'il la relisait. Cette citation exprimait les vœux du chevalier fondateur des Hospices : *"... l'an du Seigneur 1443, dans l'intérêt de mon salut, désireux d'échanger contre des biens célestes, les biens temporels qui m'ont été accordés et de périssables qu'ils sont, les rendre éternels."* Les dernières volontés du chancelier Nicolas Rolin l'amusèrent par le prestige qu'une époque pouvait donner à la vigueur des croyances : l'échange des biens temporels contre les biens célestes ! Pourtant, il n'abaissa pas cet acte de foi au rang des superstitions ainsi que l'auraient entraîné jusqu'alors les certitudes de son esprit moderne, au contraire, il en retint, abstraction faite des crédulités d'un autre âge, une ouverture qui agita ses pensées. Il s'étonna d'accorder de l'intérêt à de telles représentations sans retrouver en lui le mordant iconoclaste qui les aurait, quelques mois plus tôt, dédaignées. Au contraire, cette ouverture d'esprit éveillait des arguments qui le réconfortaient. Il se découvrit avec la pensée que la vie ne se découpait pas en tranches céleste et terrestre parce qu'il estimait son déploiement infini et qu'il se plaisait à supposer, à travers l'inconcevable continuité de sa course, des échanges de nature mystérieuse susceptibles d'être perçus par les humains. Cette prise de conscience nouvelle enchanta sa réflexion qu'il boucla sur le constat que ces croyances médiévales avaient au moins trouvé le mérite de produire de la beauté avec des édifices propres à défier le temps.

Son regard se fixa, à nouveau sur le toit des Hospices pour examiner l'ingénieuse harmonie de ses lucarnes, disposées en chiens assis. Il admira leur heureuse répartition qui agrémentait l'avant-toit et le balcon bordant tout le bâtiment pour en accentuer la profondeur des ajourages ouverts par les entrecroisements de colonnes gothiques. Il admira le travail des bâtisseurs du passé. Son sens du concret, à vrai dire, surprenant chez lui, l'incitait toujours à estimer les prouesses créatives nécessaires à la réalisation de la perfection matérielle. Il tenait cette disposition de ses aïeux : depuis le XVIIIe siècle, les Norroy, de génération en génération, s'étaient illustrés par des inventions innovatrices qui, du travail de la forge à la facture d'orgue, avaient fait leur réputation et... leur richesse.

Un vieillard le sortit de son admiration. "Pourriez-vous, Monsieur, m'indiquer l'heure, s'il vous plait." Un homme haletant, courbé appuyé sur une canne, avec une petite valise à l'autre main, se tenait devant lui.

Il était 13 h 15. Le visage exsangue du vieillard se laissa traverser par un frémissement de soulagement. "Ah ! C'est bon, j'avais peur d'être en retard. J'ai rendez-vous à l'hôpital et j'ai tellement de mal à marcher. P't'être qu'ils vont me garder. Au-revoir, Monsieur et merci."

Et il marcha vers la porte d'entrée de l'hôpital. Norroy ne le quitta pas du regard sur tout son trajet. Il vit la marche chétive et claudicante du vieillard répandre un halo de réalité désolante qui, bien vite effaça la beauté du "Palais des Pôvres", impuissante à soutenir sa splendeur sous son regard. Le vieillard se traînait avec la hantise d'avancer vers son mouroir sans savoir, que, derrière lui, un homme partageait, à sa façon, ses pensées ne voyant plus dans l'éclatant palais que l'arc de triomphe de la mort.

La vie est une mascarade. Baptiste Norroy rechuta dans la ténébreuse vision qui taraudait son esprit avant son voyage. Et la mascarade, derechef, entrouvrit son affligeant triptyque : les tromperies, sous les lumières inexhaustibles des castes qui bâtissent leur prospérité sur la misère des peuples, l'allégorie de la danse de la vie avec les illusions de ses cycles éphémères que le temps condamne à la futilité et le comble de la désolation, quand les chefs-d'œuvre de la gloire humaine se défigurent en arc de triomphe de la mort. Une mascarade pour masquer la laideur du monde qui ne donne rien à désirer, rien à espérer. Rien, résolument rien à attendre. Il crut se consoler en se prêtant la hauteur d'une âme fière.

Le vieillard avait disparu derrière la porte refermée de l'hospice. Norroy quitta la cour, les yeux retournés sur ses sombres visions. L'animation de la rue finit par les dissiper.

Il ne dérogea pas à l'une des règles de conduite qu'il s'était fixée dès son départ et qui le déterminait à découvrir une ville au gré de ses flâneries en se laissant ravir par l'atmosphère d'une rue ou seulement par l'attrait d'un détail singulier souvent propice à d'imprévisibles curiosités. Peu lui importait de passer à côté des monuments que les guides présentaient comme incontournables et où s'entassent les troupeaux de touristes. Seuls comptaient pour lui la découverte et le partage de "l'esprit" d'une ville et par "esprit" il entendait cette atmosphère libre qui se dégageait d'un quartier à travers son histoire vivante que chantaient les façades de ses maisons pour se perpétuer à travers la vie des gens, dans le vif de leurs occupations quotidiennes. Il appréciait cette couleur locale unique, son animation, l'accent préservé de la voix des hommes, toutes ces survivances d'une liberté encore authentique. Il cédait volontiers à une curiosité affirmée devant les échoppes des artisans où s'exposaient des objets nés de mains passionnées.

Il flâna ainsi dans les rues de la ville sur l'arrière-fond d'une tristesse persistante. Il jouissait de la faculté de ne pas laisser son regard s'altérer sous les effets de ses états d'âme. C'était par cette maîtrise qu'il avait, de plus en plus consciemment, persévéré dans sa volonté de s'essayer à vivre et ainsi acquis un second souffle de vie qui repoussait ses tentations suicidaires.

Comme il atteignait les faubourgs, il revint sur ses pas. En regagnant le centre, son attention fut retenue par un café qu'il n'avait pas remarqué à l'aller, sans doute parce qu'il était situé de l'autre côté de son passage. Il lut le texte écrit à la craie sur une grande ardoise placée en vitrine: "À bon vin, point d'enseigne. Ici, dégustation des meilleurs crus de Bourgogne". Deux bonnes heures le séparaient encore du départ de son autocar pour Saulieu. Il entra avec le désir de savourer un Corton, ce cru l'avait conquis depuis qu'il en avait partagé les délices avec Adrienne lors de leurs nuits d'amour. Il y était prédisposé : ses goûts le portaient à apprécier les vins des terres profondes, aux saveurs racées et fruitées qui s'étalent longuement sur le palais. Avec son rubis soutenu, le Corton répondit plus qu'à ses attentes, il en prit la première place qu'un attrait personnel renforçait : c'était la vendange de la parcelle de Corton qu'Adrienne avait imposée comme punition à son séducteur. Le Corton qui lui fut servi ne le déçut pas. Il prit le temps de le déguster en prêtant à cet instant, pleine présence, selon les préceptes d'Adrienne. Il but à petites gorgées en veillant à se concentrer sur la plénitude de ses sensations. Il ne réussit qu'à fortifier sa tristesse. Elle flotta d'abord dans son esprit en brumes de pensées qui s'étalaient telles des nappes molles et distinctes sans qu'aucune ne rencontre la force d'un courant. Il ne reconnaissait plus sa tristesse. Elle s'était métamorphosée. Elle n'était plus sa compagne compatissante qui le ramenait infailliblement à l'humeur de la même source, elle lui imposait un autre courant qu'il dut subir. Elle fuyait les sombres et complaisantes nappes que le sort du vieillard des hospices lui avait infligées pour courir vers d'autres horizons. Et cette tristesse-là, il la ressentait incarnée, nouante et reliée aux événements de la première étape de son voyage. Adrienne Bergerol était la source de cette tristesse et quand il se l'avoua, il commanda un deuxième verre de Corton. Le vin produisait toujours sur lui l'effet de le plonger dans une griserie presque immédiate qui, en revanche, évoluait peu, à tel point que même ses libations excessives lui épargnaient de sombrer dans l'état de la soûlerie. Cette griserie provoquait chez lui le redoublement de sa lucidité et ce fut par son truchement qu'au deuxième verre de Corton, il dut s'accepter comme un "glorieux" qui ne consentait pas à subir les souffrances d'une rupture sentimentale. Rien ne l'indisposait plus que de se découvrir en état de tricherie envers lui-même.

Il s'en trouva déconcerté par la légèreté avec laquelle il avait consenti aux arguments d'Adrienne pour justifier les formes de leur séparation. Pourtant, il n'en remit pas en cause le bien- fondé. Cette décision répondait à la vérité de son être en présentant l'avantage de préserver et peut-être même de rehausser le charme de leur union éphémère en la dispensant de l'achever sur la vraisemblable médiocrité des séparations.

Ces justifications ne le détournèrent pas pour autant du vide que laissait dans son cœur cette séparation. Il céda à nouveau au penchant de ses préjugés en estimant sa situation conforme aux illusions et à l'absurdité de l'existence : la vie offre des instants de bonheur pour les arracher cruellement ensuite. Le piège du bonheur se détendait en pleine félicité pour le rappel à l'ordre de l'inexpugnable loi du néant où s'abîment les élans de l'enthousiasme. Sa pensée retrouva son gouffre : le malheur comme le bonheur, au bout du compte, ne sont vécus pour rien. Mais le fond du gouffre ne résonna pas dans son être comme auparavant. La tristesse avait épuisé son nihilisme. Décidément elle courait bien, comme le lui avait indiqué Adrienne vers une lumière. Le temple du culte assidu s'était effondré et sur ses ruines s'éleva une pensée vague qui finit par donner corps à une affirmation : l'aventure des vendanges ne renvoyait pas à l'absurdité de la vie mais à ses promesses. Au cœur de ce recueillement rudéral, sa révélation se précisa : peut-être devient-on fidèle à la vie en ne consentant qu'à la suivre dans sa propre course par le sacrifice du détachement de chacune de ses offrandes après les avoir pleinement vécues ?

L'esprit de Baptiste Norroy s'anima. Le voyage, son voyage s'auréolait de sa raison d'être : il s'offrait comme intercesseur auprès de la vie pour peu qu'il s'y livrât corps et âme. L'art de vivre, l'art de voyager devinrent pour lui du pareil au même. Ce qui aspire à s'immobiliser, la vie l'abandonne à la mort qu'elle brave en lui laissant en pâture ce qui n'est déjà plus que guenille tandis qu'elle court à travers les lumières d'une autre durée. La mort a toujours une étape de retard sur la vie.

Il imagina le chapelet du voyageur : chaque grain sera un instant de vie qui, pour survivre réellement devra se renoncer pour donner libre cours à l'appel d'un autre et ainsi de suite jusqu'à ce que celui qui le porte cesse de se fuir en rencontrant la grâce de se trouver. Ainsi se forge la conscience du voyageur, ainsi s'épanouit l'éveil du vivant.

Le mot vivant l'enfiévra, il résonna en lui comme l'évocation des prouesses d'un talisman, comme les promesses de sa pierre philosophale à lui. C'était évident : il n'avait jamais été vivant, il n'avait jamais animé les aptitudes, les dons, les appels de son être pour le devenir. Son voyage commençait. Il venait de naître à sa tristesse, celle qui n'appartenait qu'à lui. Norroy aspira à devenir un vivant.

Il loua la sagacité d'Adrienne qui l'entraîna à adhérer à ce qu'elle préconisait chaque fois qu'elle l'invitait à vivre la plénitude de la présence à chaque instant propice. Il se souvint de l'instant où elle lui avait signifié le bon signe de leur tristesse : elle n'offrait d'autre issue que celle d'implorer la vraie joie. L'essentiel se tenait là, énergiquement là : se créer soi-même, se créer, dans la solitude d'abord, un mental serein.

Son esprit se replia sur la pleine dégustation de son Corton. La gorgée suivante ravit ses papilles pour célébrer l'aubaine d'avoir rencontré Adrienne Bergerol, cette grande dame qui lui avait ouvert un chemin d'éveil, cette grande dame qu'il fallait écouter jusqu'au bout, qu'il fallait donc oublier.

La nécessité de cet oubli n'apaisa pas l'épreuve de la séparation : on n'oublie pas une grande dame au fond d'un verre, il y faut une manière à la hauteur des éveils qu'elle a inspirés. Il rapprocha la nécessité de ce constat des raisons confuses qui, quelques heures plus tôt, l'avaient incité à modifier l'itinéraire de son voyage et il découvrit, avec surprise, qu'elles anticipaient à son insu, le parti pris qu'il venait d'affirmer. Ce fut pour lui une nouvelle occasion de mesurer le travail efficace et peut-être infaillible qui s'effectue dans l'être en dehors des lumières de la conscience.

Il tira la montre-gousset de sa poche. L'heure de l'autocar de Saulieu approchait. Il acheva son quatrième verre et il se leva, l'esprit libre et léger, pour se rendre à l'autogare.

Sitôt arrivé à Saulieu, Norroy s'enquit auprès de son hôtelier du moyen de joindre un hameau perdu, à proximité du lac des Settons. L'hôtelier ne connaissait pas cet hameau, mais quand Norroy lui indiqua, sans certitude, le nom du village auquel il était censé se rattacher, le lieu fut aussitôt identifié. L'hôtelier réfléchit et ne tarda pas à répondre qu'il aurait peut-être une solution. Et il en trouva une, dès le repas du soir. Il plaça son hôte à la table d'un marchand ambulant de vêtements pour qui la région n'avait pas de secret. Il ne fallut pas attendre le moment entre la poire et le fromage pour que le problème fût réglé et de la meilleure façon pour Norroy: le hameau qu'il avait désigné correspondait à celui qu'il recherchait et offrait même la ressource inespérée, en un lieu aussi retiré du monde, d'un hébergement que le marchand présenta comme un vestige paradisiaque ."Je vous y conduirai, demain matin, je fais ma tournée dans les parages et le détour pour moi en vaut la peine."

La bonne impression qu'il avait laissée à Norroy se confirma le lendemain. C'était un homme généreux, à l'humeur enjouée et contagieuse qui jouissait d'une impressionnante popularité. Il avait, comme il disait, "ses maisons", et il en trouva sur son trajet quelques-unes devant lesquelles il ne pouvait pas passer sans s'arrêter. Il y fut reçu, chaque fois, avec une franche camaraderie, par des gens aux accents prononcés et aux mœurs rustres qui avaient préservé leurs prévenances et leur gaieté à travers l'entrain de leur vie traditionnelle.

Dans la traversée des villages, du haut de la cabine de sa camionnette, il répétait ses coups de klaxon et Norroy voyait, à chaque fois, des bras se lever dans un élan de sympathie spontanée.

Une bonne demi-heure aurait normalement suffi pour atteindre le lieu où Norroy avait dessein de se rendre. Il y fallut la matinée!

Cette escapade amusa Baptiste qui entendit bien la poursuivre en invitant son chauffeur à partager son repas chez "la Cantonnière". C'était le surnom de la vieille dame qui s'acharnait à tenir cette auberge, aujourd'hui délaissée, après avoir connu ses heures de gloire, au temps de la pratique du transport du bois par flottage sur les rivières jusqu'à Paris. Cette activité nécessitait l'emploi d'une main-d'œuvre nombreuse pour diriger les bois et faciliter leurs passages lors des obstacles. On appelait alors "cantonniers" ceux qui, à l'aide de crocs, effectuaient ce travail depuis la berge et "poules d'eau" ceux qui le pratiquaient gaillardement dressés sur les bois, les pieds en permanence dans l'eau. Les uns et les autres avaient pris l'habitude de faire halte dans cette auberge qui, à cet endroit, se trouvait la plus proche des rives.

"La Cantonnière" avait incarné son sobriquet à cette époque, alors qu'elle était la petite fille du tenancier qui l'avait affectée au service des repas. Quand elle reprit l'auberge, quelques années plus tard, les "cantonniers" avaient disparu avec le déclin de la pratique du flottage, mais les gens du pays lui conservèrent l'usage de ce surnom, sans doute parce qu'il préservait la mémoire d'une époque qu'ils ne voulaient pas complètement révolue. Elle avait tellement marqué les esprits que le vendeur de vêtements, qui ne l'avait pas connue, en parla comme s'il l'avait vécue.

Ils pénétrèrent dans une vaste cuisine, au fond enténébré, où se devinait, par la flamme vive de son foyer, un fourneau à quatre marmites. L'avant de la pièce était presque entièrement occupé par deux tables, l'une, d'une longueur inhabituelle entourée de chaises disparates, invitait les hôtes à s'y installer en compagnie commune, l'autre, placée contre un mur blanchi à la chaux, recevait, dans un pêle-mêle indescriptible, des rangées de bocaux, des pots en grès étiquetés et des plats recouverts d'une cloche en verre ou en osier. Ils virent émerger de l'obscurité une femme alerte, au corps robuste et élancé. La lumière souligna son visage couvert de rides et sa chevelure grise coupée au bol.

– Ah ! c'est vous, s'écria-t-elle en reconnaissant le marchand de vêtements.

Une gêne contracta son visage qu'elle effaça aussitôt en la justifiant :

– C'est que je n'ai rien de prêt à vous offrir, mes pauvres.

– Ce n'est pas grave, Madame Émilie, on sait attendre quand on a devant soi une bonne roquille de vin. Et puis, vous allez sans doute nous dénicher un de vos petits amuse-gueule maison qui va nous rendre le temps de l'attente délicieux.

Ils s'installèrent au bout de la longue table, du côté de l'entrée, là où le soleil méridien poussait un jour allègre. Ils n'étaient pas installés que leurs regards se croisèrent sur la roquille de vin et les deux verres prestement déposés sur la table, déjà suivis de deux assiettes garnies d'une copieuse tranche de pâté qu'à la seule odeur, le marchand célébra comme la meilleure terrine qu'il soit possible de déguster sur les terres morvandelles.

En fin gourmet, dans son régal, Norroy approuva en détaillant avec justesse et à la surprise de Madame Émilie, les ingrédients de sa cuisine rustique.

Il est des instants fatalement doués de bonheur parce qu'ils replient le temps sur une association d'influences propices. Rien n'y prédispose mieux que la satisfaction d'une faim aigüe dans les délices d'un repas. La verve intarissable d'un marchand, chantre de sa région, la bonté rayonnante d'une vieille dame qui a su embrasser la simplicité du bonheur au plein de la vie archaïque de son auberge sur la rive d'un lac, emportèrent Baptiste Norroy dans le partage de leur joie de vivre.

Il s'installa dans sa chambre. Une saine odeur d'encaustique montait du plancher et imprégnait l'atmosphère confinée de la pièce pour en dégager les senteurs profondes qu'exhale l'odeur du temps recueilli sur lui-même. La rusticité de la chambre enchanta Baptiste. Madame Émilie avait dit que c'était sa plus belle chambre parce que c'était celle qui offrait la plus belle vue sur le lac.

En déballant ses effets personnels, il pensa à l'embarras de sa logeuse quand le marchand de vêtements lui avait déclaré la raison de sa visite.

– Pour tout vous dire, je suis pas sur ma tournée, j'ai fait ce petit détour pour vous amener un client qui souhaiterait passer quelques jours chez vous.

– Chez moi ! Mais ce n'est pas possible. Ce Monsieur est trop bien pour trouver son bonheur ici. Vous n'ignorez pas que mes chambres sont vétustes et dépourvues de ces commodités qui sont nécessaires aujourd'hui...

Et elle avait indiqué les hôtels de la région qui lui paraissaient plus convenables.

– Je le sais bien, Madame, mais c'est chez vous que j'aimerais séjourner.

La pointe d'imploration que porta le ton de Baptiste et plus encore l'innocente franchise, qu'au même moment, elle avait lue dans son regard, conquirent la confiance de son cœur simple.

Cette femme s'épanouissait dans la générosité de la vie. Il n'existait pas de clients pour elle, seulement des hôtes familiers qu'elle accueillait le cœur sur la main et cette disposition ne l'avait jamais trahie. La vie chantait en elle quand la joie de ses convives mettait en liesse son auberge sous les prodiges de son zèle. Sa bonté lui avait épargné les disgrâces de l'intérêt à l'argent. Présenter son addition à ses hôtes, au terme de la convivialité d'un repas, devenait un supplice pour elle. Ses notes étaient si modérément calculées que la plupart de ses habitués payaient par avance le double avec une insistance indiscutable qui la soumettait à encaisser sous le voile d'une rougeur.

Baptiste Norroy observa le lac en éprouvant le bien-être de cette chambre. Une bouffée de joie nourrit la pensée que son séjour s'annonçait sous les meilleurs auspices. Il éprouva le désir de marcher, de se livrer à la découverte des lieux. Il quitta la fenêtre et gagna le dehors par l'escalier qui débouchait sur le jardin de sa logeuse au bout duquel, par quelques marches de pierre très espacées, il atteignit le rivage du lac. Avisée, Madame Émilie lui avait donné quelques consignes - en fait, de précieux accommodements - destinées à lui offrir une pleine indépendance.

Il apprécia les précisions de Madame Émilie: "Vous longerez le lac sur environ trois cents mètres et là vous prendrez le chemin bordé de mûriers au bout duquel se trouve la maison que vous cherchez". Il y était. Il se trouvait devant une robuste bâtisse, chapeautée par la douceur d'un toit d'ardoise à quatre pans. Deux rangées de baies aux volets tirés égayaient sa façade.

Cette maison, ne présentait pas, en vérité, un grand intérêt à ses yeux, il avait seulement souhaiter la repérer afin de situer parfaitement l'espace qui se déployait autour d'elle parce que c'était celui où Adrienne avait vécu son enfance. L'existence de cette demeure et de ses occupants d'alors avait ravivé les souvenirs de Madame Émilie, ainsi en avait-elle évoqué un qui l'avait particulièrement marqué. Elle avait bien connu "leur charmante petite fille, elle s'appelait Adrienne, une enfant qui portait toujours le sourire aux lèvres. "Je la revois encore, avec sa longue robe fleurie. Elle savourait les fraises de mon jardin. C'était une vraie petite princesse, mais sans fierté". Madame Émilie avait conclu, à sa manière, par un aphorisme amer, d'une lucidité qui n'entamait pas sa bonté: "Ainsi finit le temps d'aujourd'hui, dans nos campagnes, la petite princesse a grandi et je ne l'ai plus jamais revue, ses grands-parents sont morts et les héritiers ont vendu la maison à des Parisiens qu'on ne voit jamais".

Il photographia mentalement la maison selon son habitude chaque fois qu'il entendait mémoriser une situation dont il savait qu'elle impliquerait des conséquences dans le déroulement de ses préoccupations.

Il quitta le lieu, certain d'y avoir recueilli ce qu'il était venu y chercher : plus qu'un point de repère, le centre de gravité de l'espace qu'il avait décidé d'habiter durant quelques jours.

Ce projet insolite confirmait les transformations de son mental. Depuis qu'il avait entrevu *la réalité aux ailes blanches,* depuis qu'un détour par la vie l'avait transporté dans le bien-être de l'âme bleue, sa très sombre conception de l'existence s'effilochait presque à son insu. L'horizon ténébreux où sombre inéluctablement un temps qui ravale tout aux illusions sous le triomphe de l'absurde commençait à lui apparaître comme, peut-être, le plus trompeur des mensonges que distille l'esprit humain. Le bleu, les adorables volutes bleues persistaient à défier son âme grise pour voler vers ces rives qui initient la conscience à une autre réalité.

Il s'aperçut combien son enfance triste, puis ses lectures de prédilection avaient entraîné son esprit aux pensées sombres pour le jeter dans une conception hautaine de l'existence qui, par son détachement des sollicitations de la chair, l'avait condamné, finalement, à partager la même cécité des humains aux vrais rivages de la vie.

C'est parfois avec le recul qu'une pensée rencontre la pleine force de sa portée et ce fut bien le cas pour celle qui occupa l'esprit de Baptiste quand il longea le lac après le retour en mémoire de ce que lui avait dit Adrienne lors de leur séparation : "Peut-être existe-t-il, au-delà de la vie, un lieu où tout prend un sens, où tout se réconcilie".

Il constata, une fois de plus, les effets surprenants de la gestation inconsciente de l'esprit. Cette pensée, par son acuité suggestive, l'avait frappé et elle résonnait à présent en lui pour l'autoriser à présumer qu'elle ne serait pas venue à l'esprit d'Adrienne sans le paradis enfantin qu'elle avait vécu, à travers la paix irréelle de ce paysage portée par le silence d'un lac reflétant le mystère de la forêt.

Fillette, Adrienne, s'était livrée à cette paix jusqu'à s'éveiller à un bonheur du rêve qui l'avait accompagnée toute son existence et qui n'avait jamais cessé d'apparaître comme le protecteur de ses joies. Pas une seule fois, dans la tendresse qui succédait à leurs ébats amoureux, elle n'avait manqué d'évoquer les bonheurs de son enfance, chez ses grands-parents.

Son projet s'éclaircissait : à travers l'univers enfantin de sa vénérable maîtresse, c'était les parcelles inconquises de sa propre enfance qu'il voulait ancrer en lui, afin de combler les béances qu'elle n'avait pas explorées. Adrienne avait voulu, avec lui, l'espace d'un instant, vivre son rêve d'amour. Il voulait, lui, reconquérir avec elle, l'enfance qui lui avait échappé.

Il la réentendit dire, avec l'émotion que provoqua sa mémoire en reproduisant si fidèlement le timbre de sa voix :"Je reste hantée par les ombres de mon enfance et vous ne pouvez pas imaginer combien elles redeviennent vivantes sitôt que mes souvenirs, avec les couleurs de ma vie écoulée depuis, se penchent sur elles."

Une autre fois, elle avait dit : "Je veille à ne pas laisser la vie s'engloutir sous les menaces de mon activité, c'est pourquoi je m'endors toujours en me contant un épisode de mon enfance ou en imaginant un nouveau conte. Comme c'est bon pour le sommeil ! Je porte en moi la vie comme une plante merveilleuse qui ne cesse de croître et qui m'accorde les faveurs de sourire devant la morosité du quotidien."

Il marchait. D'un pas nonchalant, mais régulier. Sa vision passive du lac enveloppait ses pensées sous l'aura d'influences occultes animées par la perceptible vitalité d'un souffle qu'aucun de ses mots n'accueillait vraiment..

Les bruissements d'ailes d'un oiseau à fleur d'eau le sortit de ses songes. Il marcha un long moment avec un regard soumis à sa réalité coutumière : la sensation de vie qu'il avait cru éprouver s'était effacée à travers un agglomérat de choses, muettes et repliées sur elles-mêmes pour ne ressembler qu'à elles-mêmes.

Il constata, avec intérêt, le contraste de ces deux instants rapprochés : un battement d'aile suffisait à rendre illusoire le chant de la vie pour le fondre immédiatement dans la fausse évidence de la réalité banale du monde. Il crut repérer, là, le piège déterminant de l'illusion.

Son esprit se vivifia sous l'ardeur d'une question : cette vie, qui ne se donne qu'en se refusant, était-elle vivable ? Il lui importait désormais de donner corps à cette question. Il était en train de se convertir à la conviction que le désespoir de l'absurde, que la folie des discordes, que l'épais et stupide conformisme social résultaient des sacrilèges millénaires de la caste des dominateurs qui ont toujours su confisquer la vie au profit de leur ordre avantageux. Il céda au rêve d'un monde où l'homme n'aurait pas été détourné de la merveille de vivre. En pleine candeur, il se résolut à vouer son être à l'accueil de cette merveille. Et cette même candeur le persuada que la seule voie digne pour oublier Adrienne commençait par la conquête intérieure de la réalité à laquelle elle l'avait ouvert. Il vivait à la fontaine de son être où, sans vraiment le savoir, déjà, sa passion charnelle s'était métamorphosée en quête spirituelle.

Les jours diminuaient. Le crépuscule colorait l'horizon du lac. Devant la vue de cette lumière, à travers l'indolente transformation de ses couleurs et la profondeur de leurs vides, s'annonçait ce qu'il cherchait.

Le lendemain, quand il rejoignit la cuisine pour prendre son petit-déjeuner, il rencontra une "madame Émilie" guillerette, visiblement animée par le bonheur de préparer le café pour quelqu'un d'autre qu'elle-même. Elle accueillit Baptiste avec cette présence maternelle qui enchante une journée. Il lui annonça qu'il entendait entreprendre, dès le matin, le tour du lac.

– Ça tombe bien, la journée sera belle. Je ne me souviens pas d'avoir connu un automne aussi superbe sur une si longue durée. Et comme c'est parti, ça semble bien vouloir durer jusqu'à la Toussaint. Il vous faut compter au moins cinq bonnes heures, c'est ce que met un bon marcheur.

– Je crois être un assez bon marcheur, mais un marcheur qui prend le temps. Je ne marche pas que pour marcher...

"Madame Émilie" acquiesça à cette remarque avec un regard complice qui donnait à entendre qu'elle en avait compris les sous-entendus. Elle se contenta de dire :

– Attendez un instant. La marche creuse l'appétit. Je vais vous préparer de quoi y répondre."

Elle revint quelques minutes plus tard avec un sac empli de victuailles.

– Je vous confie la musette de mon mari. Il était bûcheron et le midi, il mangeait souvent au bois."

Norroy entreprit sa randonnée le cœur comblé par la sollicitude de sa logeuse. Une question troubla son esprit : comment les hommes avaient-ils pu s'écarter d'une telle bonté jusqu'à la renier en la tournant, parfois, jusqu'en dérision. Il déplora l'effet ravageur de l'appât du gain en imaginant l'ampleur de l'épanouissement social qui en aurait résulté si les hommes avaient, autrement mieux, préservé leur propre intérêt en donnant libre cours à l'aspiration de cette bonté. La réponse des bien-pensants ne tarda pas à assombrir son esprit avec leur sempiternelle objection qu'il avait jusqu'alors partagé mais sur un tout autre plan: "De l'idéalisme, tout cela, mon cher, le creux de l'idéalisme." Leur sourire ironique et satisfait le lamenta. Car un seul presque rien entravait la possibilité de cette aspiration. Il lui paraissait si facile à chaque homme de s'évader de la prison dans laquelle les dominateurs ont agglutiné l'espèce humaine. Mais ce presque rien a rencontré une force décisive, quasi souveraine, avec la ruse des tout-puissants qui sont parvenus à façonner une société fallacieusement appliquée à ce que l'homme ne s'aime pas. Que l'homme n'aime pas l'humain qui est en lui, qu'il s'en détourne afin qu'il n'aille pas s'épanouir aux fêtes d'un peuple libre.

Il éprouva la fierté de sa lucidité qui proclamait une soif de liberté ultime et inaliénable: échapper à cette condition truquée qui rassemble les troupeaux sur les places publiques devant les estrades occupées par toutes sortes de curés en conflits pour construire le seul avenir possible, celui qui est le leur, et qui est finalement le même pour tous parce qu'au bout du compte, toujours, il l'enferme dans la même cage, dressée par les grandes seigneuries qui pavoisent leurs étendards pour régner sur le monde. La liberté cria sa vigueur en lui: devenir vivant et le rester. La vie, peut-être, s'offre tel un songe que l'humain doit embrasser pour lui donner corps.

Le silence apprivoisa ses pensées pour les noyer dans la vision du lac. Il demeura cependant un long moment devant une réalité obstinément repliée sur elle-même, figée sous les apparences de son décor. Il se heurtait à cet obstacle, devant lequel jusqu'alors, et avec indifférence, il avait borné ses liens avec le monde vivant qu'il appréhendait à présent comme "la première couche du réel", celle qui commençait à lui apparaître comme le piège qui enferme le regard dans la trompeuse apparence de la suffisance du visible.

Il s'éprouva dans la posture d'un piètre spectateur aussi stupide qu'un touriste avide de consommer les beautés d'un paysage de carte postale. Au creux de l'inertie de sa sensibilité, il se découvrit d'autant plus démuni qu'il ne possédait pas même le savoir qui lui aurait permis de nommer les curiosités vivantes auxquelles s'accrochait son regard : un oiseau aux ailes amples, abandonné à l'ivresse au-dessus du lac, une diversité de canards trottinant sur les eaux paisibles troublées par la cacophonie de leurs cris et ce défilé de fleurs flétries auxquelles l'automne serein donnait l'audace des couleurs recueillies.

Il resta écrasé par le grandiose du lieu jusqu'à ce que le rythme de la marche l'associât, par des apparitions fugaces, aux sortilèges de la nature. Il toucha alors à cet état qu'il recherchait, depuis les vendanges, et qui était celui du simple bonheur d'exister.

Devant lui, le chemin s'écarta du lac pour contourner l'avancée d'un bosquet ceinturé par une haie touffue, éclatante sous les mordorures automnales. À quelques signes précis correspondant aux évocations d'Adrienne, il crut reconnaître là, l'un de ses lieux enchantés. Sur des traces à peine perceptibles, au milieu des hautes herbes, il se fraya un accès vers le cœur solitaire du bosquet.

La présence d'une vieille souche, tout au bord du lac, confirma sa supposition : il se trouvait bien, là, dans le refuge préféré de la jeune Adrienne. C'était en ce lieu qu'en croyant contempler le lac, elle avait appris à respirer avec la terre.

Il déposa sa musette et s'assit sur la souche. La retombée de la frondaison des arbres qui bordaient l'eau présentait une trouée ouverte sur une vaste portion du lac s'étalant jusqu'au profil mamelonné de l'autre rive, colonisée par une profusion d'arbrisseaux que dominaient, éparses, les cimes du vert mystique des sapins. La vision de ce refuge lacustre vida sa conscience pour la plonger dans les évocations de la rêverie.

L'horizon s'effaça. Une douceur hypnotique l'entraîna vers ce lambeau de vie, vers cette miniature cosmique en suspens dans l'irréalité du miroitement confondu du ciel, de la forêt et de l'eau. Son corps perdit toute pesanteur dans le vide des pensées et des désirs pour se laisser ravir par la ferveur de cette autre réalité si étonnamment vivante qu'elle absorbait son âme en la révélant.

Et ce fut encore une révélation pour lui que de se découvrir projeté au cœur de la vie insoupçonnée de l'univers par la magie de ce miroitement. Le ciel et la terre s'embrassaient dans l'abandon d'un instant d'amour cosmique. L'invisible jaillissait du visible qui s'effaçait sous l'ardeur des fantaisies de la matière pour donner libre cours à l'épanouissement du ciel au sein de la profondeur terrestre d'où s'élevait un firmament de lumière emportant la réalité du lac dans la pureté céleste. Les arbres, galvanisés par le miracle accompli de leurs racines, frémissaient de dévotion.

Les cris d'un milan royal redessinèrent l'autre rive et le ramenèrent dans l'expectative du bosquet. Mais il n'était plus le même : son esprit s'était ouvert à une humeur céleste qui, devant le vol majestueux de l'oiseau, enflamma sa conscience en lui donnant les hauteurs d'une liberté exaltante. Cette épiphanie de vie couronna l'éveil de son être.

Il se rassura: non, il ne se livrait pas à une croyance, à un credo épris de prosélytisme, mais simplement à la nécessité de la joie d'exister que le penchant de son esprit accueillait comme la recherche d'un absolu qui se donnait, qui se respirait, qui entraînait dans le souffle de la vie. C'était à la vie, à la vie seule qu'il se donnait, à cette vie telle qu'elle venait de s'offrir dans les profondeurs inexplorées de son être, à cette vie qui cessait de lui apparaître comme la mère universelle du malheur d'exister pour s'imposer, désormais à son être infime et unique, sous l'immense attraction d'une sœur qui, comme lui, mais avec le don de l'entraîner dans les émerveillements de ses créations, courait, elle aussi, à l'avènement de *la réalité aux ailes blanches.*

À l'issue de sa mésaventure des vendanges, Norroy avait prévu de ne rester que quelques jours sur les rives du lac, tout au plus une semaine. Un mois s'était écoulé et il était toujours le locataire de "madame Émilie". La vie simple de l'auberge le comblait et il se plaisait à sillonner la campagne. Il avait parcouru plusieurs fois le tour du lac et partagé les lieux de prédilection d'Adrienne. Il avait même fini par découvrir, sans vraiment le chercher, l'accès à son recoin le plus attachant, celui, répétait-elle, qui lui offrait la meilleure part de rêve sur son île, une île qu'elle imaginait, tantôt flottante, tantôt volante. Cette île-là inspirait l'imaginaire de la fillette jusqu'à l'emporter à croire que le monde et elle-même n'existaient vraiment que dans les moments de leurs échanges.

Le vœu, la prédiction d'Adrienne, déjà se réalisaient: en parcourant les stèles de l'enfance de son amante, il commençait à l'oublier pour s'adonner à travers son propre vécu, au partage de la vie de l'univers dont il s'émerveillait de constater combien elle était animée par des désirs, des passions et des humeurs auxquels, jusqu'alors, il était resté indifférent. Chaque ombre de mystère s'ouvrait sur une autre dans un perpétuel enlacement de correspondances où seules s'imposaient, étrangères au bien et au mal, les éphémères unités des éléments de la nature, inlassablement renouvelées, sur un fond de silence aux aspirations de présages. Cette ouverture à la voix balbutiante de l'inconnu, à cette affirmation expectative de la vie, affermissait ses affinités naissantes pour la nature. Elle stimulait sa joie de marcher unie à sa joie de vivre. La marche, en favorisant la fusion du corps et de l'esprit dans l'éveil de la sérénité, était devenue pour lui la meilleure accompagnatrice de la vie.

Il s'était attaché à parcourir les longs sentiers forestiers des versants du lac. Ces chemins-là l'entraînaient toujours plus loin dans les profondeurs de la forêt parce que chaque perspective atteinte en offrait une autre aussi engageante.

Marcheur alerte, il découvrait la nature comme il ne l'avait jamais vue : criblée d'éveils qui l'invitaient à autant de seuils vers un ailleurs qu'un éclair d'épiphanie paraissait lui rendre accessible. Dans l'oubli de tout, il se laissait emporter vers ces replis par des liens inéprouvés jusqu'alors pour hanter un espace merveilleux. Où l'amour du ciel enlace un lac. Où l'ardeur d'un oiseau y entraîne son nuage. Où la seule chute d'une feuille bouleverse et renverse son arbre qui se laisse écrire avec la plume perdue de l'oiseau ensorcelé.

Son regard s'apprivoisait au-dedans de l'apparent pour s'ouvrir à un seuil où il fallait s'exercer au don d'ubiquité. Perdu ? Promis ou simplement à conquérir ? Un seuil dont chacune des visions se renouvelle, parce que chacune porte l'instant de l'une des infinies contemplations de la vie.

Baptiste, à travers la pratique de sa marche, finit par supposer que l'accoutumance à une telle vision suffirait à rendre invivable un retour au séjour des mortels dont les lourdeurs et la médiocrité seraient insupportables. Il puisait, dans cette matrice cosmique, la fécondité de sa solitude. Pour le moins, il s'était déjà convaincu de tenir la bonne voie, celle où sa conception de l'absurdité de la vie capitulait devant l'éclat du merveilleux.

Puis le temps changea. Pas précisément à la Toussaint, mais quelques jours après et pour "madame Émilie", ce décalage n'infirmait rien : le temps change toujours à la Toussaint. Le ciel se chargea mollement de nuages, le froid se posa et la pluie l'emporta.

Décidément, aucune prévenance n'échappait à «madame Émilie : "Mon mari travaillait dehors par tous les temps. Jamais la pluie et même la neige, tant qu'elle ne s'acharne pas à tout recouvrir, ne l'ont perturbé. Vous pourrez continuer vos... je ne sais quel mot il faudrait employer, 'promenades', avec vous, ne me convient pas, mais je n'en dispose pas d'autres. Comme vous avez à peu près la même taille que lui, vous prendrez son équipement de pluie, un ciré avec une capuche et vous serez dedans comme s'il ne pleuvait pas."

Baptiste vénéra une fois de plus "madame Émilie" : sans ses incitations à poursuivre ses "promenades", sans surtout les moyens qu'elle lui avait fournis de les effectuer dans des conditions convenables, il n'aurait vécu les enchantements que réservent les paysages sous la pluie.

Ce fut, en effet, une forêt métamorphosée qui s'offrit à lui, dans une intimité généreuse en résonances surprenantes sous l'éclat argenté que posait la pluie sur les couleurs automnales. Il resta longtemps confondu par les manifestations infinies de la beauté que recélaient les recoins les plus inaccessibles. Sa solitude lui ouvrit les grâces de son repli sauvage en prêtant aux rideaux de la pluie une transparence qui anima le voile habituel de son isolement devant les choses de la nature. Les paysages de pluie le fascinèrent.

La pluie transformait l'espace. Elle le resserrait pour en révéler, dans des profondeurs nouvelles, des présences jusqu'alors effacées. La grisaille ménageait d'étonnantes surprises réservées aux regards qui bravaient l'apparence de sa monotonie pour s'appesantir sur les réhauts qui la trouaient en seuils où s'animaient, par de vagues floues, les figures furtives de la vie à l'avant d'autres, plus secrètes encore. Loin de se lasser de son impuissance à en pénétrer le mystère, il se satisfaisait d'en recueillir la présence et d'en admettre la fugacité par la condition même de son dévoilement toujours en mouvements, toujours comme la mer, en train de se faire et de se refaire, sous les sortilèges d'un inépuisable dynamisme créateur. Il déplorait souvent l'atrophie de ses sens qu'il considérait comme un état accidentel de l'homme. Il ne prêtait pas une autre cause à la déchéance de l'humanité que celle de son orgueilleuse et illusoire volonté de puissance qui avait abouti à sa faillite spirituelle et à la mutilation de ses sens. Confiant dans l'avenir de sa quête, il se sentit, une fois de plus, heureux de tenter de vivre, en foulant son singulier chemin. Jamais, durant ces quelque jours de pluie, il n'avait rencontré autant d'animaux sauvages sur un laps de temps aussi resserré. La plupart se détournaient paisiblement de lui, certains marquaient seulement une vague surprise par un arrêt durant lequel la crainte s'effaçait de leurs regards puis ils reprenaient leur passage d'un pas moins furtif, presque apprivoisé qui animait étrangement l'espace de leur apparition.

Il fixait, et parfois très longtemps, sa contemplation sur des scènes apparemment aussi anodines que l'éveil de la blancheur sur un tronc d'arbre ou que sur le jeu des perles de pluie, obstinées à s'étourdir autour des branches arc-boutées d'un sapin.

Au cours de tels instants, il s'apprivoisait à ce qu'il appelait, ses "frissonnements d'éternité". Et il s'extasiait devant les prodiges jusqu'alors insoupçonnés de la pensée à travers son aptitude, sitôt qu'on lui en donnait les exigences, à s'évader, au-delà de la seule réalité enclose par les raideurs de la conscience, parmi les nimbes de l'infini. La pensée, l'infinie liberté de la pensée, la merveille d'un monde merveilleux, jaillissait du silence de son être, brisait la prison mensongère des apparences empressées d'évidence et s'élançait vers son lieu, dans la lumière du monde où sommeillent les espérances de l'inconnu.

La pluie avait cessé et il remontait une sente pentue quand son esprit se replia sur son passé en accueillant des reproches qui l'acculaient à sa propre déconsidération : comment avait-il pu demeurer si longtemps indifférent aux aspirations prodigieuses de la pensée qu'il avait si lamentablement dévoyée en ne l'exerçant qu'au feu ravageur de son nihilisme ? Comment avait-il pu végéter si longtemps dans cet amoindrissement de l'être ? Il retourna contre lui-même son ironie condescendante pour constater qu'il s'était écarté de cette ressource primordiale, avec le même aveuglement que la gent moutonnière dont il prétendait se distinguer. Jamais il n'avait seulement supposé la possibilité d'explorer les conditions propices à l'envol de la pensée qui n'aspire qu'à libérer la joie de vivre en rendant écho à l'énigme de l'univers. Il se détacha de l'une de ses idées, pourtant maîtresse hier, en ne convenant plus que la conscience était une malédiction car cette conscience, il entendait bien la conduire à s'exorciser sur les voies de la pensée, à l'ouvrir au grand large de la vie, à devenir le foyer d'un esprit libre et serein.

Il appréciait chaque jour davantage les bienfaits de la marche. Elle avait élargi et aiguisé sa lucidité. Il découvrait qu'elle n'était pas étrangère aux radicales transformations de son être. Pour l'heure, ces changements ne l'affectaient par aucune remise en question de son mode de vie. L'autre qu'il était devenu n'avait comme horizon que la suite du voyage et c'était à elle seule, dans les rares moments où il envisageait son avenir, qu'il vouait son être nouveau, insouciant à ce qu'il allait devenir.

Même son passé immédiat s'effaçait malgré les troubles sentimentaux qu'il avait subis. Le souvenir d'Adrienne s'était lentement modifié dans son esprit et très au-delà de ce qu'il était venu chercher au bord de ce lac avec la conscience du but équivoque de recueillir et de partager les sortilèges de son enfance. Au fil de ses vagabondages, et pour ainsi dire à son insu, une curieuse transmutation s'était produite dans son esprit : sa passion amoureuse, les plaisirs partagés avec Adrienne s'étaient projetés sur le grand corps de la nature pour lui revenir en appels de regards inopinés à travers lesquels se créait son propre regard. Et ce regard-là l'avait ancré aux présences que son esprit floué avait toujours ignorées.

Un mois s'était écoulé sans qu'il n'en prît conscience. Chaque jour se repliait sur sa durée propre, étrangère aux contingences de la vie quotidienne, et même les repas chez "madame Émilie" y échappaient. Chaque jour avivait la sympathie qui les rapprochait. Son séjour à l'auberge était un antre de paix où ne régnait que le bonheur de la générosité.

Dès son arrivée, il avait été sensible à l'attachement de sa logeuse, pourtant inévitablement confrontée à la singulière situation de ce jeune pensionnaire égaré en un tel lieu à une pareille période ! L'ascendant de "madame Émilie" l'avait rapidement aidé à comprendre qu'elle accordait intérêt seulement à ce qui favorisait, en compagnie humaine, le levain de la sympathie. Naturellement, spontanément, elle n'entretenait conversation que pour offrir à chacun ce qui lui rendra la journée agréable. Elle rayonnait dans le bonheur qu'elle éveillait.

À ce constat, il reçut, une fois, un éclair de pensée qui le ramena à Clarisse. La part de vérité de ce rapprochement fut vite dissipée par le déplaisir que lui procurait les souvenirs refoulés de son passé.

Il lui fut piquant de constater combien, dans les relations humaines, certains blocages anodins s'affirment comme des freins à l'épanouissement des affinités. Il lui avait fallu presque une semaine pour surmonter l'embarras qui l'empêchait, quand il s'adressait à sa logeuse, de passer de son respectueux "Madame" au familier "madame Émilie" que réclamait la sympathie de son cœur. À chaque fois qu'il tentait le passage, brûlant sur ses lèvres, son "Madame" s'étouffait sur un hiatus bouclé par un bredouillis. Le persistant et sonnant "Monsieur" que lui réservait sa logeuse n'en favorisait pas la prononciation.

Dès qu'il fut parvenu enfin à articuler le prénom, leur rapprochement se fortifia pour donner libre cours à des confidences et à des connivences. La bonté de "madame Émilie" se débrida. À partir de ce moment, il ne s'entendit plus nommer autrement que par son prénom et souvent il voyait les yeux bleus de la dame aux cheveux gris s'attendrir quand elle ponctuait par un affectueux "mon petit" un argument de leur conversation qu'elle aurait souhaité convaincant. Ces marques d'affection remuaient le cœur de Baptiste pour s'apaiser en un réconfort ambiant qu'il recevait telle une caresse d'assurance et de paix.

Il passait peu de monde à l'auberge et les rares clients qui s'y arrêtaient étaient tous de vieilles connaissances de "la cantonnière" qui, à l'instar du marchand de vêtements n'hésitaient pas à faire un détour pour, comme il se plaisait à le dire, "se régaler". C'étaient des voyageurs de commerce et surtout des gardes forestiers. Ainsi, dans son auberge vide, la plupart des jours, "madame Émilie" cessa vite de considérer son hôte comme un client. Elle l'invita à sa table et chacun de leur repas devint, pour ces deux êtres affermis à la solitude, la célébration de la joie de se retrouver ensemble.

Pourtant, Baptiste finit par se réveiller un matin qui ne ressembla plus aux autres. Ses premiers pas, à la sortie du lit, le portaient d'abord vers la fenêtre où il demeurait un long moment dans l'observation du lac. Il fut, ce matin-là, ébloui par son insolite splendeur. Au-dessus des eaux, d'un bleu laiteux, des volutes de brume s'élevaient en quête de formes mouvantes déclinant toute la gamme de la blancheur avant de se confondre avec le ciel creusé par l'ample disque d'un soleil blanc.

Il avait neigé durant la nuit. Certes, pas comme à La Chaux d'Ambruz, avec ces chutes qui ensevelissent la contrée en quelques heures. Il s'agissait d'une légère poudrée de neige qui duvette le paysage et adoucit les squelettes de l'automne.

Cette neige l'angoissa : elle le replongea dans le malaise du temps quand il rappelle l'inexorable épuisement de chacune de ses durées, quand il ramène leurs promesses à la loi tragique du discontinu qui donne le goût du bonheur pour au bout du compte l'anéantir. Il pensa que l'on ne couve pas indéfiniment la sérénité. Il renoua avec son éternelle question finalement aussi tenaillante qu'avant les fécondes expériences qu'il venait de vivre. Les fins amères du bonheur invitent à la sagesse du désabusement.

Mais sa lucidité, affermie par ses expériences récentes, ne l'entraîna pas sur cette voie-là. Elle l'invita à admettre l'évidence : on ne transforme pas l'oasis d'un voyage en mode de vie.

Il puisa, en lui-même, sous la clarté de ses épiphanies vécues autour du lac, les ressources de repousser ses trop fallacieuses tentations nihilistes. Une autre réponse s'imposa à son esprit sous l'emprise d'une réalité qui rayonnait maintenant dans son être, une réalité primordiale qui se replia sur l'exaltation d'un mot, le mot "ermite". Ce mot l'enthousiasma parce qu'il réconciliait tout en lui. Il tenait une solution, la seule solution qui convenait à ses exigences de vie. Pour la première fois, il envisagea son existence au-delà de son voyage, avec la force d'y survivre.

L'opéra cosmique qui se déroulait au-dessus du lac happa à nouveau son attention. Comme elles étaient libres, ces formes, dans leur déploiement au sein de l'espace. Elles ne s'abandonnaient à l'existence que pour s'adonner à leur accord improvisé selon l'humeur du ciel. Exemptes des misères de la conscience, il ne leur incombait d'autres rôles que celui de consacrer puissance à la joie de se répandre pour se fondre dans ce qui leur ressemble, dans ce qui les attend pour accroître l'essor de leur songe de plénitude avant de disparaître dans l'énigmatique immatérialité de l'azur.

Une pensée déferla : "Quelle merveilleuse alchimie que l'humeur du ciel à travers l'infini des actes de cet opéra inépuisable, en perpétuelle ivresse dans le jeu de sa créativité".

Et cette pensée s'illumina : "Voilà à quoi doit ressembler mon esprit. Alléger ma conscience. Renoncer aux errements du moi, aux turpitudes des désirs. Être ermite."

Il prospérait sur le chemin de son voyage. L'image du chapelet du voyageur telle qu'il se l'était représentée lui revint en mémoire : le "grain du lac" avait atteint la perfection de sa forme, ailleurs, d'autres "grains" l'attendaient. Telle était la règle du voyage : poursuivre la confection du chapelet, même s'il le croyait achevé en le voyant déjà chatoyer sous les couleurs de l'érémitisme.

Il quitta sa chambre pour prendre son petit-déjeuner. Dans l'escalier, l'arôme stimulant du café enveloppait le temps sous le charme de la vie domestique. Comme chaque matin, "madame Émilie" l'accompagna en se servant une tasse de café. Il tenta, à plusieurs reprises, de lui annoncer son départ, sans en trouver la force. Les suggestions de la bonne odeur du café l'en empêchaient. Il se contenta de lui dire qu'il avait décidé pour cette journée d'entreprendre une nouvelle fois le tour du lac. Il la vit accuser un coup qu'elle maîtrisa vite en prodiguant, sur un ton maternel, ses conseils : "Ce ne sera pas une imprudence si vous prenez les précautions nécessaires. Méfiez-vous, ce froid est vicieux. Habillez-vous chaudement et ne vous découvrez pas, même si la marche vous échauffe."

Lors du repas du soir, dans la quiétude de la veillée et en prenant les précautions d'une approche en douceur, il trouva le courage de l'aviser de son départ. Elle le tira d'embarras aussitôt : "Je m'y attendais, mon cher Baptiste. J'avais compris, ce matin, à travers ce que vous n'arriviez pas à me dire, ce que vous vouliez m'annoncer. J'avais bien supposé aussi que votre tour du lac d'aujourd'hui était un adieu au pays. Tout a une fin et c'est grand malheur pour ceux qui ne savent pas vivre avec cet ordre des choses. Je m'occuperai, dès demain matin, des moyens de votre départ. Vous serez arrivé ici avec un marchand de vêtements, vous en repartirez avec un épicier.»

Ce soir-là, ils conversèrent plus longtemps que d'habitude et ils s'aperçurent, sans surprise, qu'ils se connaissaient bien au-delà de ce qu'ils croyaient.

Quand "madame Émilie" lui remit l'addition, Baptiste régla beaucoup plus que le double tant le montant était dérisoire. Elle prit la liasse de billets et la dédoubla au doigt mouillé et lui restitua la part qu'elle n'acceptait pas. "Reprenez cela, sinon je les jette au feu, ce qui serait un sacrilège. Ce que vous avez déposé dans mon cœur vaut infiniment plus que ces maudits billets."

La moindre insistance aurait offensé la bonté de cette vieille dame qui incarnait, à ses yeux, en ce moment précis, et au fort de son émotion, le plus bel exemple de la dignité humaine. Il s'exécuta.

Ils se tenaient face à face, debout, les corps prostrés dans l'attitude un peu ridicule à laquelle prédispose l'embarras des adieux. Seuls leurs regards, croisés dans la même tristesse, ne reflétaient plus que l'emprise de la vie qui les avait unis et qu'il fallait rompre par l'acte tranchant de la séparation.

Baptiste, le premier brisa le silence, avec des paroles qui se voulaient l'aveu ultime de son attachement et qui lui parurent, sitôt prononcées, d'une déplorable banalité ce que lui confirma la réponse d'Émilie :

– Oui, on dit cela, "mon petit", ça console, ça aide à passer l'émotion des départs...

– Sauf quand la mémoire est gravée. Et la mienne l'est, "madame Émilie".

– Bien sûr, mais il y a une vie après chaque séparation qui éloigne nécessairement les êtres qui se sont aimés. Et c'est très bien ainsi.

L'épicier répéta son arrivée par plusieurs coups de klaxon.

– Vous allez vers un bon port, "mon petit", j'en suis sûre. Car vous êtes né sous une bonne étoile. Maintenant, partez. Les mots sont inutiles en pareils circonstances.

Il chargea ses bagages et s'installa aux côtés du chauffeur qui s'apprêtait à démarrer quand Émilie retarda le départ par un signe qui indiquait qu'elle avait oublié quelque chose. Elle revint en trottinant avec, au bout d'une main, un paquet enveloppé dans une serviette de table nouée. "Tenez, c'est une petite collation pour votre voyage qui va être très long, avec tous ces changements de train."

L'épicier, cette fois, démarra pour de bon. Baptiste Norroy ne vit que l'image de l'émotion de "madame Émilie", sa dernière présence, fixée dans le plus beau portrait qu'il pouvait emporter d'elle, avec son visage pétillant de bonté sur lequel se plaquait visiblement le contrôle de sa tristesse qui criait sa sagesse, comme si elle employait les dernières ressources de cet instant pour affirmer que l'on reste encore fidèle à la vie avec la volonté de ne pas succomber à ses duretés.

IV

L'après-midi était déjà bien avancé quand Norroy arriva à Orléans sous un ciel gris et par un mauvais froid humide. À la sortie de la gare, il se dirigea vers le centre selon sa pratique qui consistait à se donner un point de repère, le plus souvent son lieu d'arrivée, pour aller à la découverte de la ville en s'engageant dans les rues susceptibles de le conduire au quartier où il entendait s'établir. Il s'en remettait ensuite au hasard et, cette fois, le hasard le conduisit sur une vaste allée animée par une foire. Il se faufila entre les étals en se laissant bercer par le parler des gens du pays.

Il s'était familiarisé, durant son long séjour parmi les Bourguignons à leur accent si plaisamment rocailleux à ses oreilles. Il se crut tombé dans un autre monde. Ce changement brutal d'accent, ces différences d'inflexion, accaparèrent son attention. Il se plut à rapprocher cette diversité de celle des vins en se prêtant à leur supposer un lien. Il avait découvert et savouré en Bourgogne un vin charpenté et long en bouche, aussi se plut-il, à l'écoute de cet accent répandu sur le champ de foire, à imaginer le vin gouleyant et friand qui s'offrirait à lui sur ces nouvelles terres.

Une averse soudaine l'incita à se réfugier dans une brasserie. La salle était comble, assourdie par le brouhaha de paysans loquaces. Il ne restait qu'une place à une table occupée par un homme seul. Il s'y installa avec l'intuition de se trouver en présence du type même de personne qu'il s'attachait à rencontrer pour obtenir les informations qui lui permettaient de s'installer de la meilleure façon dans une ville inconnue. Il avait vu juste: ses prévenances éveillèrent chez ce quinquagénaire alerte une sympathie immédiate. Il était tombé sur un Orléanais qui connaissait sa ville autant qu'il l'adorait. Norroy avait l'art de dénicher ce genre d'informateur, aussitôt disposé, avec une fière générosité, à lui fournir ces renseignements qui précipitent dans les charmes attendus d'une ville.

Baptiste quitta la brasserie avec l'assurance de détenir les bonnes adresses qui lui permettraient de s'installer dans cette ville selon ses convenances. Pressé de se soulager de ses bagages, il emprunta aussitôt la direction du quartier que lui avait désignée son guide avec des précisions qui comblaient ses attentes. La soirée s'ouvrait sur des perspectives prometteuses lui épargnant l'inquiétude que l'on éprouve, aux transitions du voyage, quand le soir tombe sur une grande ville agitée, et que l'on se retrouve seul, sans demeure.

Les rues qui descendaient sur la Loire fixèrent sa curiosité jusqu'à ce qu'il atteignît la fameuse rue célébrée, fort justement, par son "mentor". Avec les précisions qu'il lui avait indiquées, il ne tarda pas à repérer son hôtel: on y accédait bien par un café où s'ébaudissait, à l'heure de l'apéritif, une clientèle visiblement d'habitués. Il fut vertement entrepris par le serveur qui s'appliqua à montrer qu'il était aussi le réceptionniste en se donnant des airs de patron sous l'emprise flagrante d'un mimétisme qui relevait plus de la naïveté que de la vanité.

- Je regrette, Monsieur, mais l'hôtel est complet. Notre ville accueille un très important congrès et nous sommes tenus de recevoir une clientèle inhabituelle.

Il ne parlait pas, il se charmait en s'écoutant parler. Ce comportement agaça Norroy.

- Je le comprends fort bien, Monsieur le Directeur, mais je crois savoir que vous louez également des meublés aux artisans en déplacement. Peut-être...

- Certainement, Monsieur, certainement, mais nous les louons à la semaine.

Alors, ils finirent vite par s'entendre. Le garçon de salle invita Norroy à le suivre après s'être empressé de lui prendre sa valise. Ils sortirent du café par une porte qui donnait sur un porche latéral ouvert sur une vaste cour, bordée d'un côté par un long bâtiment et de l'autre par une enfilade de maisonnettes que dominaient les branchages décharnés de quelques arbres. Le fond paraissait bouclé par un atelier.

En entendant le garçon lui présenter la chambre, Norroy ne le reconnut plus: il avait mis bas le masque de son jeu pour retrouver son naturel qui était celui d'un bon petit gars. "Je m'excuse,

Monsieur, je dois vous quitter car j'ai beaucoup de monde dans la salle et je suis seul. Prendrez-vous la pension complète?"

Norroy répondit affirmativement. Le jeune homme lui indiqua les heures des repas et quitta la chambre avant de se retourner pour exprimer, avec une candide affabilité, sa disponibilité sitôt que l'affluence de la clientèle du café se serait apaisée. En l'entendant descendre l'escalier avec précipitation, Baptiste regretta, au seul motif de s'être prêté à l'agacerie des apparences, d'avoir pris de haut ce brave garçon.

Il se contenta, au premier soir de son séjour à Orléans, de parcourir la rue que son guide considérait comme la plus attrayante de la ville. Il y retrouva, en effet, l'atmosphère populaire fidèle à la représentation qui lui en avait été faite et qui correspondait à la singularité d'un quartier telle qu'elle se traduisait à travers un entrain qui ne pouvait exister nulle part ailleurs. Le temps semblait chérir ce vécu enraciné en l'unifiant pour s'éblouir dans sa propre durée.

Cette rue s'offrait à chacun comme une invitation à se détacher de son personnage social en abolissant les différences de rang, les tensions de l'existence quotidienne pour entrer dans une humeur collective ouverte au grand vent de la liberté. Un comble, certes, de l'illusion, mais liée seulement à la loi de la rue, autorisant le frénétique débridement du malheur ou de l'espérance de vivre.

Il s'abandonna à vivre la rue. Une soubrette exalte son roman d'amour dans les bras d'un jeune mastodonte. Un ivrogne, enlacé à un lampadaire, profère ses insultes contre la société en les élevant jusqu'au ciel pour finir par s'engueuler avec Dieu. Un autre bourlingue sur le trottoir en chantant à tue-tête, d'une voix éraillée, les refrains des chansons de sa jeunesse perdue. D'un café bondé, les sons d'un accordéon transpercent le tohu-bohu des paroles, des cris et des chants. Plus loin, encore sous un lampadaire, peut-être ivres, eux aussi, deux jeunes improvisent un nouveau monde avec une fébrilité surréaliste. Devant une maison close, une belle-de-nuit caresse sa longue robe en la remontant lentement jusqu'au haut de la tentation de ses cuisses pour la laisser brutalement retomber en jetant, d'un regard impuissant à dissimuler les ravages d'une existence gâchée, une invitation égrillarde sur l'homme qui cédera à ses charmes.

L'ambiance d'une telle rue détrousse la retenue et emporte aussi bien les blessures que les rêves des hommes au-delà de leur solitude dans la fièvre libératrice, pour certains, d'un exhibitionnisme offert aux passants, eux-mêmes transportés, malgré leur existence, qu'ils croient satisfaite, dans le partage de désirs qu'ils ne connaissent pas et qui donnent à leurs regards des airs vivants.

Le paysage intérieur de Norroy s'anima curieusement. Une vision emporta son imagination. La vision d'un corps humain indistinct, figé dans l'attente insoutenable d'une sculpture inachevée dont l'ébauche aurait d'ores et déjà atteint son but à travers l'expression accomplie d'une pathétique imploration. Ce corps prit sens dans sa conscience comme une figuration de la condition humaine.

Une autre pensée traversa son esprit, celle de la banale grandeur de ces gens de la rue qui n'imploraient pas le ciel, les ténèbres ou le néant, mais la seule réalité qu'ils avaient vécue, leur vie, la vie, comme si elle pouvait, malgré tout, au bout de leur chemin, leur apporter autre chose, comme si elle était l'unique réalité susceptible de leur donner ce que désespérément, ils attendaient encore.

La fièvre de ce constat éclaira les misères et surtout les lacunes de son passé. Il se revit désarmé devant l'amour impossible de Clarisse. Il se rapprocha davantage encore de cet état, en se souvenant de sa tristesse après sa séparation avec Adrienne. La compassion qui, quelques mois plus tôt, avait commencé à entamer les brèches de son nihilisme, se renforça dans son esprit pour atteindre sa charge aboutie avec la réalité du pathétique qu'il recevait comme une condition pâtissante de la vie, comme la prise de conscience de l'aile pendante à celle du chant et de la joie, telle que les aubaines du voyage lui avaient, d'abord, fait découvrir.

La rue, à nouveau, dispersa ses pensées. Baptiste Norroy fut impressionné par le nombre de maisons closes qui se succédaient dans ce quartier. Chacune accusait sa devanture particulière : parfois, par une entrée discrète, au centre de deux fenêtres aveuglées par des rideaux aux couleurs évocatrices, plus fréquemment affirmées, telles les autres boutiques de la ville, par leur caisson en applique sur la façade de pierres mais avec le panneau supérieur du placage sans inscription d'activité et deux vitrines obstruées par des fonds de bouteilles ou par des verres multicolores. Quelques unes arboraient un luxe ostensible avec leurs panneaux moulurés et leurs vitres à petits carreaux de verre miroitant sur de grandes draperies à plis, croisées en dégradé, propres à stimuler l'attirance pour les plaisirs qu'elles suscitaient.

Il jetait sur chacune d'elles, un regard de curiosité détachée, empreint cependant d'une complaisance inavouée qui effleurait son esprit pour s'effacer aussitôt dans les autres curiosités de la rue. L'univers des filles de joie l'avait toujours fasciné. Il y voyait un lieu devant lequel s'exacerbaient ses fantasmes et où, peut-être, s'offrait la magie consolatrice des voluptés qui apaisent les attraits et les effrois de l'érotisme. Il appelait ces filles "princesses du pauvre". Il abhorrait le vocable de prostituée parce qu'il correspondait trop bien au mépris sournois et à l'insensibilité avantageuse du conformisme moral de tous les temps. Il ne s'horrifiait pas devant les petites misères du monde pour se masquer les immenses car la prostitution, il ne la voyait pas ailleurs que dans les pratiques de ceux qui empruntaient le masque de la vie pour dissimuler les dents féroces de leur rapacité aux profits qui gaspillent l'humain.

Cependant, ses pensées étaient ailleurs. À plusieurs reprises, en passant devant ces maisons, il avait été accosté par de ravissantes inviteuses et, à chaque fois, il avait décliné gentiment leur offre. Adrienne Bergerol avait éteint en lui tout désir sexuel et la plénitude de leurs plaisirs partagés le décourageait définitivement, croyait-il, de céder à la moindre aventure amoureuse.

Dès le lendemain matin, il ne résista pas à la tentation de découvrir d'abord la Loire. "Elle est tout près d'ici" lui avait dit le jeune serveur, avant de lui avoir indiqué le chemin. Il lui avait, en effet, suffi de parcourir quelques centaines de mètres pour la trouver, au bout d'une ruelle bordée de maisons pittoresques que l'usure du temps avait délabrées. Cet intérêt pour ce fleuve remontait à l'enfance, sans doute provoqué par la passion de son maître d'école pour la géographie, comme le suggéraient les souvenirs précis que sa mémoire ravivait.

Il avança de quelques pas sur la berge pavée à cet endroit et il fut aussitôt saisi par le violent contraste entre le naturel de ce paysage fluvial et la trépidante urbanité de la rue qu'il venait à peine de quitter. Le fleuve approchait vraisemblablement de son niveau d'étiage ce qui permit à Norroy d'imaginer, par l'étendue de son lit abandonné, l'ampleur de sa puissance quand il étale la fureur de ses eaux. Il vit, à travers la tourmente des bancs de sable, à travers le foisonnement de la végétation sur les rives et les îlots, la majesté de cette rivière avec sa détermination à imposer son espace, pour le vouer à la vie sauvage, au gré de ses agitations capricieuses.

Le végétal, l'eau, le sable, les oiseaux, un vieux bateau échoué se fondirent en lui sous un soleil blanc dans l'allégresse d'une vision qui, à l'instar de celles vécues sur les bords de son lac, le happait dans les arcanes du songe. Un seul rappel saugrenu de conscience suffit à l'en sortir : il lui fallait impérativement se rendre à la Poste centrale. Il avait donné cet unique point de contact à sa sœur de lait et à son ancien métayer et il avait pris au moins deux mois de retard sur la date qu'il leur avait fixée. Il ne s'en alarma pas. En rejoignant la rue principale, il ne pensait qu'au paysage qu'il avait découvert et il apprécia les avantages du heurt de ces deux espaces, de cette rue aux illusions supportables et de ce fleuve superbe dans sa vie sauvage. Cette pensée enchanta son séjour. Il ne savait pas quelle en serait la durée, il avait seulement décidé de revenir marcher, longuement marcher, sur la rive du fleuve.

La préposée au guichet de poste restante était une vieille fille grincheuse. Elle prit le temps de faire sa recherche en l'incommodant par un chapelet de lamentations. Elle durcit le ton de ses reproches une fois qu'elle eut mis la main sur deux lettres qui dataient de deux mois. Indifférent à la mauvaise humeur de l'employée, il les récupéra et rejoignit la rue. L'écriture portée sur chaque enveloppe identifia d'emblée les expéditeurs : la lettre du métayer avait précédé d'une semaine celle de Clarisse. Baptiste sourit au style laconique du métayer qui détestait écrire. "Je suis heureux de vous dire que tout va au mieux sur vos terres." Le temps qu'il avait dû mettre pour formuler la suite n'avait sans doute pas été du bonheur. Certainement, il lui avait fallu vaincre bien des hésitations avant de se résoudre à écrire, en bon chrétien : "Notre père curé est décédé. On sait bien que vous ne comptiez pas parmi ses grands fidèles. J'ai cru bon quand même de vous l'annoncer. Votre dévoué."

Clarisse, par contre adorait écrire. Elle écrivait d'une écriture fine et serrée et très lisible parce qu'elle dessinait ses lettres parfaitement comme le lui avait appris son maître d'école. Elle ne s'était pas embarrassée des scrupules du métayer pour annoncer le décès du prêtre, de ce prêtre qui n'avait jamais manqué une occasion de bannir Baptiste Norroy, ce fils indigne de l'une des familles les plus pieuses de La Chaux d'Ambruz. Clarisse lui exposait en détail les circonstances de ce décès ainsi que le déroulement des funérailles. Sa transition s'imposa facilement à sa plume : une phrase pour affirmer sa désolation de ne pas recevoir de nouvelles, une seconde pour la transformer vertement en reproches et une envolée, sur une page de plus et entière, qui était une invitation à compatir à son désespoir, un désespoir, à vrai dire habilement allusif, causé par un amour inavoué qui aurait pu ne pas l'être si Baptiste en avait entendu l'aveu réel qu'il n'avait peut-être pas entendu ! L'art de tout dire sans rien dire. C'était bien Clarisse. Ses atermoiements agacèrent Norroy. Ils ne l'agacèrent pas longtemps. Son esprit au voyage repoussait résolument son passé dans l'oubli. Ce qu'il avait vécu depuis son départ, ce qu'il vivait à présent n'accordait plus aucune place à ce qu'il avait été. Il répondrait par une lettre brève et rassurante quant à son état, en soulignant, toutefois, la nécessité de se détacher de sa vie passée. Il laisserait comme point de contact prochain, la poste restante de Quimper, sans manquer de souligner qu'il lui était impossible de préciser à quelle date il y serait. Il ajouterait – il hésita avant de s'y résoudre – qu'il conviendrait de ne lui écrire que pour des motifs pressants. Il déchira les deux lettres et en éparpilla les débris dans un caniveau. Midi approchait, il était temps de rejoindre le restaurant de l'hôtel.

Il avait demandé au garçon du bar de lui servir désormais ses repas dans la salle du café ouverte aux habitués du quartier plutôt que dans l'arrière salle, réservée aux clients de l'hôtel. Cette salle le ravissait par son intimité rustique : le sol, à carreaux noir et blanc, égayait l'atmosphère taciturne que diffusait la mordorure du plafond à la française. Un ensemble disparate de tables patinées meublait l'espace entre une ample cheminée, surmontée d'une tête de cerf, et un bar maçonné à colombage sur toute la longueur de la façade.

À en juger par le peu de clients qui occupaient la salle réservée aux pensionnaires, le congrès devait être terminé. Celle des habitués, par contre, était bondée de ce petit monde de la rue qui prenait pension, ici, le midi, dans l'atmosphère de leurs connivences propices à stimuler de joyeuses conversations. Norroy s'y laissa entraîner avec le même intérêt qu'il pratiquait autrefois dans la fréquentation des cafés alors qu'il s'adonnait à ces lieux pour y trouver un subterfuge à l'ennui de vivre. L'accent de ces gens, la couleur locale de leurs propos, les familiarités de cette rue populeuse fixèrent son intérêt. Il se surprit même à laisser vagabonder son imagination jusqu'à créer et se raconter l'histoire qui liait l'existence d'un couple dont la volubilité divertissait l'assemblée. Ce petit jeu ne tarda pas à se révéler compromettant quand la proie de son histoire se fixa plus particulièrement sur la femme. Dans la pleine innocence de ses regards furtifs, il découvrit à quelle fâcheuse méprise il s'exposait. Pour tout le temps de son repas, il fixa son attention sur sa table, car il n'avait pas l'intention de la prêter aux œillades aguichantes que lui adressait en retour la brunette plantureuse dont la voix caressante et timbrée couvrait, par moments, la rumeur de la salle. Cette déconvenue le tracassa. Il se déçut : comment pouvait-il encore se complaire aussi stupidement à l'affût des scènes de la vie sociale, alors qu'à peine quelques jours plus tôt, il se voyait consacrer sa vie à l'érémitisme ? Il mangea en se concentrant sur les saveurs de son repas. Et le souvenir des subtils fumets de la cuisine rustique de "madame Émilie" lui remit l'esprit en sérénité. Son esprit s'abandonna à la détente. Il resta, hors de lui-même, dans la seule satisfaction de son appétit.

Pourquoi le prodige des pensées, quand elles insufflent les mots, à travers l'inopiné de leur surgissement, ne serait-il pas l'écho d'une exaltation de la chair, d'une innervation magique, c'est-à-dire, une façon, à la vie, de produire et d'enchanter, dans son champ lumineux, un signe de sa reconnaissance, une mesure d'être, une part de vérité impensable ?

Ce rapprochement d'idées l'enthousiasma pour le sortir du malaise dans lequel l'avait laissé ses doutes quant à sa capacité à pratiquer l'érémitisme. Les mots ermite et voyageur chantaient ensemble d'une même voix radieuse. Ils donnaient un horizon à son existence, parce qu'ils avaient perdu, dans son esprit, leur sens commun, pour se transformer en un éveil de conscience qui ne concernait plus que lui. Ermite signifiait citoyen cosmique et le voyageur qu'il était, déjà, avait quelque part rejoint l'ermite qu'il aspirait à devenir.

Ses pensées s'accordèrent avec ses exigences profondes : le voyage, son voyage, ne s'apparentait pas à une distraction de rentier, bien qu'il en fût un par le hasard de sa naissance, ni moins aux commodités de la vie de bohème, ni moins encore à un loisir touristique. Dans l'épreuve de son nihilisme et avant même d'avoir atteint le but fantasmé de son voyage, l'éveil de la voix muette de la vie avait déjà transformé son existence sans qu'il lui fût besoin de s'accrocher à des raisons de vivre.

Contre la hantise de son impossible retour à Amburcine, il rêva au voyageur idéal qu'il aurait aimé être : un marcheur paléolithique, cueilleur des biens de la terre. Il n'aurait connu que le bonheur du feu de bois, du chant et de la danse sous un ciel toujours souriant parce que même la tempête, par sa raison, était vénérée. Son rêve était un pied de nez aux chantres de la civilisation, à leur civilisation qui, avec ses obus, avait déchiqueté son père, au fond d'une tranchée, une civilisation si triomphante que les seuls intérêts de ses dominateurs suffisaient à déchaîner la fureur des patriotismes et la rage de tuer jusqu'au massacre de millions d'hommes pour finalement rien vraiment qui ne les concernait. Il but son café en oubliant la stupidité de l'homme domestiqué. "L'homme n'aime pas ce qui sauve", pensa-t-il finalement.

Il commença son après-midi par la rédaction de ses deux lettres afin de se libérer de cette tâche pesante. Il se rendit à la poste avec l'intention de partir à la découverte d'un quartier qu'il n'avait pas encore visité. Il badauda d'une rue à l'autre, l'esprit vide, avant de tomber sur une vitrine présentant des objets travaillés en fer forgé ce qui renouvela son intention de visiter l'atelier qui bouclait la cour de son hôtel. Le ciel sombre de cette journée de décembre tirait la nuit prématurément. Le moment était peut-être opportun pour visiter cet atelier. Il rebroussa chemin dans le souvenir des années qu'il avait consacrées avec passion à l'art de la ferronnerie avant de l'abandonner pour sombrer dans la débauche. Ses souvenirs d'enfant ravi par la forge familiale l'emportèrent sur ceux de son engouement pour cet art qu'il ne fut pas capable de poursuivre. Sur ce point, il ressemblait assez bien à quelques-uns de ses plus illustres ancêtres trop souvent enclins à abandonner en plein succès une activité pour s'enticher d'une autre où tout était à recommencer. Seulement eux, ils avaient su donner des heures de gloire à leur travail et contribuer à établir la fortune de leur famille.

Pendant plus de deux siècles, la lignée des Norroy fut animée par un génie créatif inimaginable. Leur esprit industrieux, leur habileté pour tous les travaux manuels et surtout leur intuition leur permirent de donner forme à diverses inventions que le temps, certes, appelait mais qu'ils furent les premiers à mettre en œuvre. Ils étaient en avance sur tout ce qui allait se faire, sur tout ce qui devait se faire. Leur ferme, au cœur du village, se transformait, sous l'effet de leur fièvre industrieuse, par des ajouts, qui, loin de la défigurer, s'unifiaient dans une inconcevable habitation rococo. Sur fond de vie paysanne continue, à plusieurs générations de facteurs d'orgue, succéda, entre autres, une génération de ferronniers.

Baptiste ne connut jamais la forge autrement qu'endormie au creux du temps, dans un oubli qui la laissait intacte. Enfant, il lui redonna vie par le feu de ses rêveries. Longtemps, il se complut, chaque jour, à s'isoler dans cette pièce sombre aux murs de pierres à jamais envoûtés par les fumées. C'était le seul lieu où il oubliait la vue de sa mère anéantie par ses sanglots, où il ne l'entendait plus, sur tout le temps qu'elle pouvait le répéter, entre deux spasmes : "Mon pauvre petit, tu ne reverras jamais ton papa". Ici, il s'en remettait entièrement à son imaginaire. Ce refuge finit par s'imposer à lui comme le lieu d'un culte inconscient qu'il entretenait avec les objets de son admiration en leur prêtant le pouvoir de recréer la vision du travail de ses ancêtres. Il lui suffisait de s'installer devant un ustensile, de l'observer longuement, de lui parler parfois, puis de l'observer à nouveau, pour que s'animât, dans le silence de sa solitude, de fantastiques créations. Elles l'accompagnaient dans sa vie quotidienne comme un refuge magique qui l'emportait dans le seul lieu où la vie existait. L'énorme soufflet, encore fixé au plafond, à la bonne place sur le foyer, incarnait son maître de cérémonie de prédilection. Il lui ordonnait de s'activer et il fixait ensuite son regard sur la tuyère d'où il se plaisait à voir naître un feu puissant, créateur, à lui seul, des métamorphoses du fer sur l'enclume.

Son départ en pension le sépara de son refuge et la forge retomba dans son abandon. "C'est curieux, pensa-t-il, attendri, en traversant le porche qui conduisait à la cour de l'hôtel, personne ne m'avait jamais expliqué le fonctionnement d'une forge et pourtant, je savais tout."

La visite de la forge valut à Norroy l'amitié de son jeune apprenti. Celui-ci logeait dans la même aile de l'hôtel que lui, à l'étage supérieur. Il l'avait vu, sous le regard confiant de son maître, réalisé à l'œil, et avec aisance, la volute d'une balustrade. Le maître, un petit homme dans la quarantaine, très affable, entraîna Norroy dans la présentation de son atelier avec une volubilité passionnée révélatrice de l'amour de son métier. Il s'attarda, par des précisions techniques, sur ses dernières réalisations en cours. Il s'agissait d'ouvrages destinés à la restauration de la cathédrale. Devant la finesse du travail, Norroy reconnut aussitôt qu'il était en présence d'un maître de l'art. En examinant les difficultés techniques surmontées pour parvenir à de telles réalisations, il prit conscience des insuffisances de sa formation autodidacte et s'expliqua ses échecs inévitables face aux ambitieuses conceptions de ses projets. Il y trouva une raison de plus à ses renoncements. Il exposa des difficultés particulières sur lesquelles, en vain, il s'était braqué, en manifestant une certaine expérience acquise du métier. Le maître ne manqua pas de le constater et ses réponses allaient droit à l'explication de la difficulté. Norroy renoua alors avec sa passion du fer en redoublant sa curiosité. Mais le temps s'écoulait et quand il s'aperçut que l'heure de la fermeture de l'atelier était passée depuis un bon moment, il interrompit ses questions et invita, le maître et son apprenti, à l'apéritif où la conversation se poursuivit sur le même propos. Le maître partit en déclarant à Norroy que son atelier lui serait toujours ouvert et l'apprenti demeura à sa table pour partager avec lui le repas du soir ce qui devint une habitude dès le jour suivant.

La nuit était tombée en apportant la chute de quelques flocons de neige. Le temps de Noël approchait et Baptiste songeait à quitter Orléans. Après le repas du soir, il se retira dans sa chambre et il occupa sa soirée à consulter sa carte de France et les brochures qu'il s'était procurées afin de préparer son prochain itinéraire.

On frappa nerveusement à sa porte. L'apprenti n'attendit pas la réponse pour entrer en hurlant si vite son émoi qu'il dut reprendre son souffle avant de rendre audibles ses paroles.

– Y a des cris horribles qui viennent du grenier ! Une voix de femme. Venez vite, j'ose pas monter seul !

– Au grenier ? demanda Norroy étonné en se levant pour suivre le jeune homme.

Sur le palier du troisième étage, ils repérèrent vite la porte d'accès. Elle ouvrait sur une rampe d'escalier abrupte et étroite. L'apprenti trouva l'interrupteur à tâtons. Une ampoule, pendant sobrement à la poutre de la charpente, diffusa une lumière blafarde. Ils débouchèrent sur un couloir bordé de greniers séparés par des cloisons de bois à claire-voie. Leur attention fut aussitôt attirée par un interstice lumineux, qui, au fond de ce couloir, permettait de deviner l'existence d'une porte. Les plaintes et les cris d'une femme émanaient bien de là. Leur stupéfaction de découvrir un logement au fond de ce grenier redoubla quand ils ouvrirent la porte, pour voir une vieille femme abandonnée, dans son lit, à l'atrocité de la souffrance. Avec son visage cadavérique débordant de la couverture sur laquelle elle étalait ses bras amorphes, cette misérable aurait paru être dans son lit funéraire si l'ultime souffle que lui accordait la mort ne lui laissait plus que le sursis de souffrir à travers ses longs gémissements ponctués, à un rythme régulier, par des cris insoutenables.

Norroy s'approcha du lit et parla à la vieille dame avec des mots réconfortants. Son regard demeura retourné, dépourvu de l'énergie qui lui aurait permis d'accueillir la présence de ses deux visiteurs. Pétrifiés, l'un et l'autre sombrèrent dans l'impuissance que leur infligeait cette situation. L'apprenti ne parvint plus à soutenir son regard et le tourna sur la lucarne de la mansarde où la nuit déposait de mols flocons de neige qu'il voyait fondre à mesure qu'ils se posaient. Norroy garda le regard fixé sur la vieille dame mais il ne tarda pas à réagir au mouvement de révolte que lui inspirait l'intolérable de cet abandon. Avec une énergie qui surprit l'apprenti, il lui demanda d'aller chercher un médecin et, à ce moment-là, aux agitations soudaines de la moribonde, ils comprirent que si elle avait perdu l'usage de son regard, elle conservait celui de son ouïe. Sans souffle et dans un sursaut d'énergie, elle balbutia des mots désarticulés qu'ils finirent par interpréter comme son refus de recourir à un médecin parce qu'elle ne pourrait pas en régler les honoraires. Norroy la rassura: il prendrait tous les frais à sa charge. Il se retourna vers l'apprenti en l'invitant à ne pas quitter l'accueil de l'hôtel tant que le médecin ne serait pas arrivé. Il pourrait ainsi le conduire à ce logement introuvable. Il précisa qu'il devait insister sur l'urgence de ce cas et il ajouta: "Je paierai ce qu'il faut."

La vieille dame retomba dans son état mais ses cris de douleur s'atténuèrent. Norroy remarqua que ses paroles réconfortantes favorisaient ce soulagement, alors il parla en déclinant tout le bien qu'il lui voulait et quand il ne sut plus quoi dire, il lui signala qu'il convenait d'aérer la pièce, ce qu'il fit en prenant soin de doubler sa couverture par une autre qui était enroulée à ses pieds. Les âcres relents de l'air renfermé l'indisposaient autant qu'ils incommodaient la malade. Il releva les deux lucarnes de la mansarde et l'air vif du dehors s'imposa rapidement par des bouffées vivifiantes qu'il happa avec délectation.

Cette vaste mansarde avait été aménagée sommairement en logement. Une énorme poutre en son centre, consolidée par deux bras reliés aux arbalétriers, la partageait, sans autre séparation que ces deux contre-fiches qui rendaient malaisé le passage de la cuisine à la chambre. Ces combles, toutefois, n'abritaient pas un taudis: l'ordre, la propreté et le bon goût de la locataire les avaient transformés en un havre de paix qui trahissait une intimité recueillie. Baptiste reçut à la vue de cette marginalité rustique, l'affirmation d'un certain bonheur arraché à la misère.

La vieille dame rappela son existence par une quinte de toux rauque. Norroy s'empressa de refermer les lucarnes, et après s'être rendu à son chevet, il se décida à allumer le feu. Il décendra le foyer de la cuisinière. Il pensa, avec raison, que la remise du bois devait être à proximité et il en revint rapidement avec le nécessaire pour lancer le feu. Il ouvrit à moitié la lucarne du côté cuisine afin de favoriser l'évacuation de la fumée qu'avait produite la cuisinière au démarrage du feu et il se rapprocha de la malade.

Un lit métallique, une armoire en chêne et une commode meublaient le côté chambre. L'attention de Baptiste fut attirée par les photographies alignées en sous-verre sur le plateau de la commode et il fut surpris de découvrir, au-dessus de tous ces souvenirs d'une vie, accroché à la cloison, dans un éclatant encadrement, le portrait de Pierre-Joseph Proudhon.

La mansarde exhalait une douce chaleur quand l'apprenti ouvrit la porte au médecin. C'était un vieux médecin. Il jeta d'abord son regard sur la malade avant de saluer Norroy.

– C'est votre mère ?

– Non, docteur, nous ne la connaissons même pas. Nous avons entendu ses plaintes et nous sommes venus la secourir.

Sans plus de considération pour Norroy, il se précipita vers la malade et entreprit de l'ausculter avec la rigueur et le détachement d'un homme que plus rien ne peut émouvoir. Son examen s'avéra appliqué. Impassible, il replaça méticuleusement ses instruments dans sa sacoche et se leva avant d'inviter Norroy à le rejoindre à la table de la cuisine. Le médecin prit la précaution de parler à voix basse :

– Le cas est désespéré. Un cancer généralisé. Je ne peux que prescrire un traitement pour soulager, au mieux, ses douleurs durant les quelques jours qu'il lui reste à vivre.

– C'est ce que nous souhaitons, répondit Norroy en regardant l'apprenti qui était resté debout entre les deux hommes.

– Bien. Mais a-t-elle quelqu'un pour la prendre en charge ?

– Je crains bien que non. Mais je vais m'occuper d'elle, croyez-moi.

Il écrivit hâtivement son ordonnance en précisant :

– Ce sera assez coûteux. Je vous invite à vous procurer cette prescription auprès de la pharmacie de l'hôpital où je travaille, avec cette recommandation. Je vais aussi vous copier une adresse où vous trouverez certainement une personne disposée à s'occuper des soins nécessaires. L'état de son corps réclame d'abord une bonne toilette. Je reviendrai, s'il le faut.

Il stoppa net sa sortie quand Norroy lui demanda combien il lui devait :

– Vous ne me devez rien, Monsieur, c'est ma façon de saluer votre générosité.

Au moment de s'engager dans le couloir du grenier, il se retourna pour ajouter :

– Ah! J'allais oublier. Dès demain matin, faites lui donner un bon lait de poule et dans la journée un ou deux bouillons de légumes. En attendant demain, veillez à lui faire boire de l'eau.

L'apprenti regardait Norroy comme s'il avait devant lui le Bon Dieu. Il ignorait ce qu'était un lait de poule et cet ami imprévisible lui en donna la recette. Surpris de découvrir un tel avenant chez Norroy, il manifesta, en quelques mots attendris, son admiration pour cet homme qui, depuis quelques jours, avait offert la naissance de l'amitié à son cœur.

Baptiste remarqua dans un recoin de la cuisine un fauteuil en osier. Il le mit à la lumière et invita l'apprenti à le considérer. "C'est curieux. Tu vois, ce fauteuil, et bien je dispose exactement du même chez moi. On ne peut pas trouver plus rustique. Ses montants sont constitués en baguettes de noisetier, presque brutes. Il porte la marque de ses artisans, celle des gens du voyage. Ils s'installent un moment dans un village et pendant que les hommes travaillent à leur confection, les femmes vont les vendre dans les fermes. Ma mère leur en avait acheté un comme chaise longue pour se détendre les jours d'été sous la tonnelle du jardin. Regarde comme sa conception est ingénieuse : le dos se rabat et le fauteuil se transforme en couchette. Je vais le placer au chevet de notre vieille dame et je passerai la nuit à la veiller. Maintenant, toi, Pierre, tu vas regagner ta chambre et te reposer. Demain, une journée de travail t'attend. Moi, je peux prendre mon repos quand je le souhaite."

La vieille dame était tombée dans un sommeil profond. Les douleurs de son corps paraissaient apaisées. Norroy installa le fauteuil entre le lit et la commode, sous le portrait de Proudhon qu'il détailla. Il n'avait lu aucune œuvre de ce penseur et pourtant il lui inspirait une sympathie due vraisemblablement aux divers échos qu'il en avait reçus à partir d'autres lectures. Sa mémoire, en tout cas, lui resservait clairement quelques préceptes qui lui rendaient ce portrait agréable en ce lieu par une présence aussi surprenante qu'engageante.

Il s'allongea dans le fauteuil et oublia Proudhon. Le fauteuil en osier le renvoya aux souvenirs d'été de son enfance à Amburcine et la veille dame endormie, se retourna cruellement sur une image fixe, celle de sa mère sur son lit de mort. Une vague de remords le tenailla jusqu'à la honte. Et l'on venait de lui reconnaître une bonté qui ne pouvait pas être à lui, qui n'avait jamais été à lui, insensible au point de n'avoir pas même éprouvé un frémissement à la mort de sa mère.

Il s'enfonça dans ses souvenirs et les divagations de sa conscience dessinèrent, de moins en moins flou, le spectre de sa mère sur son lit de mort et il le vit se suspendre sous une lumière obsédée par la crudité de la réalité. Une fois de plus, il constata la cruauté et les prodiges de la conscience tels qu'ils s'affirmaient présentement à travers cette remémoration où il s'attestait que la réalité d'un état ou d'une situation pouvait n'advenir dans sa plénitude que longtemps après l'écoulement réel de la durée de l'événement qu'elle avait enveloppé. Refoulé, son tourment s'était logé dans ce décalage, prêt à donner vie à une charge de ressentiments.

Un instant ne fait pas la vérité d'un sentiment. Avait-il aimé sa mère s'il avait cru ne pas l'aimer? C'était avec cette question qu'il se tenait en cet instant précis devant le corps éteint de la vieille dame, pathétiquement encore vivant, comme au plein d'un sommeil, pour devenir, dans le repos précaire de ses douleurs, celui de sa mère. Curieusement, l'objet de sa vision s'était figé dans sa conscience qui se jouait de lui en alternant, entre l'aujourd'hui et l'hier, le contraste des sensibilités que nourrissait son regard. Et cette peine qui ne parvenait pas encore présentement à sourdre, soulignait l'aveu d'une indifférence bien légère, et pourtant suffisante à dénoncer la mollesse d'une émotion et l'alibi d'un refuge.

Sans doute que les dernières volontés de sa mère avaient été de le tenir à l'écart de ses souffrances et de son agonie. Ainsi s'était-il brutalement retrouvé devant le lit mortuaire somptueusement décoré, au creux duquel Baptiste n'avait vu, sous les embaubements, qu'un cadavre glacé qu'il avait éprouvé comme une consécration de son nihilisme.

Il éprouva le besoin de se déplacer. Il se rendit à la cuisine en prenant soin de ne pas faire grincer le plancher et se rendit à la lucarne pour observer la nuit pelliculée de neige qui lui ravit ses pensées pour les effacer dans cet inconnu où rien ne se pense au cœur des hantises du mystère. Il revint vers la vieille dame et se plaça au bout du lit pour l'observer. Le sommeil retenait toujours ses douleurs. Son visage s'était détendu en étalant son teint cireux. Le même teint que celui de sa mère. Alors il la revit jusqu'à ne plus voir qu'elle. Ses yeux se contractèrent avec une vivacité de larmes contenues, pressées par des éclairs d'amour qui lui procuraient la certitude que son cœur aurait pu les produire devant le vrai lit de mort de sa mère si le jeune homme désespéré d'alors s'était donné la force de surmonter le mur trompeur de l'indifférence que dresse, avec inconscience, le repli sur soi.

Il se crut dans un cauchemar. Des cris suppliciants le sortirent du sommeil. Il ne savait plus où il était. Il se leva machinalement pour allumer la lumière avec une mémoire précise de l'endroit de l'interrupteur. La vieille dame se tordait de douleur. Ses yeux se révulsaient et sa bouche se déformait sous la lenteur d'insupportables contractions qui se pétrifiaient un instant en un horrible rictus. Et tout recommençait avec le retour des gémissements et des cris de l'enfer. Le plus insupportable pour Norroy était de la voir dresser son buste et jeter au plus fort des spasmes de la souffrance des cris qui imploraient la mort.

Il lui parla en variant les promesses de son réconfort et en lui assurant que son mal cesserait d'ici peu, dès que le jour se lèverait. Ses paroles restaient vaines. Elle n'avait même pas conscience de sa présence à ses côtés. Son esprit s'était enseveli dans un corps qui n'était plus que la proie des affres de la douleur. Il tenta de lui faire boire un peu d'eau que ses lèvres tremblantes accueillaient avant le refus de sa bouche.

Il tomba dans les affres du temps qui ne s'écoule que pour répéter la même situation intenable. Il s'agita, se rendit plusieurs fois à la lucarne pour espérer voir – c'était une façon de hâter son attente – poindre un lambeau de clarté dans une nuit qui conservait la sinistre épaisseur de ses ténèbres. Il ne neigeait plus. Le silence, qu'il appréciait ordinairement, alourdissait son impatience.

Il s'assit dans le fauteuil et dans le reflux de son exaspération, sans doute, sous l'effet des cris d'imploration au repos éternel de la vieille dame, son esprit se fixa sur la pensée de la mort. Un mot, un verbe, mourir, le verbe mourir occupa l'instance de sa pensée pour rejeter la passivité communément accordée à son usage. Cette pensée déchaîna son indignation. Mourir, être soudainement arraché à la vie, sous l'entière emprise de l'atrocité de la douleur, jusqu'à l'oubli de tout ce qui a compté dans une existence, voilà ce qu'il n'acceptait pas. Ses vues sur la question l'inclinaient sur une autre voie: il concevait l'acte de mourir d'une façon plus active, plus librement active en opérant sur ce verbe un glissement sémantique qui l'identifiait à *partir*. Les ancêtres de La Chaux d'Ambruz, qui ne ménageaient pas leur art de l'euphémisme, se représentaient toujours la mort sous l'image d'un *Grand Voyage*. Mourir, c'était partir pour le *Grand Voyage*, cela convenait à Norroy. C'était le sens actif de partir qui lui convenait."Je pars, je décide de partir." Ce n'était plus la mort qui décidait. La mort ne l'étreignait plus, ne le dépossédait plus. Elle reculait devant lui et il la tenait dans un face-à-face à la faveur duquel la terreur par laquelle elle triomphe toujours devenait dérisoire. "Je n'ai pas besoin de toi pour partir, pour me rendre de l'autre côté, c'est moi, c'est moi seul qui accepte de partir pour mon *Grand Voyage*. Tu n'auras rien choisi, je me porterai sur l'autre versant pour le voir s'ouvrir sur le voyage ou me jeter dans le néant, qu'importe, j'aurai choisi. Jusqu'au bout, j'aurai été vivant. Seule la vie éclaircira son mystère ou l'abolira."

Il s'effraya en n'entendant plus les cris de la vieille dame. Il s'approcha pour s'affliger de l'horrible calvaire infligé par la mort quand elle prête son bras aux fureurs de la maladie. La pauvre femme avait perdu jusqu'à la force de crier, de se plaindre, de gémir. Ses cris étaient réduits à leurs mimes et son visage accentuait la désolation de son état à travers d'atroces convulsions et des hochements de tête électrisés.

C'était contre cette mort-là qu'il se révoltait, c'était cette mort qu'il voulait épargner à cette femme qu'il ne connaissait même pas. La plus odieuse des morts, celle qui refuse de se montrer, celle qui reste de son côté où elle veut attirer sa captive, lentement, à coups de griffes lancinants jusqu'à la perte de l'esprit dans le supplice du corps.

Enfin, il vit à la lucarne de la chambre le jour poindre. Il consulta sa montre-gousset qui lui indiqua que les sept heures étaient passés. Il fut soulagé en pensant qu'en bas la vie reprenait.

La nuit, enfin, avait perdu le souffle muet de sa torpeur.

On frappa à la porte. C'était l'apprenti. Il s'informa de l'état de la malade et annonça qu'il s'était levé plus tôt afin de libérer un peu de temps à son ami. "Au petit déjeuner, dit-il, avec fierté, c'est le patron qui fait le service. Je lui ai demandé s'il connaissait cette dame. 'Vaguement', qu'il m'a répondu. Il a précisé que depuis la mort de son mari, elle vivait seule et qu'il n'a jamais entendu dire que quelqu'un lui rendait visite. Il sait qu'elle n'a pas d'enfants. Autrefois, elle habitait un logement à votre étage et quand le propriétaire a décidé de louer l'ensemble au gérant de l'hôtel, ce n'était pas encore celui d'aujourd'hui, il lui a proposé de la reloger ici. C'était ça ou l'expulsion. Voilà, vous savez tout."

Norroy salua l'esprit d'initiative de l'apprenti. Il quitta la chambre afin de se préparer à cette journée. Il déjeuna. Le patron de l'hôtel lui accorda grande considération ce qui permit à Baptiste d'obtenir l'assurance qu'il ferait porter à la vieille dame, chaque fois qu'il le demanderait, un lait de poule et des soupes de légumes. Il se rendit ensuite à l'hôpital sous une neige mouillée, fondante sur le sol. À la pharmacie, ses prescriptions furent fournies sans difficultés et sa lettre de recommandation à l'adresse indiquée valut à Norroy une écoute bienveillante qui requerra une célérité inespérée : une infirmière l'accompagna sur-le-champ pour se rendre au chevet de la malade. Sitôt arrivée, elle lui fit une piqûre et entreprit une toilette complète avant de rafraîchir sa tenue. Elle indiqua qu'elle reviendrait à heures régulières selon les prescriptions du médecin et elle ajouta qu'elle était en mesure de trouver une personne charitable pour assurer la garde et le ménage de la malade. Norroy accepta en accompagnant sa sortie jusqu'au bout du couloir où elle lui confirma, avec compassion, le diagnostic du médecin.

– Oui, nous en avons bien conscience, répondit Norroy, j'espère seulement, durant les quelques jours qu'il lui reste à vivre, l'arracher aux griffes atroces de la souffrance.

– Et bien, nous ferons de notre mieux, Monsieur.

Elle descendit les escaliers abrupts du grenier avec la démarche pataude que lui imposait sa corpulence.

Norroy ne s'absenta de la chambre de la vieille dame que pour prendre son repas de midi et, à son retour, il la retrouva comme il l'avait quittée : endormie dans le même sommeil paisible. Ce bon signe le rassura. Il éprouva la fatigue de sa nuit blanche et décida de s'allonger dans le fauteuil. Il ne tarda pas à s'assoupir et il demeura un long moment dans un sommeil de sieste.

Il perçut dans sa somnolence l'étrange magnétisme d'un regard qui aurait tenu du rêve s'il n'avait vu, au même moment, le visage souriant et détendu de la vieille dame fixé sur lui. C'était elle qui veillait son sommeil ! Elle lui parla aussitôt, d'une voix frêle, mais avec des mots parfaitement articulés.

– Qui êtes vous donc, Monsieur, pour être aussi bon !

– Peu importe. Je m'appelle Baptiste Norroy. Je pourrais être votre fils, alors, appelez-moi Baptiste.

– Vous êtes bon ! Monsieur, vous êtes bon !

Elle le répéta, sans se lasser de le répéter, emportée par la ferveur d'une reconnaissance que son cœur élevait en vénération. Elle s'essouffla, marqua une longue pause qui n'effaça pas sa gratitude dans l'éclat de son regard. "Oui, Monsieur, vous êtes bon. Je l'entends bien à la tendresse de votre voix. Cela ne trompe pas..." La faiblesse de son corps ne supportait pas l'échauffement de son émotion et la clarté de son esprit. Elle ménagea ses forces par un étalement calculé de la prononciation de ses mots. "Dans ma souffrance, je l'ai entendue, votre voix et je l'ai reconnue. Je n'osais y croire. J'ai cru que c'était un mensonge de plus infligé par mes délires. Pourtant, à certains moments, j'y croyais..." Elle s'essouffla à nouveau. Elle accumula des forces avant de reprendre la parole. "Ah! Si mon mari était encore de ce monde, il serait ravi de vous rencontrer. Il a passé son existence, le pauvre, à croire que tous les hommes, un jour, seraient bons..." La morphine referma le rideau de l'éclaircie qu'elle lui avait accordée. La vieille dame retrouva la parole après deux bonnes heures de somnolence comme si elle ne l'avait jamais perdue. "Je vais mourir, Baptiste. Voilà deux mois que je m'y prépare. Et cette fois, je suis au bout. Mon corps est rompu de toutes parts. C'est un miracle que je ne sois pas morte, cette nuit, dans un abandon total. Je vous le dois. Grâce à vous, je vais mourir comme j'espérais bien imprudemment l'avoir prévu."

Elle fit effort pour aller jusqu'au bout de sa pensée.

– Il ne vient jamais personne, dans ce grenier. Vous vous rendez compte de ce qui me serait arrivé si vous n'étiez pas venu. La maladie m'a cloué si brutalement dans le lit, sans me laisser les moyens de faire appel au service de secours à domicile... À la moue que produisirent ses lèvres, Baptiste comprit qu'elle n'était pas arrivée à ce quelque chose d'essentiel qu'elle se préparait à lui dire et il dut attendre qu'elle sortît d'une nouvelle phase de somnolence pour le savoir. Elle douta alors tellement de ses forces, qu'elle entra abruptement dans le vif de sa confession. "Il faut que je vous dise..." Mais elle ne parvint qu'à bredouiller ses mots accompagnés de gestes qui permirent à Baptiste de finalement comprendre ce qu'elle s'acharnait à lui dire: un livre, dans l'armoire, contenait deux enveloppes, l'une ses économies, l'autre une lettre détaillant ses dernières volontés. Sans doute que la plus insigne pour elle lui redonna la faculté, sur un ton volontaire forcé, d'articuler une phrase: «Je veux que l'on m'enterre dignement, aux côtés de mon mari."

Dans le sourire profond du soulagement de voir les deux enveloppes entre les mains de Norroy, elle s'abandonna à la torpeur de son corps. Norroy se sentit alors retenu à ses côtés par une étrange émotion que n'expliquaient plus seulement la compassion ou la compensation à ses actes manqués. Cette émotion insufflait, par les troubles qu'elle provoquait dans son être, un sentiment plus décisif, plus immense. Il lui sembla qu'à travers le corps mourant de la vieille dame, c'était la vie qui lui parlait. À plusieurs reprises depuis son voyage, de telles épiphanies s'étaient offertes à lui. Elles l'avaient toujours emporté dans la direction guidée par l'aile blanche de la réalité. Mais, une fois de plus, depuis son arrivée dans cette mansarde, c'était l'aile blessée qui guidait, et cette fois, pour venir déposer sur le corps de la vieille dame, ce que l'on ne voit plus dans l'accoutumance à la mort sociale, l'invisible linceul dû à la dépouille de la vie, dû au visage révélé de la vraie mère. Il resta un long moment bouleversé par la grandeur de ce sentiment qui l'invitait à souffrir pour la vie, à souffrir avec ... la vie.

À plusieurs reprises, la vieille dame manifesta, dans son sommeil, le retour de la douleur. L'infirmière, que Norroy attendait, arriva sans retard, à l'heure qu'elle avait annoncée. En lui faisant sa piqûre, elle parla gentiment à la malade qui ne sortit de sa somnolence que par un sourire languissant. Elle poursuivit ses quelques soins avant de parler à Norroy. "Je reviendrai demain matin vers huit heures.

Avec cette dose, elle devrait passer une bonne nuit."

Puis elle proposa, comme elle s'y était engagée, les services d'une aide ménagère que Norroy accepta pour les matinées à venir. Il avait décidé de passer ses nuits auprès de sa protégée.

L'apprenti avait dû croiser l'infirmière dans l'escalier car il entra dans la chambre peu de temps après son départ. Ils échangèrent les nouvelles et décidèrent de manger ensemble.

Norroy ne s'attarda pas au restaurant. L'apprenti, avait, du reste, une répétition de musique à son école de fanfare. Il rejoignit rapidement la chambre du grenier où il retrouva la vieille dame endormie dans le sommeil attendu.

En ouvrant l'armoire pour y trouver les enveloppes si précieuses à la vieille dame, il avait remarqué un rayon qui alignait l'oeuvre complète de Proudhon. Un titre éveilla son attention. Il céda au désir de lire "*Qu'est-ce-que la propriété?* Il était piquant au riche propriétaire terrien qu'il était, de se pencher sur cet ouvrage si controversé. A vrai dire, il était plutôt disposé à accueillir favorablement les critiques contre les injustices de la richesse car il n'avait jamais consenti à donner prospérité aux hasards heureux de sa naissance. La spéculation, le profit, lui avaient été toujours odieux et il rangeait, avec constance, de telles pratiques parmi les plus déplorables ressorts de la comédie humaine.

La préface stimula sa lecture. Ses dénonciations courageuses lui laissèrent vite entendre qu'elle ne serait pas traitée avec la complicité satisfaite du conformisme triomphant. Il lui plut de se livrer à une lecture qui l'engageait à considérer des analyses et des propositions éclairées par une exigence de vérité sur un champ d'application jusqu'alors étranger à ses réflexions. Il renoua avec le bonheur de lire, perdu après la fin de ses études. Cette lecture l'écartait de ces longues tirades absconses dont il trouvait, alors, plaisir à chercher la vérité profonde, par le difficile accès à leur compréhension et qui finirent par lui apparaître comme des abstractions étrangères à la réalité. Cette philosophie-là le rebutait par son majestueux pouvoir à poétiser un squelette voué à ne jamais atteindre la consistance de la vie, la grandeur et la misère de la chair.

La nuit avançait. Norroy était tout entier à sa lecture. À mesure que les pages défilaient sous ses yeux, il s'ouvrait aux lacunes de sa vision du monde qu'il ne remettait en cause que sur le plan où Proudhon l'entraînait et qui l'incitait à admettre que les malheurs de la condition sociale de l'homme, que la misère à laquelle le peuple s'était résigné, n'étaient pas une fatalité. La résignation à la désespérance est une solution mortifère. Une société vivable, parce que enfin florissante pour le bonheur des humains, est possible. Une tout autre économie suffirait à son avènement. Ce qu'il lisait enflammait cette possibilité.

Norroy, enthousiasmé par la force de telles idées, nouvelles pour lui, s'irrita contre les non-sens, les inepties et finalement les mensonges des détracteurs de ce grand homme. Il tournait les pages et plus rien n'existait autour de lui. Depuis combien de temps la vieille dame l'observait-elle quand il sursauta à ses paroles?

– Ainsi vous lisez Proudhon? Je reconnais le livre à sa couverture.

– Comment vous sentez-vous?

– Bien en ce moment, faible, très faible, mais sans douleur.

Elle prolongea son sourire par un éclat de fierté.

– Savez-vous que Proudhon a porté mon père sur ses genoux? Mon grand-père a été l'un de ses plus fidèles compagnons...

Un essoufflement cassa malheureusement l'étonnante vivacité de sa voix. Elle s'obstina à parler mais sa voix ne renvoyait plus que des balbutiements émouvants, soutenus par les éclats de son regard qui pour Baptiste parlait autant que les mots. Il la conforta en lui affirmant qu'il la comprenait, ce qui était vrai grâce aux efforts d'attention qu'il fournissait et à la reformulation de ce qu'il avait cru comprendre que la malade accueillait avec la satisfaction d'autant de hochements de tête approbateurs trahissant son ravissement d'avoir été comprise.

Ainsi au-delà du temps étalé et malaisé des mots balbutiés, la vieille dame cessa, comme visiblement elle le souhaitait, d'être une étrangère pour Norroy. Elle avait vécu une enfance heureuse à Paris où son père, typographe, débordait son temps de travail pour imprimer et diffuser des affiches et des tracts prônant les idées de Proudhon. Souvent, le soir, il réunissait ses camarades à son domicile et parmi eux, elle avait vu s'adjoindre un jeune garçon de son âge. Il venait d'Orléans où il avait été apprenti-typographe. Son oncle n'avait eu aucune peine à le faire embaucher dans leur imprimerie, pépinière de l'esprit proudhonien. Très vite, le jeune homme se montra aussi empressé à refaire le monde à la Proudhon que de lier son existence à la fille de l'ami de son oncle.

«Vous pouvez pas savoir comme on a été heureux... l'amour, les camarades... dans l'innocence de croire... que l'on peut bâtir un monde meilleur.»

La vivacité de son émotion épuisa le filet de son souffle. Un voile de joie se posa sur son visage exsangue et Baptiste vit bien qu'elle se repliait dans les souvenirs de ce bonheur pour illuminer, avant d'y sombrer, la léthargie de la morphine.

Il éprouva, lui aussi, les effets du sommeil et il ne s'en étonna pas en constatant que sa lecture l'avait mené à plus de deux heures du matin.

L'infirmière fut attendrie en découvrant, à huit heures, la malade et son veilleur aussi profondément endormis. Ce qu'elle aurait souhaité - ne pas troubler leur repos - lui était impossible. En réveillant la malade, elle réveilla un Baptiste Norroy confus. Elle n'avait pas terminé ses soins que l'aide ménagère arrivait. L'infirmière constata combien le pouls de la malade avait faibli.

Il descendit avec elle et elle le rassura sur ses inquiétudes: "Dans ces cas-là, on ne sait jamais trop. Son état laisse entendre qu'elle peut tenir encore quelques jours. Consolez-vous, le traitement contre la douleur fait ses preuves."

Il prit un bain réparateur. L'ambiance du restaurant au petit-déjeuner était, comme toujours, assez animée pour lui changer un moment les idées. Elle le fut, d'une façon inattendue: dès son arrivée, le patron de l'hôtel l'aborda pour lui dire que le vieil homme qui buvait son café, à la table derrère lui, avait été l'ami du mari de la dame de la mansarde. «Il y a belle lurette qu'on l'a vu ici. J'ai pensé que ça serait p'têtre bien pour vous de le rencontrer.» Norroy passa la moitié de la matinée avec cet anarchiste désabusé qui ne savait même pas ce qu'était devenue la femme de Charles après «la débâcle» qu'avait subie leur groupuscule anarchiste. En fait, cette «débâcle» était le seul événement que la mémoire labile du vieil anarchiste avait fixé avec une précision de détails révélatrice d'un drame qui était devenu l'obsession de sa vie. À l'issue de leur rencontre, Norroy décida de se dégourdir le corps par une promenade le long de la Loire dont il revint avec un esprit détendu.

Il arriva un peu en retard au repas de midi. Il prit sa place en face de l'apprenti qui avait commencé de manger. Dans le fil de la conversation, il apprit avec étonnement que la veillée de Noël était déjà pour le lendemain. Un projet lui vint à l'esprit et il l'exposa aussitôt à son jeune ami.

- Tu as prévu quoi pour cette veillée?

- Rien de particulier. Je n'ai qu'un jour de repos et mes parents habitent trop loin pour que je puisse passer Noël avec eux.

- Alors moi, je t'invite. Nous allons offrir un beau dernier Noël à notre dame; je m'occupe de tout.

- Et vous croyez qu'elle...

- Oui, je le crois, il le faut.

- Alors ça serait bien, dit l'apprenti.

- Oui, ça sera bien. Pense aussi à apporter ta clarinette.

Dès la fin du repas, il regagna la chambre de la vieille dame. Il libéra l'aide ménagère à l'heure convenue. Celle-ci jugea bon de signaler que la malade n'avait pas prononcé un mot de la matinée. "Mais, ajouta-t-elle, à chaque fois que je jugeai bon de lui parler, elle répondait par des hochements de tête qui montraient bien sa présence d'esprit."

Aux paroles que lui adressa Baptiste, son regard s'illumina et elle lui répondit par un long sourire avant de retomber dans sa somnolence.

Norroy consacra son après-midi à la lecture qu'il interrompait par de fréquents regards sur la vieille dame plongée dans une léthargie qui lui laissait la liberté des yeux ouverts avec une fixité amorphe s'affirmant comme une accoutumance à la mort. Vers les quatre heures, ses yeux se fermèrent sur un profond sommeil.

Baptiste déposa son livre dans l'armoire. Il en avait achevé la lecture. En regardant le plateau de la commode, son attention fut retenue par un magnifique portrait du couple dans le bonheur de la jeunesse. Leur beauté le fascina et les raisons s'imposaient d'elles-mêmes à travers la prestance du mari, par sa fine barbe qui exaltait un regard vif empli d'une loyauté que seule la candeur porte, une candeur partagée par l'assurance du sourire serein de la jeune épouse, à ses côtés. La finesse et la délicatesse de ses traits transfiguraient ce sourire. La vigueur de leur entente était affermie par leurs regards, qui ne se croisaient pas, mais fixaient, face à eux, le même point de leur horizon, l'avènement du temps espéré, celui de la fraternité humaine que les désillusions ne ruineraient pas parce qu'ils avaient déjà trouvé leur refuge : celui de la confiance en l'ardeur de leur amour.

Le sommeil paisible de la vieille dame lui rendait un visage détendu que Norroy compara à celui de la photo pour prendre conscience des pouvoirs ravageurs du temps tels qu'ils s'imposaient à travers l'altération des traits les plus fins du visage, avec ses plis, d'abord à peine perceptibles, avant de se creuser, jusqu'à disparaître sous leurs hideuses boursouflures, à travers encore le raidissement, presque en grimaces, des expressions les plus sensibles du cœur, à travers les feux éteints du regard, et tout cela, avec une avancée quasi imperceptible, dès la maturité de l'âge, pour se conclure par une décrépitude qui est le cadeau de la mort à la vie.

Cependant, le lien qui subsistait entre les deux visages ne lui échappa pas à travers la correspondance flagrante entre les regards des deux âges, moins par la continuité de leur ressemblance que par un renouvellement de leur expression que la vieillesse, avec la même vigueur, avait retourné, sur une intériorité libérée de toutes les fausses illusions. Ce constat ne déplut pas à Norroy, il l'encouragea aussi a persister de supposer que la mort n'avait sans doute pas le dernier mot sur la vie.

La vision de la photographie du couple l'amena à penser à Charles Jouhanneau, c'était le nom du mari, ainsi qu'il l'avait appris, le matin même. Cet homme lui était aussitôt devenu sympathique, sans doute aussi avec une part d'influence liée à la lecture de Proudhon et aux confidences de son vieil ami anarchiste.

Charles Jouhanneau débarqua à Orléans parce qu'il n'avait jamais pu s'adapter à la vie parisienne. L'opportunité d'un poste de typographe avait précipité son souhait de retrouver sa ville natale. Le couple ne tarda pas à militer dans un groupe anarchiste où il renoua avec l'esprit proudhonien de Paris. Fort de leur acquis familial et de leur militantisme parisien, Charles et sa compagne redoublèrent le dynamisme de ce foyer libertaire. S'ils ne trouvèrent pas l'ampleur des échos politiques vécus à Paris, au moins, partagèrent-ils le réconfort de participer à un essaim qui entretenait leurs espoirs.

Le patron de l'imprimerie où travaillait Charles était un bon commerçant par son habileté à adapter chacune de ses conversations aux idées supposées de ses clients sans jamais pour autant se risquer à une opinion engagée. Ses clients le quittaient toujours dans le partage d'une chaleureuse poignée de main ponctué par un sourire de satisfaction. Cette affabilité accommodante, pas vraiment hypocrite, agaçait parfois Charles qui finit par l'accepter : il comprenait qu'elle répondait, chez lui, au seul souci de la prospérité de son imprimerie. Il s'aperçut qu'il ne nourrissait aucune hostilité aux idées révolutionnaires de son employé qui, lui, ne les dissimulait pas. Il l'entendit même, quelquefois, demander des précisions sur des points de la doctrine de Proudhon auxquels il paraissait, par delà la retenue de ses commentaires, adhérer. Après avoir bien préparé le terrain, le typographe Charles Jouhanneau céda à l'audace de demander à son patron s'il pouvait occasionnellement et en dehors de ses heures de travail tirer des affiches ou des tracts. L'imprimeur ne marqua aucune hésitation, il accepta à la double condition que l'exécution de ce travail ne l'impliquât pas et qu'elle ne comportât aucun signe décelable d'origine, notamment dans le choix des fontes propres à l'imprimerie.

Pendant des années, Charles alimenta la propagande du mouvement anarchiste jusqu'au jour où, dans le temps fort d'une grève qui se prolongeait trop pour ne pas déranger le pouvoir, il fut, un soir, à la nuit tombante, surpris par la police en plein travail d'impression d'une brochure aux accents révolutionnaires. Il fut sur-le-champ arrêté et jugé. La grève sombra dans un désolant pourrissement et le groupe des Jouhanneau, cet essaim où il trouvait leur bonheur, fut anéanti. Charles écopa d'un an de prison ferme. Les charges contre lui étaient lourdes : avec les pièces à conviction des affiches et des tracts dont le prévenu était l'auteur, le juge s'exalta dans la charge de ses accusations. "On voit bien, conclut-il, jusqu'où peut aller ce culte du sans foi ni loi, quand il va jusqu'à tromper la confiance d'un honnête patron, en utilisant son propre outil de travail, derrière son dos, dans la clandestinité, aux seules fins de troubler l'ordre social."

Norroy se plut à imaginer la scène avec les mots d'une indignation inoubliable tels que les avait exprimés le vieil anarchiste.

Il l'entendait encore déplorer les conséquences de ce jugement qui se traduisirent par la ruine de leur mouvement quand il s'aperçut que la vieille dame, réveillée l'observait avec un visage reposé au point de ne plus accuser les stigmates de la maladie. Les premiers mots qu'elle lui dit, clairement prononcés, le sidérèrent: «Je vous l'ai pas dit... mon mari, il a fait un an de prison.» Il reçut l'impression qu'elle avait pressenti les informations que lui avait données l'ami de son mari. Elle s'était endormie dans les souvenirs du bonheur de son couple, elle se réveillait avec ceux qui auraient pu le rompre.

Dans l'étrange coincidence des rencontres qui s'opèrent dans l'esprit, on se résoud trop souvent, par facilité, à la solution du hasard, alors que peut-être, entre autres possibilités, elle se manifeste comme le résultat d'une imperceptible coalescence des pensées unissant, à leur insu les êtres. Norroy prit en considération cette hypothèse en écoutant sa protégée lui évoquer l'épisode le plus douloureux de son existence. Curieusement ses confidences apportaient à Baptiste le pendant inconnu aux démêlés politiques de Charles Jouhanneau tels qu'ils les avaient appris le matin même, et plus curieusement encore, il l'entendait s'exprimer presque sans qu'elle se forçât à maîtriser ses essoufflements.

Charles fut d'abord très affecté par le comportement de sa famille qu'il adorait: elle ne se contenta pas de le désavouer publiquement, elle le répudia et cette rupture ne connut pas de retour. Il ne chercha, du reste, jamais plus à se rapprocher de ses frères et sœurs.

La nouvelle que lui apprit son patron, lors d'une visite à la prison, sapa bien autrement son moral. Elle éclaircissait la vérité sur les causes de son arrestation. Le bras réactionnaire de l'ordre républicain avait donné suite avantageuse à une dénonciation anonymement manipulée par ses "camarades" sociaux-démocrates! Charles n'avait jamais été dupe des intentions profondes de ces alliés objectifs et moins encore de celles des communistes marxistes, mais qu'il leur fût possible de recourir à de telles méthodes pour éliminer son mouvement lui était resté impensable.

Il était un autre homme quand il sortit de prison. Annette - c'était le prénom de la vieille dame - ne le laissa pas sombrer dans le désœuvrement désespéré qui gagnait son esprit sitôt qu'il quittait l'imprimerie. Elle l'aimait trop pour ne pas provoquer l'éclaircie qu'attendait son être. Elle lui fit la surprise de l'attendre, un soir, à la sortie de son travail, et l'entraîna à l'opposé du chemin de la maison, sur une petite rue qui dévale vers la Loire. Ils longèrent le fleuve à la plus belle heure de son charme. Et elle lui apprit à regarder, en l'apprenant elle-même. Elle se pelotonna contre lui, comme aux premiers jours de leur rencontre et ils s'émerveillèrent ensemble. Tout, d'un coup, fut donné à leurs regards. Ce crépuscule compta pour eux comme l'un de ces instants rares qui élèvent et exaltent le meilleur de l'être pour expulser ce qui l'empoisonne et lui restituer une croissance prospère.

Un autre monde se dévoila sous leurs regards, un monde qui ne reniait pas leur idéal politique mais, au contraire l'élargissait, en renforçait même l'espérance par la détente de l'urgence de son avènement, par la patience à laquelle elle invitait sous l'éclipse d'une société qui n'était pas encore mûre pour la recevoir.

La marche lui devint vite indispensable. Un soir, il rentra ému par une joie extrême comme quelqu'un qui a fait une découverte bouleversante. «J'ai vu l'empreinte de la vie», avait-il déclaré à son épouse, comme si c'était une évidence pour elle. Alors il s'expliqua. Il parcourait le chemin de hallage et se trouvait à un endroit où la rivière s'étend sur une grande courbe en se partageant devant un îlot transfiguré par le crépuscule. Le chemin était bordé par un surplomb qu'il gravit parce qu'il lui offrait un point de vue idéal sur ce banc de sable recouvert d'arbustes émerveillés par la lumière. Il contempla, un long moment, ce site avant que l'eau, le ciel, le sable, les arbustes se confondissent sous son regard pour dériver dans ce qui lui apparut comme un foyer de la réalité. C'est cela que Charles appelait "l'empreinte de la vie". Ce lieu est un peu devenu leur sanctuaire.

– Votre mari était-il croyant? lui demanda Baptiste.

Son regard trahit son intérêt à la question avant de se noyer dans un temps de réflexion.

– Mon mari s'est longtemps affirmé athée et parfois avec véhémence et provocation devant les culs bénis de sa famille. Je pense que c'était plus une posture chez lui qu'une certitude. Nous étions dans le temps heureux de l'existence et, franchement, cette question ne nous préoccupait pas. Je sais que dans ses débats politiques, il occultait la question, sans jamais ménager son opposition aux égarements des institutions religieuses.

Elle se tut, peut-être autant pour reprendre son souffle que pour tester, avant de s'engager plus, l'opinion personnelle de Norroy. Il resta silencieux.

– Athée, oui, il a cru l'être ... jusqu'à sa sortie de prison. Puis la Loire l'a invité ... à plus de modération. Il se plaisait parfois à préciser qu'il n'était pas athée ... mais presque athée. Un soir, dans notre sanctuaire ... il m'a confessé qu'il ne pouvait pas se résoudre à croire que la beauté d'un coucher de soleil se refermait sur le néant. Cette beauté ne pouvait pas être gratuite. Oui, il prêtait un sens à la beauté de la nature et plus encore aux souffles de la vie ... C'était devenu l'unique fond de ses croyances. Vous pensez bien que je partageais cette confiance.

La bonne surprise du repas de Noël fut pour Norroy l'incroyable présence d'esprit de la vieille dame. À nouveau agonisante quelques heures avant cette soirée, elle parut revenir à la vie pour le seul bonheur de participer à la fête que Baptiste lui réservait. Il constata, une fois encore, l'extraordinaire maîtrise de son mental et les ressources de sa volonté qui, au terme d'un abandon à la somnolence, lui procurèrent le pouvoir, pour ce moment ardemment désiré, de sortir de sa maladie, ou du moins de contrôler les effets soporifiques de la morphine. Baptiste n'éclipsa pas l'amertume qui l'emportait à voir, dans les efforts volontaires de la vieille dame, un ultime sursaut de la chair contre les ravages de la maladie. Il se domina afin de vivre ce moment pleinement comme le lui avait si bien appris Adrienne Bergerol.

L'apprenti arriva à l'heure convenue. La décoration était prête, dans la simplicité festive des pauvres. Ils installèrent le fauteuil en osier près de la table en aménageant son confort par une bonne inclinaison du dossier et par une disposition adaptée des couvertures et des coussins. Baptiste sortit la vieille dame de son lit et la porta à bout de bras dans le fauteuil.

Il n'avait rien ménagé dans les préparatifs du repas. Pour l'apprenti et lui-même, il s'était fait servir le menu du restaurant. Il avait bien prévu que la vieille dame ne mangerait rien d'autre que son bouillon de légumes, aussi s'était-il appliqué à le remplacer, à cette occasion, par une bisque au homard qu'il avait commandée chez un traiteur de la ville. Il avait habilement pris soin de l'interroger sur les mets qui lui avaient laissé les meilleurs souvenirs.

En peu de temps, par des astuces qui impressionnaient toujours l'apprenti, il aménagea sur le fauteuil, avec les moyens du bord, une tablette de fortune sur laquelle il déposa le couvert de sa protégée. Il s'empressa de lui servir, lui-même, à la cuiller, le fameux potage avec l'espoir que ses papilles retrouveraient les faveurs qui, à l'occasion de quelques moments exceptionnels de son existence, lui avaient rendu ce mets inoubliable. Il ne tarda pas à constater que chaque cuillerée était pour elle une gorgée de bonheur. À sa grande surprise, il la vit lui arracher délicatement la cuiller de sa main en l'entendant dire, avec une assurance déconcertante, qu'il n'était pas convenable pour elle de se régaler seule. Ses yeux pétillaient de vie et d'une certaine malice par laquelle elle tenait à confirmer son autonomie. "Voilà, ça va beaucoup mieux maintenant qu'on mange ensemble", ajouta-t-elle dès que les deux hommes partagèrent les délices du potage avec elle. Elle étonna une nouvelle fois Baptiste autant par sa demande de lui resservir de "son délicieux régal" que par la trahison gourmande des palpitations de ses lèvres qui l'exprimaient. Son visage s'était empourpré. La vision de sa mansarde imprégnait son être, et c'était d'abord cette vision qui ressuscitait le bonheur de son logis comme elle l'avait vu aux plus beaux jours de sa vie. Elle ne parla pour ainsi dire plus, son regard de joie lui suffisait. Les deux hommes parlaient entre eux, et elle recevait leurs paroles comme une musique.

Une émotion plus vive l'emporta quand l'apprenti joua de la clarinette. Il enchaîna des airs traditionnels de son Berry natal avec une virtuosité qui épata Norroy. Ces morceaux chambardaient le corps pour le plonger dans l'invitation à la danse. Un air de polka lui rappela sûrement des souvenirs. Baptiste la vit se redresser dans son fauteuil et fixer le musicien avec des yeux attendris qui perlèrent des larmes. L'apprenti joua ensuite, avec une égale aisance, une série de scottish. Entre chaque morceau, il avalait avec délectation une petite gorgée de cet Aloxe Corton, si cher au maître de cérémonie, ravi de partager son plaisir. Le jeune homme en verve changea de registre en annonçant l'*Ave Maria* de Schubert comme s'il voulait montrer qu'il n'était pas un musicien de routine et il le montra en faisant chanter son instrument avec les sonorités onctueuses que tout mélomane attend d'un clarinettiste.

Le feu pétillait dans le foyer de la cuisinière. Dehors, il neigeait à gros flocons qui ruisselaient sur la lucarne. L'esprit de Norroy s'anima, par-delà son plaisir gastronomique, par-delà les délices de son vin préféré, par-delà le réconfort d'un dernier bonheur offert à la vieille dame, par-delà la talentueuse interprétation d'un *Ave Maria* à la clarinette, pour envelopper le charme de cette soirée dans ce qu'il n'avait jamais ressenti avec une telle intensité: le mystère de Noël. Ce mystère le porta dans ce qu'il ressentait comme les nimbes de la vie où la joie et le pathétique s'entremêlaient dans un sentiment confus de confiance et d'aspirations sereines.

La vieille dame rompit le silence pour féliciter l'apprenti. Sa voix se cassa en dépit de ses vains efforts contre un souffle haletant. L'éclat de son visage s'était dissipé et découvrait à nouveau le teint cireux de la maladie en alarmant cruellement la fin du répit, la fin de l'éclaircie de la veillée de Noël.

Il était temps d'ouvrir la bouteille de Champagne que Norroy avait prévue, pour offrir à la vieille dame, la dernière coupe de ce vin que lui appréciait peu mais qui aurait, pour elle, le goût de ses jours de fête.

La veillée de Noël avait bien été la flamme de l'ultime sursaut d'un feu éteint. La vieille dame resta le jour de Noël entièrement plongée dans une somnolence entrecoupée de longues phases de sommeil repérables à son ronflement léger et régulier. Elle ne retrouva la force de parler que le lendemain, en fin d'après-midi avec une déconcertante lucidité: "Le mot merci n'est pas assez... fort pour vous dire... le bonheur que m'a donné votre merveilleuse... soirée de Noël. Ma vie ne tient plus à présent qu'à un fil... il va se rompre ... je le sens. Et je vais mourir sans atroces souffrances... dans la pensée de la bonté. La mort ne m'effraie pas... mon corps est usé... et la vie m'a tout donné. Je n'ai plus qu'une attente... celle de partir de l'autre côté où, peut-être, il n'y a rien à attendre... où, peut-être aussi, c'est un grand bien de ne plus penser. Oui, j'entends un silence, un étrange silence et il me fait pas peur... Il m'unit aux pensées de mon mari... devant l'ilot de sable de notre Loire. Et après tout qu'importe: la mort n'a plus rien à me prendre et peut tout me donner."

Baptiste la réconforta en adhérant à sa confiance et en s'étonnant de la partager avec une gravité si spontanée.

La vieille dame se tut longuement, le visage gravé dans un sourire de félicité. Elle reprit brutalement la parole sans doute sous l'impulsion d'une pensée ultime qu'elle tenait à exprimer. "Baptiste, votre bonté pour moi n'a pas de prix. Vous m'avez offert de mourir avec un sourire... une paix qui accueille les promesses de la vie... Venez mon petit que je vous embrasse... pendant que j'en ai encore la pensée et la force..."

Il s'approcha. Elle l'embrassa avec l'affection d'une femme qui n'a pas eu d'enfant et qui s'en découvre un avant de mourir. Il la souleva, la serra contre lui et dans la durée de son étreinte couvrit son front d'un long baiser. La mansarde retomba dans le silence. La vieille dame avait cru tout dire, elle se ravisa :

– Je voudrais que vous emportiez... aujourd'hui même le portrait de Proudhon... et, si vous le souhaitez tous ses livres. Au moins avec vous... ils resteront entre de bonnes mains.

– Je le ferai et dans le partage, croyez-moi. Je vais même vous demandez plus avec votre portrait aux côtés de celui de votre mari. Ce sera pour moi une présence.

Un sourire spontané qui valait plus que des mots accompagna le hochement affirmatif de sa tête. Ce fut leur dernier échange. La vieille dame retomba sous l'empire de la morphine et n'en sortit plus.

Le lendemain matin, après avoir pris le pouls de la malade, l'infirmière conseilla à Norroy de ne pas trop s'en éloigner s'il tenait être à ses côtés dans ce terrible moment. Le surlendemain, elle s'étonna de la voir soutenir la vie dans un tel état de faiblesse. Elle indiqua qu'elle avait rencontré le médecin et que celui-ci lui avait recommandé d'augmenter les doses de morphine. Au troisième jour, il ne quitta plus le chevet de l'agonisante : des signes quasi imperceptibles mais d'une cruelle réalité trahissaient l'imminence de la mort. Le silence inflexible de la vieille dame éprouvait Baptiste en le plongeant dans les tourments devant un cadavre encore vivant. Il retrouva à nouveau, à travers cette lente agonie l'image de sa mère, sur son lit de mort, et ce transfert redoubla sa tristesse. De ce retour sur son passé sortit de sa mémoire sans doute le plus lointain souvenir qu'elle avait conservé.

Il jouait dans le pré derrière la maison avec le cerf-volant que lui avait rapporté son père, alors en permission. La veille, cet homme prestigieux, à ses yeux, par sa vigueur physique - il le voyait encore, avec ses hautes bottes en cuir noir et son pantalon bouffant - lui avait appris, d'une voix douce et en peu de temps l'usage du cerf-volant. Il était dans la fierté de contempler son oiseau fabuleux voler haut dans le ciel quand il fut surpris par l'arrivée d'un cheval au galop. Il n'eut pas le temps de réagir, son corps se souleva et il se retrouva aussitôt à califourchon sur le cheval contre son père qui lui criait: "Ne lâche pas ton cerf-volant, il va nous suivre dans le ciel."

Baptiste s'attarda sur cette pensée qui se fixa sur une autre: cet épisode était le seul moment de joie qui remontait de son enfance. Il n'avait vécu avec son père que ces quelques jours radieux et jamais, depuis, un sourire n'avait rasséréné le visage de sa mère. Son père avait rejoint sa position sur le front pour en revenir sans vie, quelques mois après, dans un corps affreusement mutilé.

Il ne s'épargna pas d'imaginer la tranchée lugubre où son père fut déchiqueté et de revoir les ravins sombres qui bornèrent son enfance. Mais ses souvenirs enfouis, oubliés ressurgissaient sans la dureté de l'épreuve qu'ils évoquaient, ils revenaient avec la douceur d'une cicatrice autant pour justifier la grisaille de son esprit, le terreau de son nihilisme que pour s'en libérer à travers l'azur qu'elle avait dissimulé et qui était aussi une réalité.

Un nouveau débordement de compassion l'unit à sa mère. Elle était morte deux fois: l'énergie de sa vie s'était éteinte dans l'audace qui l'avait déterminée, contre les autorités, à lever le couvercle du cercueil de son mari, et vingt ans après, son corps avait perdu, dans l'usure de la résignation, le souffle des lamentations par lequel il survivait. Pour la première fois, il s'accorda une ressemblance avec elle par cette disposition à se laisser entraîner sur la même pente fatale, elle, sur celle de la résignation, lui sur celle du nihilisme. Il en discerna les correspondances et le rapprochement lui était désavantageux car il mesurait bien maintenant le prix tragique de la perte d'une vie qui, au cœur de la jeunesse, incarnait le bonheur. La guerre avait souillé à tout jamais l'azur sur lequel elle avait fondé son existence. Il avait soumis, lui, son souffle de vivre à une réalité tronquée et il lui avait fallu, si tardivement, les initiations de son voyage pour le découvrir. Dans cet instant, ce ne fut plus des représentations visuelles que portaient ses souvenirs mais la tonalité même de sa mère alors qu'elle s'abandonnait à ses lamentations quotidiennes dans lesquelles elle entraînait son fils jusqu'à commenter, avec un masochisme inconscient, les abominations décrites dans la lettre que lui avait écrite son mari, la veille de sa mort et qu'elle reçut six mois après l'enterrement. Toutes les fois qu'il le pouvait, il fuyait ces sempiternels lamentos pour se réfugier dans l'univers magique de sa forge.

Baptiste se souvint parfaitement des circonstances qui l'avaient incité à se rendre dans la chambre de sa mère afin de lire les horreurs décrites par son père dans cette lettre qui empoisonnerait à tout jamais l'atmosphère de la maison. C'était l'année même de sa communion solennelle qu'il avait célébrée sous les apparences les plus sérieuses tandis que, déjà, la révolte de son esprit nourrissait un état d'incroyance. Sa mère et Clarisse étaient sorties assurément pour la matinée. Il avait bien trouvé la lettre là où il supposait qu'elle se trouvait : dans le tiroir de la table de chevet. Dès les premières lignes de sa lecture, avec l'ardeur de son imagination enfantine, il s'était figuré la fin tragique de son père à travers des mots qui évoquaient une barbarie insoutenable que sa mère n'avait jamais, même dans les pires moments de ses lamentations, traduite avec une telle violence.

Norroy attarda son regard sur l'état de la vieille dame. La permanence de son visage glacé, de ce cadavre de mort vivant le trompa. Il la crut morte sans l'avoir constaté. Il se précipita vers elle. Son cœur exténué battait encore.

Il ne pensa plus qu'à son père. "Ma tendre Aimée, je t'écris dans le cours répit du désastre de notre situation pour ne pas désespérer parce que j'ai encore la force, qui est mon seul recours, de penser à toi et à notre enfant. Sous l'avancée implacable de l'ennemi, je sais maintenant que notre section sera anéantie." Il avait bien compris que le calme soudain répondait à un repli stratégique de l'ennemi qui annonçait l'assaut final. À la faveur de cette accalmie, le service sanitaire avait pu, enfin, évacuer de la tranchée les corps déchiquetés des soldats parmi un magma de boue et de sang d'où ressortait parfois une tête intacte avec ses yeux grands ouverts. En découvrant une telle horreur, son voisin, en proie à un accès hystérique, avait retourné son arme contre sa tempe alors qu'au loin, le champ était noyé dans les fumées si épaisses des tirs d'obus que chaque soldat craignait de tirer sur un homme de son propre camp.

La veille, deux soldats avaient tenté de déserter. Dès les premiers pas de leur fuite, ils avaient été abattus dans le dos, sous les ordres du lieutenant. Leurs corps pendaient au gibet dressé au bord du champ comme si, dans cette situation désespérée, cette mesure disciplinaire pouvait encore donner à croire que l'issue du combat n'était pas jouée et qu'il fallait encore des morts pour que la patrie honore la gloire des survivants. Le lieutenant n'avait que ce mot à la bouche, c'était un fanatique de la patrie, qui restait insensible devant les cadavres que l'on dégageait de la tranchée, devant le paysage dévasté, avec ce champ sauvagement labouré, avec ces squelettes d'arbres calcinés, encore fumants.

Baptiste se remémora l'aveu de son père : au cours de cette accalmie, il avait hésité entre écrire cette lettre ou sortir de l'abri de sa tranchée, en tendant, au-dessus de sa tête, son mouchoir blanc et courir vers l'ennemi. Il ne l'avait pas fait parce que le lieutenant l'aurait aussitôt abattu.

Et il avait pu lire une telle lettre à douze ans. Elle l'émouvait plus en cet instant qu'au moment de son enfance. Il s'étonna de la singulière sensibilité d'un enfant, de sa faculté à accueillir les épreuves les plus terribles, sans apparemment laisser de traces, tandis qu'elle produit dans une quasi inconscience, un crucial bouleversement intérieur qui ravage une existence.

Son esprit se glaça. Le soleil noir de son enfance avait contaminé sa jeunesse par l'irréductible prise de conscience du scandale de la capacité humaine à porter si haut le malheur d'exister, à produire la détresse des hommes jusqu'au cataclysme avant de tout recommencer dans la frivolité des divertissements, comme si jamais rien ne s'était produit. Trop de souffrances – la perte d'un père vénéré, la névrose d'une mère – favorisèrent chez Baptiste la tentation de se mirer devant le scandale. Un attachement viscéral le lia à lui pour s'accroître avec le désenchantement du monde dans lequel il était condamné à vivre et où la puissance horrible des hommes avait profané les merveilles de l'être et du verbe.

Il sortit de ses pensées et s'approcha de sa protégée. Le crépuscule projetait sa lumière moirée à travers les lucarnes de la mansarde pour accentuer la troublante impavidité granitique du visage de la vieille dame. Il s'aperçut aussitôt qu'elle avait abandonné sa somnolence pour rejoindre le sommeil qui quitte la terre. Il adoucit le reproche de son absence par le réconfort de cette mort si douce. Il se plaça au pied du lit et la regarda avec une fixité soutenue durant laquelle l'écoulement du temps finit par se figer dans une immobilité où le corps de la vieille dame et celui de sa mère ne firent plus qu'un. Puis un vide de pensées s'installa dans son esprit où sur la page blanche de sa conscience se reflétaient, invisibles, les hantises les plus intenses de la présence de la vie. Il en ressortit avec une curieuse préoccupation : et si, pour la vie, la mort était une libération, un allégement de son fardeau cosmique lui permettant de se rapprocher toujours plus des promesses du fond de l'infini, par la légèreté requise au but de sa course ?

Un fin manteau de neige recouvrait le cimetière quand Annette Jouhanneau y fut ensevelie la veille de la Nouvelle Année. Baptiste Norroy avait veillé à ce que les dernières volontés de la vieille dame fussent respectées. À ses côtés deux personnes l'accompagnèrent au cimetière : l'apprenti et un inconnu, un vieillard qui se présenta comme le seul survivant du groupe anarchiste qui avait rêvé de changer le monde.

V

Le but du voyage s'était perdu dans les méandres de son parcours. La mort de la vieille dame laissa Norroy démuni devant un temps englué au creux d'une indécision qui n'encourageait à aucun projet.

Ce vide n'était pourtant plus une nuit vouée au néant, il accueillait un foyer dont les lumières le portaient à admettre que depuis son voyage, elles n'avaient cessé de s'accroître comme cette bonne étoile, annoncée par la brave "madame Émilie", à son départ. Une bonne étoile qui le conduirait à un dénouement enfin propice à s'accorder avec la vie. Ce foyer, il ne l'accueillait plus comme une illusion. Son attrait pressentait la vigueur de ses lumières et de sa réalité.

Sa confiance se clarifia : la vie lui imposait l'épreuve de ne vivre d'abord que dans les nimbes de chacun de ces passages provisoires et tant qu'aucun ne le fixerait, il courrait après son destin. C'était bien ça. Le destin est le parcours des traversées successives de ces nimbes jusqu'à ce que l'une d'elles réalise sa fusion avec sa source lumineuse. Il céda à son enthousiasme cosmique : il imagina, chaque foyer, que la vie accordait à chaque individu, maillé par une multitude de courants invisibles agitant l'orbe céleste d'ondes, qui délivreraient plus rapidement leurs intentions, si l'homme ne s'était, par trop, éloigné de sa conscience de la vie.

Cette pensée le ramena au but de son voyage : n'était-ce pas l'un de ces courants invisibles qui l'invitait à découvrir cette pointe extrême de monde où se brise la mer, là où se déroulerait le travail de ce quelque chose qui se jouait en lui, là où, peut-être, face à cette tourmente et ce chaos, les nimbes et leur foyer se confondraient ? Il y croyait.

Seulement dans la confusion des événements qu'il venait de vivre, il ne se sentit pas disposé à précipiter son départ. Il se trouva finalement toutes les bonnes raisons de prolonger son séjour à Orléans et il n'eut pas de peine à se convaincre : il s'attachait à des habitudes qui lui convenaient parce que véritablement aucune ne heurtait son horreur à sombrer dans les illusions.

D'avoir passé son existence à la montagne le prédisposait à la fascination de l'eau. La Loire, sommeillante ou fougueuse, imprévisible comme la vie, l'avait conquis. Il ne se lassait pas de la longer, parfois sur plusieurs kilomètres, pour contempler les figures variées que son cours avait imposé au paysage et qu'il se plaisait à observer comme les fascinantes figures du travail de la nature. Il s'accoutumait à l'exercice de cette sympathie qui s'ancrait en lui. Il s'arrêtait quelquefois au sanctuaire des Jouhanneau, le pratiquait, un instant, à leur façon et reprenait sa marche, parce qu'il éprouvait le besoin du mouvement pour entretenir les émotions qu'il recherchait.

Un matin, la vue du fleuve s'identifia, inopinément dans son esprit, à la *Sinfonia* de Schubert, cette pièce qui était si chère à Adrienne. Elle y entendait un raccourci de son cher compositeur. Ils en avaient parlé, en pleine complicité, après leurs ébats amoureux. Cette *Sinfonia* avait été le premier morceau que Norroy avait entendu dans une grande salle de concert, alors qu'il était étudiant à Cosence. À ce titre, il avait gravé son esprit, d'autant qu'il avait été interprété par un chef et un orchestre prestigieux. Il l'avait réécouté plusieurs fois depuis avec un esprit toujours perturbé par la première interprétation et c'était celle-ci qui, devant le flux immense de l'eau, retentissait à nouveau dans son esprit.

L'ardeur du fleuve en crue s'était d'abord élevée avec l'inspiration de l'allegro pour suggérer ensuite d'autres phases de la *Sinfonia* qui embrassèrent les différents aspects de la rivière dans le souvenir de ses brutaux contrastes entre sa fougue et sa lenteur, ses détours enchantés et son ampleur irrésistible pour finalement emporter Norroy au-delà d'une vision où seule existait *la réalité aux ailes blanches* enivrée par la sympathie de la vie. C'était de tels moments qu'il recherchait et qu'il trouvait sur les bords de la Loire.

Une autre raison le retenait à Orléans. Son amitié entretenue avec l'apprenti l'avait rapproché du maître ferronnier. À force de se rendre en visiteur à la forge, Baptiste finit par empoigner les outils. Il était habile, il avait acquis dans sa propre forge une certaine pratique que son sens de l'observation auprès du maître avait affirmée. Le hasard d'une commande pressante au moment où le ferronnier se trouvait surchargé de travail conduisit Norroy à proposer son aide. Il réalisa les éléments d'une balustrade avec une telle facilité que le maître s'aventura à lui proposer la confection d'un présentoir en forme de lyre qui exigeait le talent créatif de la pièce unique. Le maître avoua qu'il n'aurait pas fait mieux. Ainsi, pendant plus d'un mois, il passa ses après-midi à l'atelier dans le repos de l'esprit abandonné à l'exercice de la création manuelle.

Dans la satisfaction de son bien-être, il faillit s'arrêter à la pensée qu'il n'avait entrepris son voyage que pour réveiller une passion que sa jeunesse lui avait déjà offerte et qu'il avait galvaudée. La joie de réaliser de beaux objets apporta un équilibre aux merveilles de ses contemplations, avec cette évidence que le serein équilibre de son esprit et de son corps était la meilleure voie de la sagesse. Avec candeur, il condescendit à s'en remettre, au pied des hauteurs oubliées de sa révolte contre la vie, à la banalité et à la simplicité du bonheur. Il ne consentait plus à quitter Orléans et pourtant il lui était impossible d'y demeurer.

Il y passa encore deux bons mois jusqu'à ce soir où, malgré une journée physiquement bien remplie, il ne parvenait pas à trouver le sommeil et pourtant la pleine lune ne sévissait pas. La nécessité de partir reconquit ses pensées. Il finit par s'endormir sur cette idée pour se réveiller avec la résolution d'un projet fou : celui d'accompagner, en partie, sa Loire, à pied jusqu'à son embouchure.

La charge de ses bagages le contraignit à renoncer à ce souhait. Il prit le parti de se rendre en autocar par étapes successives et d'effectuer ses marches à partir des villages où il s'arrêterait en fonction de l'intérêt des paysages offerts. Il éviterait les villes et les gros bourgs. Il consulta ses cartes et arrêta son itinéraire en recherchant les lignes desservies par des autocars. Il se rendit ensuite à la Poste centrale où il posta le colis qu'il s'adressait et qui contenait les livres de Proudhon et son portrait ainsi que celui du couple Jouhanneau. En le faisant, il s'était remémoré, qu'une fois de plus, il avait failli au suivi de son courrier : il avait laissé comme point de réception la poste restante de Quimper où il devrait être depuis deux mois ! La postière, très affable celle-là, lui assura que d'ici trois jours au moins, elle pourrait faire suivre les éventuelles missives reçues à Quimper.

L'après-midi, il se rendit, selon son habitude, à la forge où il acheva son travail en cours et le soir, il annonça, à la stupéfaction de ses amis qu'il quittait Orléans. Il tenait du bon sens de "Madame Émilie" la mise en condition de l'esprit pour dominer l'émotion des séparations. Il était préférable de se quitter dans la fleur de l'amitié. Elle l'aurait affirmé en assurant que lorsque la vie a donné le meilleur d'un moment de partage, il ne peut plus ensuite que se dégrader dans les banalités du quotidien. Le maître ferronnier embrassa vraisemblablement le même point de vue car il se résigna à ce départ à la condition qu'il fût célébré par un bon repas qui unirait à son intimité familiale Norroy et l'apprenti.

Le repas se déroula le surlendemain en soirée et il tomba à point pour dissiper l'humeur chagrine de Baptiste pour qui rien n'était plus insupportable que de vivre une situation intermédiaire, une attente entre un monde qui perdait, avec la peine de la séparation, ses couleurs parce qu'il le quittait pour toujours et celui auquel il se préparait avec l'impatience d'y retrouver l'unité de son esprit.

À la table du ferronnier, il fut frappé par la tendresse de l'entente qui unissait les membres de la famille, cette tendresse-là, il ne l'avait jamais rencontrée avec une telle sincérité d'accent et il savait que jamais il ne la connaîtrait et ce fut pourquoi il l'apprécia tant. Il éprouva une pointe de satisfaction à découvrir qu'elle existait.

L'épouse du ferronnier le ravit par la beauté sans fard que soulignaient sa prestance et sa conversation pétillante qui lui conféraient un rayonnement naturel en pleine harmonie avec celui de son mari. À les voir et à les entendre se compléter pour animer la conversation, Norroy s'enchantait de deviner la complicité et le bonheur de l'union de ces deux êtres. Il ne manqua pas de constater, par la délicatesse de la liberté avec laquelle leurs deux enfants n'hésitaient pas à prendre la parole, à quelle hauteur peut conduire une éducation soutenue sous les lumières de l'amour.

Tard dans la nuit, Baptiste, quand il regagna son garni aux côtés de l'apprenti, ne s'étonna pas de faire l'apologie de ce bonheur familial qu'il souhaita être celui de son jeune ami.

Le lendemain, dès le début de la matinée, il se rendit à la Poste centrale pour relever son éventuel courrier afin d'être soulagé de ce souci. Il n'avait qu'une hâte, celle de partir, et il s'était décidé pour le début de l'après-midi. La postière lui tendit les deux lettres qu'il était censé recevoir. Il ouvrit en premier celle de son métayer parce qu'elle lui donnerait clairement et d'un seul trait les nouvelles. Elles n'étaient pas bonnes et elles l'ébranlèrent. Décidément chaque missive annoncerait une mort et celle-ci l'affecta autrement que la précédente : c'était celle de son vieux commis, le seul être avec qui, durant son enfance, il avait vécu d'heureux instants. Il était mort la veille de Noël alors que Baptiste veillait sa vieille dame. L'autre nouvelle se produirait avant Pâques : Clarisse quitterait la ferme des Norroy pour se placer, en qualité de servante de cure, auprès du nouveau prêtre de la paroisse.

Une autre surprise l'attendit à l'ouverture de la lettre de Clarisse : sa concision et sa sécheresse. À peine une ligne pour déplorer la mort du vieil Émile et deux lignes pour annoncer sa décision, sans aucune explication sinon celle, sans doute due à un lapsus, révélé par l'emploi du verbe "refaire" pour justifier son choix de vie ! Pauvre Clarisse ! Il se ravisa. Clarisse se dégageait enfin du piège dans lequel l'avaient précipitée ses innocentes illusions. Elle embrassait son destin et chacun l'accomplit juste à la hauteur de sa nécessité intérieure. Son destin était de se vouer à sa Vierge. Il n'y avait pas d'autre voie pour elle. Et c'était bien ainsi puisque c'était le seul chemin que la vie lui ouvrait.

Mai annonçait déjà l'été quand Baptiste Norroy abandonna sa Loire à Nantes. Il avait en tête de ne découvrir l'océan qu'au terme convenu de son voyage, donc il n'irait pas au-delà de Nantes, la seule ville où il avait décidé de séjourner depuis Orléans. Le plus souvent, avec difficultés, en raison de l'hébergement disponible, il avait établi ses étapes dans des lieux reculés car il n'entendait pas prêter son esprit à la dispersion des curiosités et de l'agitation des villes. Un seul but l'avait animé : naître chaque jour avec ce fleuve qui l'avait envoûté et s'y livrer dans le recueillement des acquis de son voyage.

La Loire s'était confirmée comme un lieu propice à son regard désormais exercé à s'accorder avec la nature selon les exigences de l'aventure mystique dans laquelle l'avait précipité son voyage. Ce quelque chose qui remuait en lui et qui avait déjà bouleversé son être, était devenu l'enjeu de son existence : donner consistance à l'hypothèse de la vie contre celle du néant. Rien d'autre. L'essentiel était là pour lui : se tenir à ce seuil pour enchanter la bouche béante du silence qui sépare l'homme de la vie afin de recueillir une assurance d'existence.

Il ne lui avait pas échappé qu'il se lançait, avec son indéfectible candeur romantique, dans une conquête de l'impossible sans doute risible aux communs des mortels pour lesquels il n'éprouvait, de toute façon, que dédain.

Les jours, les semaines, un mois et presque encore un mois s'écoulèrent et pendant toute cette durée, la vacance conquise de son esprit ne fut habitée que par la sérénité que lui offrait la fréquentation des paysages de son fleuve. Jamais il n'avait été aussi durablement heureux, apprivoisé à un bonheur accordé à chanter d'une seule voix sa joie de vivre.

Pourtant aucun moment de cette durée de bonheur ne recula la frontière de ces visions au-delà des limites que lui avaient déjà offertes les épiphanies de son voyage. En découvrant ce qu'il n'atteignait pas, ce qu'il recherchait s'éclaircit : une assurance mentale qui abolirait la souveraineté du doute, une lumière qui rayonnerait sur les vicissitudes de la vie pour les relativiser.

Mais quand le fleuve approcha de son embouchure, il céda aux ombres de la lassitude. Il se sentit prêt à reconnaître qu'il était victime de ses complaisances vitalistes et donc qu'il était la proie de nouvelles illusions. Il tempéra cette alarmante possibilité en persistant à admettre qu'il était plutôt condamné à subir l'infirmité de l'homme due aux mauvais plis d'une civilisation qui l'avait rendu impuissant à sortir du miroir atrophié de sa conscience. Depuis, il ne se détourna plus du sentiment que l'évidence de la vie croît en l'humain comme l'herbe pousse.

Alors l'imprévible advint : ce fut le choc de son passage brutal de la Loire sauvage à l'agitation de la ville qui lui apporta le fruit de son épreuve. Nantes l'éblouit. L'appréciation d'une ville est loin de se réduire aux satisfactions d'un touriste averti devant les charmes singuliers, le prestige du passé et la richesse du patrimoine qui la caractérisent. Une ville peut s'affirmer prestigieuse en se donnant à son visiteur comme le lieu d'une éclosion psychique. Les liens agissent alors selon une relation magique où la conformation du site, sans vraiment cesser d'être influente, compte moins que l'état d'esprit qu'elle favorise – et selon une ascendance absolument indéterminée – chez une personne disposée à une telle aventure.

Baptiste Norroy parcourut Nantes comme s'il pénétrait dans le labyrinthe de son être pour s'ouvrir à un autre diapason de la vie. La ville grise célébrait le premier éveil d'un été précoce à travers l'allégresse de l'agitation des rues, à travers les terrasses bondées et par cette subtile odeur d'entre terre et mer, qui enveloppait, dans la mollesse de l'air, celles des marronniers en fleur et de la croissanterie débordante sur les étals improvisés.

Ce n'était pas une visite banale qui l'attachait à cette ville, c'était une rencontre galvanisée par la sensation que cette ville-là se créait sous son regard enivré par les insufflations imperceptibles que son attachement à la Loire avait déposées dans sa conscience jusqu'à la ravir, quasiment à son insu. Il se jeta dans Nantes comme la Loire, avec l'impériosité des prodiges de son cours, se gonfle dans son embouchure, avant de se livrer à l'océan.

Sans relâche, le fleuve court au-delà du temps et ne s'attarde à ses obstacles que pour les rompre ou les ensorceler. La détermination des flots ne courent jamais vers rien. Cette force tendue vers l'invisible avait imprégné l'esprit de Norroy à travers l'une de ses diverses innervations par lesquelles le grand corps cosmique se joue de l'homme à travers son inconscient. Comme le fleuve résoud sa course vers l'invisible en se donnant à l'océan, Baptiste trouva la magie de la sienne dans la fécondité de son être.

Il parcourut les rues de Nantes en éprouvant une très vive sensation de liberté inconnue qui le plongea dans une exaltation dont l'étourdissement s'acheva sur la vue d'un marronnier dans la splendeur de sa floraison. L'arbre, alors, n'exista plus qu'à travers son éclatante immobilité conquise par l'avide confiance de sa sève en la terre pour aller offrir au ciel l'émerveillement de ses inflorescences. La pensée de Norroy culmina sous ses augures. L'arbre inculquait ce qu'il sait de nature franche. Il a consenti à son destin pour accroître la vitalité de ses racines afin de réussir le plus précieux accord de la liberté avec la vie.

En galvaudant sa liberté, l'homme a trahi, puis renié la vie avant de la perdre.

L'arbre... Cet échange lui confirma qu'il avait atteint le but de son voyage. Une pensée amusée traversa son enthousiasme : un si long voyage, autant d'aventures pour finir devant un marronnier commun d'une promenade de Nantes !

Mais il ne perdit pas de vue qu'il avait fallu, à l'avènement de ce moment, l'ouverture à de nombreux signes et la patience de s'y exercer pour atteindre à la simplicité d'un regard sans laquelle la vie ne se courbe plus vers l'homme. Et tous ces signes se conjuguaient en cet instant à travers l'effervescence de son esprit pour enraciner l'emprise de sa révélation. L'évidence enfin triomphait : la liberté, cette liberté consentie porte sur les ailes de la vie.

Jamais sa conscience n'avait été aussi sereinement transparente à la lumière de son être, jaillissante d'une source qui était le phare de la vie. Le seul absolu perceptible et patent rayonnait là, au creux de la chair, tel le sceau d'une poignante filiation qui enlaçait chaque individu à l'aventure de vivre. Et cette lumière jetait ses rayons très au-delà des destins pitoyables de l'humanité commune. Il vit ce qu'elle l'encourageait à fuir. Les champs de bataille de la condition humaine étalaient leurs pitoyables échecs à travers la réalité achevée de l'aveuglement aux simulacres de l'amour, aux illusions de l'injustice, aux fantasmes de la cruauté, aux mirages de l'argent et du pouvoir. Son phare balayait, d'un rayon furtif, la médiocre fatalité de ces petits destins pour s'en détourner. Le phare poussait sa lumière vers la vie et la vie n'accompagne pas ces chemins-là, elle les abandonne aux miasmes de leur fatalité. Il quitta l'arbre avec une pensée pleine de gaieté : "Je suis devenu un anarchiste cosmique".

Il séjourna encore trois jours à Nantes et quand, au troisième jour, la ville cessa de se dédoubler sous son regard, quand elle n'accueillit plus les visions féériques de son allégresse, quand elle ne lui apparut plus que comme une ville ordinaire vouée aux illusions turbulentes de la comédie sociale, il décida de partir pour Quimper. Et, à ce moment-là, flotta dans son esprit l'idée, jusqu'alors inconcevable, de la possibilité de son retour à Amburcine. Il jugea l'aboutissement de son voyage atteint. Sa maison, vidée de ses tourments, pouvait à présent recevoir son nouvel occupant : un homme désormais ouvert aux battements de la terre. Une pensée accrédita cette disposition : l'aiguillon du voyage s'excite devant l'inconnu qu'il promet, et cet inconnu n'était plus à découvrir dans l'espace, il s'offrait dans la vie de son être.

Seulement sa rencontre avec Quimper ne se produisit pas

comme il l'avait imaginée à son départ de Nantes. Une fin de voyage, un passage obligé, avait-il pensé, une ultime étape qu'il s'imposait pour qu'il fût dit qu'il avait accompli son périple jusqu'au bout.

Il découvrit la ville, il est vrai, à un moment propice, celui de la foire, si foisonnante de vie qu'il ne remarqua pas la cathédrale alors qu'il en était au pied. Sur le fond du grouillement de la foule à travers les allées confuses des étals repérables aux couleurs vives de leur parasol, le champ de foire absorba son attention dans le défilement de curiosités qui lui donnèrent l'impression de se trouver dans un autre pays. Les hautes coiffes bretonnes, caracolantes au-dessus de la foule en disséminant dans l'espace des panaches de blancheur que le soleil intensifiait, fixèrent sa curiosité.

La visite de la foire l'attira, mais il y résista sous le souhait de se libérer de ses bagages. Il s'engagea dans la ville à la recherche d'un hôtel.

Il remontait la rue principale, quand, en se retournant, il remarqua, à travers l'ouverture bordée par la vigueur médiévale des maisons, la cathédrale magnifiée par le resserrement de la perspective offerte. Il lui sembla que l'élan de ses deux flèches emportait la ville entière dans le ciel et cette impression força son admiration jusqu'à lui donner le sentiment que Quimper devenait Quimper en lui par des attaches semblables à celles qu'il avait déjà éprouvées à Nantes. De la même façon, il céda à l'enchantement de la ville par des charmes presque opposés, ceux que recèle une petite ville avec sa rue éminente dans laquelle se jettent autant de rues dont la promesse des dédales émerveille la durée de la visite. C'était la ville telle qu'il l'appréciait.

Il lui tarda de se débarrasser de son barda. Au hasard de sa marche, son attention fut retenue par l'un de ces cafés discrets, comme il les aimait parce qu'ils n'accueillent généralement que les habitués du quartier. Le temps avait effacé les lettres inscrites sur le panneau supérieur de la devanture, seuls les mots Café, Restaurant et Pension Complète se laissaient encore lire à travers la peinture écaillée des panneaux latéraux.

Il n'hésita pas. Il entra dans une salle profonde, garnie par deux rangées de tables, strictement alignées. Un grand vaisselier occupait le fond à côté de deux portes, l'une ouverte sur une cuisine et l'autre sur un escalier en bois, joliment encaustiqué, qui conduisait aux chambres. Dans le fond du café, quelques hommes devisaient, d'une table à l'autre, devant des roquilles de rouge. Ils parlaient moitié breton, moitié français.

Personne ne se préoccupa de lui jusqu'au moment où l'un des buveurs cria, en direction de la cuisine : "Patronne, vous avez du monde !"

La vue de la Patronne le stupéfia. "Je vous sers quoi, mon petit?" La ressemblance entre sa chère "Madame Émilie" et l'aubergiste était incroyable. Le ton affectueux du sobriquet avec lequel elle s'était spontanément adressée à lui résonnait encore dans ses oreilles. Elle était face à lui, avec la même silhouette, avec la même tenue : une ample robe grise d'étoffe lourde protégée par un coquet devanteau. C'était flagrant, il avait devant lui "Madame Émilie" avec quelques années de moins !

Ses impressions, depuis son arrivée le mirent dans une bonne humeur. En peu de temps, il avait trouvé la réjouissance d'un hébergement fort convenable, à quelques pas de la cathédrale vers laquelle il s'empressa de marcher sitôt qu'il se fut installé dans sa chambre.

La nuit tombait quand il entra dans le café transformé en restaurant, du moins sur les quelques tables où les couverts étaient mis, ce qui laissait supposer qu'il y aurait peu de clients. Deux couples de convives, seulement, se restauraient. Il hésitait à se placer car aucune table ne comportait un seul couvert. Il entendit la patronne se récrier de sa cuisine : "Attendez, j'arrive". Elle était déjà là. "Je vous ai placé, ici, en bonne compagnie."

Elle avait montré la table proche du vaisselier. "Le repas est une fête, je déteste voir mes hôtes s'ennuyer seul à leur table. Je vous ai mis en compagnie d'un homme charmant. Un grand artiste peintre. Vous savez pas : il expose à Londres et à Paris ! Je connais mes gens, à vous voir, je sais déjà que vous êtes faits pour vous rencontrer. Il va descendre tout de suite."

Elle n'avait pas rejoint sa cuisine qu'il vit s'approcher de sa table un homme dans la quarantaine, à la silhouette fine et élancée, vêtu d'une ample veste en tweed roux qui avivait le noir de son pantalon de velours pour souligner la distinction d'une parfaite élégance rustique. Une barbe noire concentrait le bleu de son regard pointé sur Norroy, avec déjà, une sympathie acquise.

"Marie Goasgen me surprendra toujours par son art de provoquer les rencontres entre les personnes. J'ai fini par croire qu'elle était possédée par une prescience des affinités." Tels furent ses premiers mots en s'installant à la table de Norroy. Il s'appelait Charles Widden et il insista en précisant "Charles Widden de la Cornouailles britannique" pour ajouter sur le ton d'une raillerie qui se voulait sérieuse: "Je ne sais faire qu'une seule chose: peindre le ciel". Il jugea bon de signaler qu'il possédait le don des langues, peut-être parce que dès son plus jeune âge l'école lui avait imposé l'anglais à côté du cornique que sa famille s'acharnait à pratiquer. Il parlait en effet le français sans le moindre soupçon d'accent. Sa prestance, son élégance racée, la franche singularité dans sa manière de se présenter impressionnèrent Baptiste. Il se plut à reconnaître en lui l'exercice d'une liberté si peu partagée par les hommes, cette liberté que lui-même recherchait à pratiquer par son prestige à se tenir en dehors de toutes les formes insidieuses du conformisme et à offrir la force de vivre dans l'originalité de son être. En bouclant sa présentation, il se plut à se mettre à l'unisson du peintre:

– Je suis un ermite. Un ermite voyageur. Je dois, sans doute, chercher dans le voyage ce que vous cherchez dans le ciel.

Norroy vit se dessiner sur le visage de Charles Widden un frisson de ravissement. Entamée sur une telle approche, la conversation des deux hommes ne manqua pas de se nourrir à la source de leurs aspirations les plus chères. Depuis qu'il avait entrepris son voyage, Baptiste avait maintes fois constaté combien la vie se plait à rapprocher les êtres qui se ressemblent. Comment, en effet comprendre autrement, lorsque deux âmes se reconnaissent, la magie de la transparence immédiate qui se manifeste entre elles à travers un enthousiasme étranger aux contingences et aux désabusements de l'existence. En cet instant, c'est bien la vie qui s'anime en l'homme, jubilante de s'éprouver reconnue dans la perception accrue par la coalescence de deux âmes. Les mots, alors, s'enflamment sous les échos d'une musique stimulante.

Charles Widden évoqua son attachement à la Bretagne. Il y était venu très jeune, sans doute encouragé par l'engouement à l'époque des nombreux peintres qui s'y rendaient sur les traces de Gaugin. Il s'était installé à Tréboul, cependant, il avait fini par fuir le cercle de ces peintres. Ils passaient le plus clair de leurs journées à prétendre révolutionner la peinture sur le seul principe d'en supprimer la perspective. Ces échanges lui apportèrent l'avantage d'une prise de conscience qui le renvoya au fond de lui-même. Dès ce moment, il sut que c'était là, dans les profondeurs de sa vie intérieure et dans l'oubli du déroutant bouillonnement de ses influences picturales qu'il parviendrait à donner forme aux fugaces visions qui le hantaient et qui n'appartenaient qu'à lui. Il passa le reste de son séjour à parcourir les pointes de la côte bretonne, très semblables, en fait, à celles de sa Cornouailles natale. Ce fut pourtant là, en Bretagne, qu'il se sentit naître à l'art dans la solitude de ses recueillements devant les terrifiants assauts de l'océan contre les roches crispées dans leur fantasmagorie insoumise. Ce fut là qu'il reçut, sous le ciel merveilleux et pathétique de la côte, les révélations productives que son art attendait. "Depuis, je reviens assez fréquemment travailler sur ces lieux. Mais, en ce moment, je participe à une exposition collective sur les peintres des deux Cornouailles et j'ai saisi cette occasion pour inviter mon ami, un peintre danois, afin de lui faire découvrir la beauté des côtes bretonnes. Nous sommes, l'un et l'autre, très attachés à la fréquentation des côtes, sans doute par nos origines, nous avons l'âme marine, mais, surtout maintenant, en raison des exigences de nos choix picturaux...

Marie Coasgen, attentive au service de la table, interrompit Widden : "Eh les artistes ! si vous continuez à babiller éternellement, vous finirez par manger froid."

Widden approuva sur le ton de sa délicatesse naturelle et invita Norroy à honorer la bonne cuisine de la maîtresse de maison.

Dans ce laps de silence, ravie par les révélations que la pointe du bout du monde avait produites chez le peintre, la pensée de l'ermite voyageur s'appesantit. Il tomba, une nouvelle fois, dans l'émerveillement des surprises que la vie réserve. À peine quelques heures plus tôt, il estimait son voyage achevé et puérile la fascination du lieu de son but initial. Et voilà que les évocations de Charles Widden lui révélaient les attentes effectives de son être. Il revit le motif de la gravure de son grand-père ostensiblement en correspondance avec la représentation que venait de lui en donner le peintre. Seulement, à présent, l'allégorie de son état mental, telle qu'il l'avait transposée sur la gravure et qui avait suscité la décision d'entreprendre son voyage, se raviva sous l'influence des affinités spirituelles que les propos de Charles Widden avaient éveillés.

Le peintre relança la conversation par une question qui tomba à point :

– Je ne pense pas me tromper en vous disant que ce n'est sans doute pas le hasard qui vous a conduit ici ?

– C'est bien vrai et je ne suis pas étonné que vous le supposiez.

La sympathie exalta Norroy jusqu'à briser les retenues de son introversion. Il céda à l'emprise des effusions de la confidence. Jamais il n'avait éprouvé le besoin de se confier avec une telle exigence de sincérité jusqu'à blâmer ses complaisances nihilistes et l'orgueil de sa lucidité. Il avait bien déjà consenti à quelques avancées dans ce sens – et, pour les premières fois de son existence, – auprès d'Adrienne et sur une autre voie, auprès de "Madame Émilie" mais sous une enveloppe allusive qui avait épargné sa pudeur en lui évitant de présenter son cœur à nu.

Il parla de lui comme s'il parlait d'un autre avec des considérations qui confessaient les métamorphoses de son être.

Les propos de Charles Widden se retournaient en lui avec la force conjuguée de tous les dons de son voyage. L'expérience de la promenade des marronniers à Nantes l'avait plongé dans la vie, la rencontre de Quimper plongeait la vie dans son être ou plutôt en illuminait l'évidence pour affermir l'enjeu de sa pérégrination : éprouver une raison de vivre.

Il se réjouissait de découvrir en la personne du peintre un frère spirituel dont la rencontre fortifiait la réalité de l'horizon vers lequel la magie du voyage subrepticement l'avait emporté.

Les confidences s'approfondirent en connivences. "Voyez-vous, mon cher Baptiste, la manifestation de la vie, telle que nous semblons l'un et l'autre la reconnaître, pourrait être interprétée comme un paradoxe et si ce que je vais vous dire ne traduisait pas la stupidité ou l'hébétude de ceux qui ne voient qu'à travers les apparences, je me laisserais aller à la comprendre comme un paradoxe diabolique. Car ne cesse-t-elle pas de se donner à nous comme la source même de notre corps et de nos pensées, ne cesse-t-elle pas de nous promettre, à travers la joie de notre chair, l'élévation de nos aspirations jusqu'au sublime, pour en peu de temps, ensuite, nous abandonner à la chair de nos souffrances, en demeurant, dans tous les cas, éternellement sans visage. Seulement je n'ai jamais pu croire à la cruauté de la vie, et cette supposition - ce préjugé, si vous préférez - qui ne m'a jamais fait défaut, a fini par atteindre son assurance dans le dénouement de mes intuitions. C'est insolite ce que je vais vous avouer. C'est de mon esprit que remontait ce refus, et c'est finalement de ma chair, dans les douleurs d'une maladie que m'est venue la réponse : la vie n'est pas cruelle, parce qu'elle doit, elle aussi, subir la cruauté que son cours s'acharne à fuir et peut-être à vaincre. En vérité, la vie qui nous conçoit ne peut se concevoir. Elle s'éprouve et elle ne peut se donner d'aucune autre façon qu'en s'éprouvant, en-soi, chez chaque individu, et ses lumières les plus vives ne seront jamais plus que des bribes de sa symphonie cosmique. Telle est notre condition. Chacun accueille l'étreinte de la vie dans la solitude, la plupart des hommes avec une quasi-impassibilité, certains dans l'oubli, et les êtres les plus sensibles, avec le désir recueilli d'une communion qu'ils savent fugace. L'art, la musique surtout, parfois, la poésie, et pour ce qui me concerne, la peinture, peuvent donner échos poignants à la vie."

Ces aveux aiguillonnèrent l'esprit de Norroy, il les recevait comme une lecture éclatante de sa vie intérieure. Il s'abandonna à l'éclair d'une pensée : il avait été, sans le savoir, le mage d'Adrienne Bergerol, Charles Widden, au terme de son voyage s'affirmait comme son mage, un mage croisé sur le chemin de la vie, surgi de l'indistinct de la multitude pour accomplir sa merveille avant de disparaître, au-delà de l'oubli, dans le chant du firmament qu'il a ouvert et où tout se rejoint.

Absorbés par leurs réflexions partagées, les deux hommes ne s'étaient pas aperçus que le restaurant était vide depuis un long moment déjà. Marie Goasgen avait éteint les lumières de l'avant afin de ne pas attirer de nouveaux clients. En veillant à dissimuler son impatience que ses deux convives attardés lui avaient laissé pressentir, elle demanda si elle pouvait desservir afin d'achever sa vaisselle. Charles Widden répondit, avec une courtoisie impeccablement anglaise qu'elle n'avait aucune raison de se gêner de le faire et qu'il leur serait agréable de poursuivre leur conversation à la condition qu'elle n'en subisse aucune "déplaisance". Marie Coasgen révéla alors ses talents d'imitatrice en empruntant plaisamment le ton et la forme du peintre, pour affirmer que pour elle, il n'y avait rien de plus agréable que de convenir à "la plaisance" de son hôte. Les trois, en même temps, cédèrent à un éclat de rire que Baptiste, en entrant lui aussi dans le ton, ponctua :

– Alors si vous aviez l'obligeance de nous servir votre meilleur cru de Bourgogne, notre "plaisance" sera parfaite.

– C'est bien, j'ai compris. Je finis ma vaisselle et je vous abandonne. N'oubliez pas d'éteindre les lumières avant de rejoindre vos chambres.

Elle ne tarda pas à revenir avec deux bouteilles qu'elle présenta, étiquettes tendues, sous le regard de Norroy qui invita son compagnon à faire le choix. Widden le fit d'emblée avec l'élégance de sa célérité:

– Servez celle-ci qui sera celle de mon ami et chambrez l'autre pour le repas de demain qui sera la mienne.

Et les deux compagnons reprirent leur conversation que les circonstances entraînèrent sur l'appréciation des vins avec les nuances de fins connaisseurs disposés à concilier plutôt qu'à affronter les préférences entre le Bourgogne et le Bordeaux. Mais Charles Widden ne tarda pas à rebondir sur le fil de la conversation entamée :

– Après tout ce que vous m'avez dit, je suis persuadé que vous trouverez sur votre pointe de Bretagne ce que vous y cherchez, parce que ce que vous cherchez est déjà en vous.

Widden marqua un silence. La rare satisfaction de se rapprocher d'un homme de la même trempe que lui l'inclinait à partager la pratique de son culte de la vie. Il reprit la parole quand sa sympathie pour Norroy eut surmonté sa crainte de tomber dans le rôle d'un lamentable prêcheur. "N'allez pas penser, devant ma loquacité actuelle, que je sois un incorrigible égotiste comme le sont trop d'artistes avec leur sensibilité d'écorchés vifs. Ordinairement, je suis plutôt d'un naturel solitaire et taciturne. Notre rencontre, vos attentes, nos évidentes affinités m'invitent à un partage exalté par la joie rare d'être compris, d'être moins seul."

Il avait parfaitement perçu l'état des attentes de son compère et bien qu'il ne fût seulement plus âgé que lui de quelques années, son expérience acquise lui en avait donné les réponses lumineuses. Il avait apprécié le mot "épiphanie"que Baptiste utilisait pour désigner ses instants de communion avec la vie, mais il ne put s'empêcher de préciser que leur "éclat" se dissipe vite dans le retour des contingences de l'existence. C'était à la faveur de son travail artistique qu'il avait appris à en préserver les effets par la hantise prolongée qu'elles ne cessent d'exercer si on leur accorde une présence soutenue. L'intérêt que le novice accordait aux convictions du peintre tourna à l'éblouissement quand le fil de la conversation l'amena à affirmer que l'on ne pouvait pas "se croire attaché à la vie si on ne se la représentait pas, dans son envol enchanté vers l'absolu contrarié par l'incompréhensible discorde de ses ailes, l'une, jubilatoire, ivre d'atteindre le dévoilement lumineux des raisons de son apparition, l'autre pathétique comme si, pour y réussir il n'était pas en son pouvoir d'épargner aux humains de terribles souffrances." Norroy dans un élan d'enthousiasme, rapporta à son ami que ses épiphanies l'avait conduit à la même représentation sous la figure de la *réalité aux ailes blanches* à laquelle les péripéties de son voyage avaient apporté une consistance croissante. Leur vision croisée mit le comble à leur sympathie.

Baptiste versa à boire. Et ils se détendirent dans une conversation plus banale, soutenue par la joie d'être ensemble. Une anecdote amena Charles à parler de son ami Thomas Skaden. À sa première exposition prestigieuse, celle de Londres, Widden n'avait accroché que les toiles produites depuis l'étrange révélation du paysage telle qu'il l'avait ressentie sur la côte bretonne, ce qui fit son succès et lui valut l'admiration du peintre danois. Celui-ci, de dix ans son aîné, avait alors déjà acquis une renommée dans son pays et en Angleterre. Les deux peintres devinrent vite inséparables. La présentation qu'en fit d'abord Widden laissa plutôt l'impression à Norroy d'un peintre que la célébrité avait plongé dans la mondanité et par la grande porte que lui avait ouverte son mariage avec la fille d'un richissime banquier de Copenhague. On n'imagine guère comment parfois l'amitié peut unir des êtres que tout semble opposer. Norroy donna la réponse : "C'est qu'il existe un lien plus profond qui efface les différences ou plutôt les excuse." Le Cornouaillais, retranché dans sa vie rustique et soucieux de préserver sa solitude, avait gardé une disponibilité pour en sortir, à l'occasion, en se montrant agréable, dès lors qu'il se trouvait en bonne compagnie, pour peu qu'il n'eût pas à la subir trop longtemps. Chez Thomas Skaden, cette disponibilité s'érigeait en manière d'être. Il puisait sa raison de vivre dans l'attente, la préparation et la réalisation de son acte créateur tandis qu'il s'accommodait, et même avec une certaine ivresse, à abandonner, ce qu'il appelait son "fantôme social" à "la comédie du monde". À vrai dire, son mental ne s'était jamais conformé à la réalité commune aux hommes et l'avait ainsi disposé à lever sur le monde un regard qui le transposait sous les figures oniriques de la seule réalité vivable d'où il tirait son bonheur de peindre. Il était persuadé que ses créatures poétiques éblouies au cœur de leur univers magique où s'abolissaient les frontières entre l'inconscient et le conscient touchaient à plus de vérité que les êtres réels qu'il côtoyait. Le lien plus profond qui scella leur amitié aura été leur refus du réalisme et les exigences d'un art nouveau indissociable de leur mode de vie.

– J'espère que je ne vous ennuie pas en vous parlant si longuement d'un homme que vous ne connaissez même pas, déclara soudainement Widden, avant d'ajouter : c'est qu'en plus du bonheur de son amitié, il m'a offert les moyens de mettre en œuvre mes révélations bretonnes.

– Non, je vous écoute avec un grand intérêt et si je me tais, c'est parce qu'il est des moments où il faut savoir se taire pour mieux entendre.

Et Norroy se laissa emporter par l'évocation du cheminement artistique de son compagnon en pressentant que les exigences de sa peinture et de sa conception de l'art l'entraînaient, lui, vers un aboutissement qui le concernait.

Moins d'un an après leur rencontre à Londres, Charles Widden avait reçu de son ami une lettre dans laquelle il l'invitait à découvrir la beauté automnale du Danemark. Il soulignait que la fréquentation des côtes danoises ne le laisserait pas insensible.

À la lecture du dernier paragraphe, son esprit tomba dans un trouble qui ne resta pas sans conséquence : "Je crois avoir enfin saisi la raison principale de la fascination qu'exerce sur moi vos toiles telles que je les ai découvertes à Londres. L'observation répétée de celle que j'ai emportée de vous m'a permis d'éclairer mon intérêt. Il se tient dans le traitement de vos ciels. Vous avez réussi la prouesse de dissoudre leurs apparences habituelles dans une transfiguration où ne paraît plus exister que ce qui hante les formes et les couleurs que vous créez. Un peu comme si vous rendiez visible, justement l'invisible de cette hantise dans les attraits du mystère d'un paysage. Il se pourrait bien que vous soyez le premier peintre à s'affirmer sur une telle voie et les promesses que vous en laissez espérer mériteraient que vous vous appesantissiez sur ce point, ce à quoi vous invite mon ardente admiration. Copenhague redécouvre, en ce moment, un peintre que les affronts du temps ont jeté dans l'oubli. Il se nomme Friedrich. L'étude de sa représentation du ciel pourrait vous apporter quelque chose. Je dispose, parmi mes relations, de quelques collectionneurs dont les ancêtres avisés ont saisi l'aubaine d'acquérir des toiles de ce peintre et celles en leur possession ont de quoi vous parler. Voilà bien en tout cas, mon cher ami, une raison de plus de répondre favorablement à notre invitation."

Charles Widden n'avait pas tardé à prendre sa décision. "J'avais, bien entendu, pris en considération que je partais pour un très long voyage, cependant j'étais loin de supposer, quand j'ai quitté mon atelier de Falmouth, que je n'en refranchirai pas le seuil avant quatre mois. Vous comprenez mieux, à présent, pourquoi je me plais à vous raconter tout cela. Les attentes du voyage nous unissent et comme vous allez le constater, selon des correspondances plus profondes qu'elles n'y paraissent."

En vérité, les considérations de Skaden avaient paralysé l'inspiration de Charles. Ses préfigurations créatrices le possédaient plus qu'il ne les possédait. Finalement, ce qui le fascinait se manifestait en formes évanescentes condamnées à s'évanouir dans la torpeur de l'incréé.

Copenhague le dépaysa. Le raffinement et les charmes de la culture authentique dans laquelle baignait la maison de maître de Skaden, la grâce, la simplicité et la modernité éclairée de son épouse l'enchantaient chaque jour vécu aussi avec des marges d'indépendance que chacun préservait.

Ses flâneries dans les rues favorisaient la divagation de ses pensées grâce à laquelle, parfois, surgit la solution à ce qui tourmente la conscience. Cet état d'esprit ne tarda pas à l'entraîner vers les points de vue propices à l'observation du ciel, là où il se confond avec la mer. Il restait des heures entières ravi par les métamorphoses des nuages et les profondeurs de l'azur et cependant sans que jamais ne s'offrît l'intuition des signes qu'il attendait.

Il avait été très sensible à l'entrain avec lequel son ami l'avait entraîné chez ses amis collectionneurs sans avoir d'emblée trouvé chez Friedrich l'intérêt qu'il en espérait, sans doute parce qu'il l'avait trop hâtivement identifié à Turner, sans doute également, en raison du nombre restreint de toiles offertes à sa vue et pourtant, il ne suffit que d'une, celle qu'il découvrit lors de sa dernière visite, pour que le déclic se produisît. Leur hôte perçut son émotion. C'était un homme affable et perspicace. Il avait deviné qu'il avait besoin de s'imprégner de cette toile dans la solitude et il lui offrit la possibilité de cette faveur, après les avoir invités à un délicieux apéritif.

L'examen de cette toile le bouleversa par l'inédit de sa composition, par sa facture et surtout par la voie qu'elle avait ouverte et sur laquelle il se sentit concerné. Un ciel crépusculaire en occupait l'ensemble à peine souligné par une bande forestière déjà abandonnée à la nuit. "Mais quel ciel ! J'ai éprouvé l'impression qu'il m'absorbait dans la foi de son mystère pour finalement me laisser imprégné dans la vision du peintre au point de l'entendre me dire : 'Regarde, regarde jusqu'à ce que ton regard soit ce que tu vois, jusqu'à ce que tu vois soit ce que tu es.' D'un coup, j'ai pris conscience des limites de mon travail et de ce que me suggérait Skaden dans sa lettre : je n'allais pas au bout de mes visions, je me raccrochais encore trop à des motifs réels qui retenaient mon audace de m'engager exclusivement dans la profondeur ouverte du ciel. Je n'avais plus alors qu'une idée en tête : en savoir plus sur ce peintre. C'est pourquoi, aux détours des conversations lors des repas partagés avec mes amis, je ne pouvais me retenir de poser des questions sur lui auxquelles Thomas déplorait n'être pas en mesure de répondre."

Mme Skaden créa la surprise quelques jours plus tard, en déclarant : "Eh bien moi, mon cher Thomas, j'en sais un peu plus que vous. Votre intérêt et ma curiosité pour ce peintre m'ont menée, au hasard de mes courses, chez un galériste à qui vous avez, certes, rendu visite mais sans poser assez loin vos questions. Votre peintre est né à Greiswald, en Allemagne, en face de l'île de Rügen. Il aurait, toujours, selon mon informateur, assez régulièrement fréquenté cette île pour y peindre les paysages. Ne serait-ce pas là, Thomas, vous qui appréciez autant que moi cette île, l'occasion d'y conduire votre ami ? S'imprégner du milieu dans lequel un artiste a produit son œuvre, n'est-ce pas déjà un peu le connaître ? Ça ne me semble pas un mauvais biais pour commencer à le découvrir. "

Charles Widden se laissa entraîner dans une digression sur sa conception du voyage. Pour lui, un vrai voyage commence quand il offre la grâce de sa générosité que l'on reçoit seulement avec un esprit libre de toutes les contingences, et surtout qui n'aspire qu'à s'engouffrer dans l'inconnu.

Et la générosité du voyage, fut pour Widden, le cadeau de sa visite à Rügen. La Baltique l'enchanta par son corps lissé et perlé à l'infini, par sa douceur endormie dans un rêve que seul avive l'attente des éléments, attente exaspérée, ici et là, par l'émergence des rochers erratiques. Le Celte qu'il était, accoutumé aux tourmentes de son océan avait alors compris la nervosité indifférente que son ami avait éprouvée sur les côtes de Cornouailles. Son admiration pour le peintre s'enrichit : Skaden était un peintre-marin, un peintre-pêcheur, un enfant de la Baltique d'où il puisait la splendeur et le mystère de l'émerveillement, faussement naïf, qui illuminait chacune de ses créatures.

La visite improvisée à Rügen révéla d'abord à Widden le prestige de l'attachement de son ami à cette île à travers l'enthousiasme avec lequel il la lui fit découvrir. Pour le court séjour qui leur était accordé, il s'était résolu à n'en sillonner que le septentrion dont il connaissait tous les recoins. Et ce n'était pas à la seule admiration des sites qu'il avait invité son ami, mais au partage de l'ensorcellement qu'ils exerçaient sur lui et où il puisait à l'une des sources privilégiées de son inspiration. La présentation qu'il en fit, chaque fois, s'offrait comme le sésame de la magie de leur beauté avec une force de conviction qui enchantait ces lieux enchanteurs.

S'il n'avait rien appris de plus sur Friedrich, comme du reste l'avait prédit Thomas, Charles Widden était revenu de Rügen le regard plein de visions inédites sur le paysage marin que le peintre avait sans doute partagées, ce qui, à ce titre, lui en favorisait une meilleure approche. L'appropriation de ses visions de l'île enchanteresse, par les échos qu'elle avait apportés à son expérience bretonne, avait mis un terme aux tourments de sa démarche esthétique.

Ce fut donc bien à Rügen que lui échut la générosité de son voyage. Ce fut même précisément au pied des falaises de craie de Stubbenkammer, à l'heure crépusculaire devant l'infini de la Baltique, miroitante sous un ciel qui ressemblait étrangement à celui de Friedrich qu'il avait si longuement observé. Malgré ses fréquentations assidues des côtes de Cornouailles ou de Bretagne, il n'avait jamais vu un tel paysage marin. Seule d'abord la mer existait sous un ciel amorphe, une mer éblouie, à l'infini de son horizon par une frange blanche d'où paraissait émaner la multitude des paillettes opalines que balançaient paisiblement ses vagues à perte de vue.

Widden avait perçu ce paysage comme une représentation d'une aurore de vie qu'il ne manqua pas d'opposer à celui de ses côtes celtiques qui lui donnaient plutôt à en voir le crépuscule, à travers le grondement des flots et l'acharnement des courants noirs sortis de l'abîme, en portant, contre les roches, le chant de la mort.

Puis il avait observé le ciel, il l'avait longuement observé, comme il avait cru comprendre que le souhaitait son Maître inconnu tandis que Skaden explorait la grève. Et le ciel finit par ne plus porter que sa vision, une vision qui absorbait toutes ses impressions et ses émotions devant le paysage pour se fixer dans une figure arrachée à la vie en œuvre dans sa course invisible. Widden s'empressa de sortir, de son sac, son carnet de croquis afin d'y consigner quelques notes et esquisses.

– À vous entendre, dit Norroy, vous me donnez le goût d'entreprendre un voyage du côté de ce septentrion allemand.

– Pourquoi pas, mais portez d'abord le vôtre à son terme. Pour ma part, je n'ai jamais quitté l'île de Rügen. Je l'ai emportée... dans ma poche, avec une de ses pierres. Je n'entends rien à la minéralogie, je me contente d'observer les pierres que je récolte en méditant sur leur énigme avec mon regard d'artiste. Par sa forme qui m'interroge et surtout par ses couleurs, celle que j'ai rapportée incarne cette île à travers ce qu'elle m'a appris. C'est un galet, avec deux yeux d'un noir intense. Les pierres, du moins celles qui retiennent mon attention, ont très souvent des yeux, gravés, troués ou colorés. Celle-là me parle aussi par le blanc unique de son fond, un blanc crayeux, ce même blanc qui colore la mer et borde sa ligne d'horizon. Si ce blanc est pour moi une référence, les subtils dégradés du gris-bleu qui le marbre en sont aussi une. Finalement, elle m'est devenue tout autant un souvenir vivant qu'une sorte de nuancier talismanique.

Chaque jour, depuis un mois, la terrasse de l'hôtel des Voyageurs à Pont-Croix accueillait à l'heure de l'apéritif un singulier équipage d'artistes auquel Baptiste Norroy venait de se joindre.

Il avait quitté Quimper, où il n'était resté que trois jours, en compagnie de Widden qui souhaitait lui présenter ses amis et partager avec lui les derniers jours de sa villégiature bretonne. Depuis leur rencontre, chez Marie Goasgen, les deux hommes ne s'étaient pour ainsi dire pas séparés. Il avait tardé à Norroy de découvrir les toiles de son ami, ce qu'il avait fait dès le lendemain matin. Sa culture picturale se bornait à une appréhension classique et il aurait été décontenancé devant de telles toiles s'il n'avait écouté Widden, la veille, exposer les difficultés de ses exigences créatrices avec une attention croissante, avivée aussi par l'enjeu personnel qu'il y trouvait. La passion de peindre qui animait l'artiste avait bousculé le médiocre intérêt que Baptiste accordait jusqu'alors à la peinture. Il se contentait de la considérer comme l'art de bien reproduire le réel sans toutefois abaisser sa piètre considération jusqu'à ignorer que le talent de ce savoir-faire résidait dans la part subjective de l'interprétation du peintre. Un paysage réel, certes, mais vu par un tempérament, avait-il lu quelque part. Malgré tout, il n'était pas parvenu d'emblée à entrer dans des toiles qui, sous son regard, ne représentaient rien, sinon, peut-être un supposé ciel, un ciel déchiré par des tourbillons de couleurs agitées que soulevait la frénésie de mouvements qui ne consentaient pas à aboutir à des repères significatifs.

Puis une toile s'était subitement éclairée selon une lumière qui, une fois de plus, lui dénonçait l'indigence de l'état de sa conscience.

Il avait retrouvé là, son jugement perturbateur avec sa prétention à tout comprendre, expliquer et résoudre une fois pour toutes. C'était cette disposition qui l'avait entraîné à maudire la vie avant même de l'avoir vécue. Il suffisait de regarder dans l'oubli de cette conscience-là en posant fixement et souverainement le regard sur le sujet de la toile jusqu'à ce qu'il s'intériorise dans son esprit, jusqu'à ce que son image vogue tel un songe à travers son être, un songe où se révélait l'art, épris de l'inconnu.

Sous l'emprise de cette disponibilité d'esprit, la toile suivante l'avait sidéré. Elle s'était imposée d'elle-même, car elle était déjà vivante en lui par l'éveil du souvenir qu'elle avait provoqué : il avait revu alors, dans une correspondance quasi intégrale, le ciel du lac des Settons tel qu'il s'était révélé à son imaginaire, quelques mois plus tôt, à l'une des fenêtres de l'auberge de "madame Émilie". La possibilité d'une ressemblance aussi fidèle avait remué son esprit par le double flux que mêlait son émotion, l'un avec le rappel de sa vision au-dessus du lac qu'il avait assimilée à un opéra cosmique à travers le déroulement duquel jamais la manifestation de la vie ne lui était apparue si évidente, et l'autre qui l'entraînait à penser que sa figuration de l'invisible admettait une réalité objective. La vie sans visage habitait dans le ciel de Widden comme il l'avait vue, lui. Elle était une éclaircie, une profondeur du ciel ou plutôt le jeu des figures errantes cachées dans les profondeurs d'un palimpseste où s'appesantissaient les motifs visibles du réel, ivres alors de légèreté.

Au dernier jour de l'exposition, il avait aidé son ami à dépendre les toiles et au moment de décrocher celle qu'il appela "opéra cosmique", il l'avait achetée. Il avait profité de l'envoi de sa toile à son domicile pour relever à Poste restante son courrier réduit à une seule lettre de son fidèle métayer qui se félicitait, avec son laconisme habituel, que tout aille pour le mieux sur les terres de son obligé.

La conversation s'anima sur la terrasse de l'Hôtel des Voyageurs. Norroy, jusqu'alors avait évasivement écouté les trois hommes échanger leurs considérations très techniques sur la peinture. Il était surtout resté distrait par l'observation des deux compagnons de Widden pour retrouver en eux une distinction, une élévation d'esprit et une exigence de vie semblables qui avaient soudé naturellement leur amitié. Thomas Skaden ne le surprit pas : les évocations affectueuses de son ami avaient suffi pour que Norroy se l'imaginât tel qu'il était. Le poète irlandais était le plus âgé des trois amis. Ses paroles paraissaient être celles d'un barde dont les pensées venaient d'ailleurs. Sa corpulence ramassée dans un cossu costume de velours noir l'apparentait à un arbre par son énorme tignasse rousse confondue avec une barbe foisonnante d'où ne ressortait que le rayonnement du bleu ardent de son regard. Il retint encore plus l'intérêt de Norroy quand il donna la réplique au propos de Thomas Widden qui venait d'exposer, à la suite de leur nouveau sujet de conversation, sa conception de "l'âme du monde."

–"L'âme du monde", ça n'existe pas, ou plutôt ça ne se donne pas à voir. Ce que vous appelez "l'âme du monde", c'est tout simplement l'énergie de la vie, la réalité invisible de sa course inlassable à travers l'infini ou mieux, sa vision, perpétuellement renouvelée, à travers le cosmos qui active, sans relâche, sa contemplation créatrice. L'âme, ce que j'appelle l'âme, c'est l'éclat des contemplations de la vie qui se dissémine dans chacune de ses créations, dans toutes ses créations, du moindre galet abandonné à sa plus belle promesse trahie : le cerveau humain. Trahie, parce que ce cerveau-là ne fraternise pas avec le silence du galet, il n'obéit qu'à la marche du temps dont il croit, avec toujours plus d'assurance, être le maître. L'orgueil de sa puissance l'a séparé de la vie et dans cette séparation, il a perdu son âme, au point même d'oser la nier. Pourtant, cette âme subsiste en lui, quelle que soit la démesure de son tragique divorce. Pour les hommes qui, comme nous, la vénèrent, l'âme se déploie en nous avec la félicité de l'émerveillement devant la beauté du monde, et la seule survie d'un arbre en fleurs ou l'apparition d'un crépuscule sur un monde, quand bien même dévasté, nous suffirait pour continuer à croire que la vie, elle, ne nous trahira pas. L'âme est la fleur de la vie, l'obstination de la beauté originelle de chacune et en chacune de ses créations. Cette beauté, on ne la pénètre qu'en la vivant avec une certitude sereine, dans la vision de l'avenir, comme dans celle du passé, parce qu'il ne faut pas oublier la léthargie apparente du galet. La vie a une histoire, celle que jalonnent les productions de sa fureur créatrice qui s'illuminent à travers ses cosmogonies, ses mythologies, ses traditions qui laissent des cathédrales qu'elle finit toujours par déserter parce que l'absolu ne s'atteindra pas autrement que sous la lumière de l'inconnu, au-delà de la contemplation, à la fin des temps, quand le mystère du vivant s'éclairera, s'il doit s'éclairer. La durée de notre existence est peut-être un raccourci de celle de la vie. Je ne vois pas, mes amis, le mal avec son cortège de misères ailleurs que dans la chute des hommes dans l'indifférence du grand corps cosmique. Seul l'oiseau a conservé la douce sérénité de ce grand corps par ses ailes de liberté dans le songe du céleste et par la méfiance de ses pattes dès qu'elles se posent sur la terre. Et croyez-vous que cet oiseau se morfond au sort de son cadavre?

Il fallait passer à table. La soubrette, qui était venue pour le dire, n'avait pas osé interrompre la tirade du poète irlandais. Elle était restée droite devant la porte d'entrée du restaurant, elle n'entendait rien à ce que clamait le poète, il lui suffisait de trouver cela beau et vrai comme l'était chacun de ces quatre hommes qui grandissaient, en elle, l'ailleurs de ses rêves.

La pensée du poète se dilua dans la légèreté de la gaieté du repas. Il était agréable à Norroy de tenir compagnie à ces trois artistes dont les propos flottaient dans les sphères des exigences d'une spiritualité authentique sans se détourner des réjouissances de l'existence quotidienne. À la sortie du repas, Widden indiqua, en aparté, à Norroy que lui et ses amis quittaient la Bretagne le surlendemain et que la veille au soir, ils fêteraient ce départ par un repas de fruits de mer auquel il était convié. "Je souhaiterais, avant notre séparation, vous faire connaître ma pointe bretonne préférée, celle dont je vous ai déjà parlé et qui se trouve tout près d'ici. Il ne me reste que cette soirée pour nous y rendre car je tiens à vous la présenter à l'heure du crépuscule qui sera magnifique ce soir, si j'en juge par l'état actuel du ciel. L'hôtelier m'a réservé deux bicyclettes. Si vous le voulez bien, nous partirons en fin d'après-midi. Je n'ignore pas que je devance le temps et le lieu de votre rencontre avec ce qui a été le but de votre voyage, disons que ça en sera une ouverture qui nous aura mieux unis".

Par-delà l'entrelacement des haies de ronces, d'ajoncs et de fougères, le paysage vallonné se fermait sur une bande de pins au-dessus de laquelle s'étiraient mollement des nuages charnus envoûtés par leur blancheur dans un ciel qui ne pouvait être que celui de la mer.

Baptiste n'avait pas enfourché de bicyclette depuis son adolescence. Charles ouvrait le chemin à un rythme paisible mais aisé, en chantant avec véhémence, dans sa langue natale, sans doute une romance célèbre de son pays ainsi que l'affirmaient les accents rugueux de son interprétation. Norroy l'écoutait avec admiration, non sans lui envier la conciliation désinvolte de son esprit universel et de son attachement à l'histoire de ses ancêtres. Norroy appréciait cette randonnée à bicyclette dont il découvrait les bienfaits de sa pratique à travers cette autre façon de vivre avec un paysage. Les quelques maisons qu'ils longeaient sur leur parcours étaient toutes bordées de touffes d'hortensias d'un bleu inédit aux yeux de Baptiste qui, subjugué, invita son ami à s'arrêter. "Chaque terre révèle la couleur propre de cette fleur, dit Widden. Celle-ci ne se trouve qu'en Bretagne. La terre l'a accordée avec le ciel, la mer et l'ardoise."

Ils repartirent dans l'enchantement de ce qui les attendait avec la joie pour Widden d'offrir en partage la découverte de l'un de ses lieux de prédilection, avec la hâte pour Norroy de voir enfin la mer. Ils arrivèrent au pied des pins et Charles se retourna pour signaler les dangers de l'allée, qui s'inclinait en pente escarpée entre les roches autour desquelles s'étalaient de part et d'autre un long bosquet mêlé de robiniers et de châtaigniers.

Et brusquement, ils y furent. Ils quittèrent leur bicyclette à l'endroit, visiblement retenu par Widden, en raison de la présence d'un monticule qui offrait la meilleure vue sur l'ensemble du cap.

La mer et le ciel se conjuguaient dans l'éminence du bleu déjà assoupi sous un soleil déclinant qui rasait les figures chaotiques des rochers de la côte d'où montait le fracas des vagues. Cette vue emporta l'esprit de Norroy dans le ravissement de cette beauté sauvage, transfigurée par le déploiement de son immensité, en fuite au-delà de tout, comme pour iriser une réponse qu'aucune pensée ne parvenait à contenir. Elle était là, la vie était là, dans les frémissements quasi imperceptibles de ce corps gigantesque

que la lumière avalait. Baptiste mesura comme jamais combien c'était la cuirasse de son mental qui l'empêchait de la rejoindre, mais en même temps, combien aussi, la rencontre lui devenait accessible. Sa propre expérience, au cours de son voyage, face à de semblables visions et les divers commentaires du peintre, lors de leurs récents entretiens, facilitaient son éveil à ce qu'il s'était accoutumé à accueillir comme l'une des épiphanies de la réalité de l'invisible de la vie.

Widden était resté silencieux, dans le partage du même émerveillement. Il entraîna son ami sur le sentier côtier qui descendait, à travers la lande recouverte de bruyère pour remonter vers les amas de roches dont l'une, plus figurative, se donnait à leur vue comme la tête énorme de cette fin de terre, cabrée devant la fureur de l'océan avec une monstruosité éprouvée à lui résister. Ils s'installèrent à ses côtés sur une pierre plate qui révélait le point de vue adopté par le peintre. "C'est ici, pour moi, que tout s'est passé. Depuis, je n'ai jamais cessé de travailler de la même façon. Une fois que j'ai trouvé mon lieu - je reviens souvent sur les mêmes - j'y demeure des soirs entiers, toujours seul, dans l'imprégnation de mon regard, jusqu'à ce que je devienne ce que je vois. Je prends des notes relatives à mes émotions, aux formes qu'elles me suggèrent et ensuite je m'enferme dans mon atelier pour leur donner vie. Dans moins d'une heure, nous aurons la plénitude du crépuscule. C'est curieux, je suis venu, durant ce mois, une quinzaine de fois ici, pour y voir le crépuscule se faire et se défaire toujours sur la même ligne de formes."

Il se tut et devant la naissance du crépuscule, l'esprit de chacun se fondit dans la musique de la mer.

En contrebas, face au large, les vagues submergeaient, sur une longue avancée, une colonie de roches avant de s'apaiser dans le déferlement de leur écume qui, à peine achevé, se renouvelait. Norroy remarqua, au fond du repli de la côte, une plage de sable sur laquelle s'irritait la marée montante avant d'écraser ses vagues contre la falaise en ressacs qui partaient à la rencontre du nouvel assaut en disparaissant sur un tapis de dentelle.

D'un coup, un voile de pénombre se posa sur le paysage. Une masse de nuages noirs était montée du large pour ensevelir le soleil au-dessus de la ligne d'horizon que l'obscurité effaça alors que tout l'est du ciel conservait une clarté intensifiée par la blancheur soudaine d'un essaim de nuages pommelés.

En quelques minutes, la masse noire s'étira en une barre continue qui s'imposa comme horizon et que le soleil finit par crever en son centre pour dessiner les deux lèvres d'une bouche lumineuse d'où jaillissait une gerbe de jets pourprés aussitôt figés dans la coloration du ciel. Cette bouche s'étira sur la frange nuageuse pour la scinder en bandes lumineuses selon une effervescence d'élévations qui, dans les jeux de leur texture, manifestaient les éphémères épisodes d'une vie ardente. Un instant, l'harmonie des couleurs crépusculaires atteignit sa perfection sur le fond cotonneux du ciel qui s'effaça le premier.

Le soleil était encore au-dessus de la ligne d'horizon, à nouveau visible, mais son disque n'apparaissait entier que dans son reflet sur l'océan à travers un éclat d'or auréolé par toutes les couleurs du ciel qui se projetaient en un ample rayon au creux des flots dont le gris argenté sombrait dans la nuit.

La masse nuageuse se reconstitua comme à son origine, mais trouée, avant de se confondre avec la nuit, par les baies éparses de petits soleils qui semblaient préserver l'éternité de la lumière.

VI

Norroy arriva à Audierne le lendemain, en fin d'après-midi, par un tortillard de train semblable à celui qu'il avait pris pour quitter La Chaux d'Ambruz. Le voyage avait été court et plaisant car souvent ouvert sur l'aber du Goyen. À la sortie de la gare, il ne marcha pas longtemps avant de découvrir le centre d'Audierne autour de son ravissant port, tel qu'il le vit sous les faveurs de sa bonne humeur et de celles d'un ciel breton qui mettait en fête, au-delà de la profusion des mâts que la marée haute dressait, la gracieuse rangée des demeures du quai. Il repéra même, déjà, parmi les façades, celle de son hôtel.

Jamais, durant tout son voyage, il n'était allé à la découverte d'une ville avec un esprit aussi détendu. Charles Widden lui en avait donné les clefs avec une telle précision qu'il pouvait s'y guider les yeux fermés pour ne les ouvrir que devant les charmes qu'elle possédait. Il lui avait même fourni un itinéraire pour découvrir de la meilleure façon la Pointe du Raz sans subir les désagréments du tourisme. À plusieurs reprises, il l'avait invité à se rendre, en soirée, au café des *Sept Sommeils* parce qu'on y jouait, encore là, et avec fidélité, ce qui restait de la musique celtique, celle qui avait nourri son enfance. Pour lui, cette musique-là célébrait la fraternité des deux Cornouailles. Il irait.

Baptiste retrouva sa solitude dans un esprit serein. Il se savait au terme de son voyage et commençait à éprouver la réjouissance du retour au pays natal, n'attendant plus, avant de partir, que d'entretenir la joie de s'accoutumer davantage aux charmes de la mer. Il vivait dans l'évidence de la vie, dans la suffisance de son éveil avec un enthousiasme qui effaçait le jeune-homme qu'il avait été jusqu'à l'oubli de l'avoir été. Son regard avait converti le malheur d'exister en joie de vivre. Il gagna son hôtel et en s'installant dans sa chambre qui avait vue sur le port, il sourit à la pensée de la description que son ami lui avait faite du tenancier pour en constater l'incroyable correspondance.

Il consacra le reste de son après-midi à la visite du port et donna libre cours à sa curiosité pour des activités dont il ne savait rien en observant longuement les scènes du débarquement de la pêche et de la mise en paniers affectée aux marayeurs. Les bateaux, surtout les bateaux, le fascinaient, dans l'immobilité de leur tangage.

Parvenu au bout de l'anse portuaire, il céda à son empressement de voir la mer, là où il fallait la voir à Audierne, c'est-à-dire au bout de la digue, au pied du phare qui balisait l'entrée du chenal du port. Il longea un chemin de hallage en pierre de taille avant d'atteindre la digue. Il se trouvait, à présent, de l'autre côté de la colline boisée, à l'opposé du port et il tomba dans la surprise de découvrir un paysage marin très différent de sa première rencontre : l'absence de côte excédait l'immensité océanique. La réalité s'intériorisait entière à travers la profondeur de l'océan. La marée se retirait, sous un ciel conquis par la placidité de son azur. Baptiste s'étonna de la rapidité avec laquelle le ciel, encore superbement moutonné au-dessus du port alors qu'il le longeait, s'était vidé de tous ses nuages. Il marcha vers l'extrémité de la digue, sans même voir les quelques pêcheurs à la ligne, tant la vue du ciel et de la mer captivait ses pensées. Le soleil affleurait l'horizon dans le triomphe de son éclat.

Son arrivée au phare brisa la fugue de ses pensées par la mémoire d'une remarque de Widden. Il avait dit que chaque état du ciel était la psyché d'un moment de l'univers, un reflet de l'humeur de la vie de la terre sur un lieu précis. Selon lui, les métamorphoses du moindre nuage créent, chez celui qui les observe, une autre forme de penser, ouverte sur de nouveaux contacts propices à ranimer les vides endormis de l'âme. Si les figures du ciel étaient le fruit du pur hasard, alors la vie serait absurde et pour Widden, elle ne pouvait pas l'être. L'univers, selon lui, était animé par une magie originaire d'un au-delà de la réalité apparente qu'il refusait autant de soumettre à la religion que d'abandonner aux facilités de l'athéisme.

Déjà le soleil avait disparu à l'horizon en laissant un crépuscule étalé en bandes resserrées où s'effaçait, au-dessus d'une ligne violette, les nuances du rouge pour laisser place au contraste entre le bleu assombri de la mer et le bleu azurin du ciel dans une souveraine pureté. Il reviendrait là.

Depuis trois jours, il séjournait à Audierne et il n'était pas sorti de la ville. Il savourait la paix conquise de son être et la partageait avec le divertissement de ses promenades fréquentes sur le port où il ne se lassait pas d'observer les bateaux et de s'intéresser à l'activité des pêcheurs. Il s'était plu aussi à parcourir le labyrinthe des venelles de la vieille ville et, à chaque fin d'après-midi, il s'était rendu au bout de la digue pour s'attacher au spectacle renouvelé de la mer au crépuscule.

Il demeurait dans le repli de cette charmante cité où le temps pour lui reposait au creux de l'éternité animé par un bonheur fait de riens, sans projets, sans désirs et sans événements ce qui lui révéla la grâce de l'étonnante sérénité des jours ordinaires.

Au troisième soir, il décida de se rendre *Aux Sept Sommeils*. Il l'avait repéré la veille pour s'apercevoir qu'il se trouvait à seulement quelques centaines de pas de son hôtel. Le café occupait, à l'angle de la rue, tout le rez-de-chaussée d'une maison séculaire ainsi que le soulignaient sa façade construite en tailles de granit, et ses étroites baies voûtées.

L'entrée, d'une monacale rusticité, s'ouvrait sur trois marches descendantes aboutissant à un corridor vitré d'où jaillissait l'animation du café couverte par la musique et les cris qui la traversaient.

La salle était bondée. À travers la pénombre enfumée, il distingua peu à peu les danseurs de ceux qui les entouraient, debout, gesticulant un verre à la main. Une rangée de tables, coupée par la scène des musiciens, à l'opposé de l'entrée, longeait les murs. Baptiste qui n'entendait rien à la danse, reconnut quand même, dans le morceau joué, un rythme qui s'apparentait à celui de la valse, mais très différente de celle qu'il connaissait. Cependant, le comble de sa surprise fut produit par les sons d'instruments qu'il entendait pour la première fois. Son regard subjugué s'attarda tour à tour sur le joueur de bombarde et celui de biniou. Une violoniste les accompagnait. Il repéra une petite table inoccupée. Il s'empressa de s'y installer en appréciant d'y trouver bonne vue sur une partie de la piste de danse et sur l'orchestre.

La valse n'était pas terminée que le joueur de cornemuse annonça, en breton, la série de morceaux que les musiciens allaient interpréter, ce qui déclencha le contentement du public par des cris et le tohu-bohu des nombreuses personnes qui désertaient leur table pour se précipiter sur la piste de danse.

Le joueur de biniou et celui de bombarde s'assirent tandis que la violoniste s'effaça à l'arrière de la scène. Le biniou lança l'appel à la danse sur un tempo lent tandis que les danseurs se liaient par la main en chaîne pour aussitôt accorder leurs pas avec la solennité d'un rituel. Un jeune homme fougueux s'empressa de mener le cortège pour conduire la gavotte. La chaîne constituée, le rythme s'accéléra avec l'entrée sonnante du biniou.

L'harmonie de la gestuelle des danseurs, la légèreté des figures de leurs pas entraînèrent leurs corps à une cadence qui galvanisa celui de Norroy dans l'excitation à danser. Son regard ne se détacha plus du passage de chaque couple de la chaîne à travers le champ qui s'offrait à sa vue. Cette danse, telle qu'il la voyait pratiquée, l'amena à constater qu'elle donnait grâce à tous les danseurs dans une beauté qui effaçait jusqu'aux silhouettes les plus ingrates.

Il se sentit emporter dans l'univers celte tel que le lui avait révélé son ami Widden. La musique, par ses timbres particuliers, ses accents enfiévrés et son rythme, jaillissant par moments comme une évocation des mouvements vitaux de la terre et de la mer, portait en elle l'âme d'un peuple.

Le regard de Baptiste se porta évasivement sur l'orchestre avant de subir les effets d'un magnétisme qui l'entraîna à croiser celui de la violoniste. Déjà, à plusieurs reprises, il avait perçu l'attraction du regard de cette jeune-femme sans réagir, dominé par la fascination de la musique et de la danse. Cette fois, le croisement des regards s'anima à travers la fulgurance d'un partage évident de sympathie. Décontenancé, Baptiste baissa les yeux pour les perdre dans l'aveugle de son émoi, sans pouvoir contrôler l'irrésistible attrait qui les tendit, à nouveau, sur la violoniste dont le regard reposait sur lui dans la fixité d'un songe. Dès ce moment, pour lui, le spectacle de la salle s'effaça ou plutôt se résorba en une joyeuse atmosphère au sein de laquelle seule exista la présence envoûtante de cette femme.

La série de gavottes s'acheva et le joueur de cornemuse annonça, en français, que le rideau qui n'existait pas, se levait sur le clou du programme de cette soirée particulière avec "Léna, notre violoniste préférée et notre divine chanteuse de *gwerz*".

Elle se leva et se plaça à l'avant de la scène. Son ample chevelure châtain, séparée par une raie franche, miroitait en paillettes rousses sous la lumière. La sveltesse de son corps se laissait deviner sous sa robe noire tombante, sans taille, semblable à une tunique.

La piste de danse s'était vidée. Tous les danseurs avaient rejoint leur table et la salle tomba dans le silence. Léna chanta, *a cappella*, en breton.

Le charme de la chanteuse illumina le regard de Norroy, et aussitôt il se laissa emporter par celui de sa voix: son timbre, sensuel et cuivré montait au grave jusqu'à se cristalliser dans des accents rocailleux. Une voix surprenante, unique. Comme une révélation de la langue bretonne qui séduisait Norroy par les suggestions du mélange de ses sonorités chuintées et gutturales. De ne pas comprendre les paroles de cette complainte, ne l'indisposait pas, il l'accueillait comme un chant qui se suffisait à lui-même: elle insufflait son âme à travers le prestige d'une musique surnaturelle. Un grondement d'applaudissements spontanés ponctua la fin de la première *gwerz* de la chanteuse. Elle avança d'un pas et son corps s'immobilisa pour ne laisser éclater sur son visage que la modestie d'un sourire où Norroy lut la source de sa beauté.

Il écouta, dans les mêmes dispositions et dans la même atmosphère, une deuxième puis une troisième *gwerz* et ce fut à l'interprétation de la quatrième, la plus pathétique, que la fatalité de cette rencontre se déclara pour lui. Sa sensibilité exacerbée innerva toutes les fibres de son corps, des spasmes remontaient de sa poitrine pour nouer sa gorge et embuer ses yeux. Jamais de son existence, il n'avait subi une émotion avec une telle violence. Il tenta de maîtriser la fureur de son trouble en bloquant, par à coups, sa respiration. Il s'apaisa pour éprouver un trouble plus curieux encore: son être entier absorbait la vue de la chanteuse pour la replier en lui-même comme s'il la cherchait dans ses tréfonds, comme si déjà il l'avait reconnue pour célébrer l'avènement de cette reconnaissance.

Léna chantait le regard fixement posé au-dessus du public, fixement posé au-dessus de Norroy, en laissant l'impression qu'elle le voyait sans le regarder, ce qui donnait à Baptiste l'audace de ne pas la quitter des yeux, sans même s'apercevoir que lui non plus ne la regardait pas: il projetait sur elle le corps éthéré créé par le regard soudain de son être. Mais très vite, les deux corps se confondirent. Alors l'apparition de ce corps féminin, l'ascendant de sa beauté, le charme de sa voix le conquirent avec une emprise telle que seul exista le désir d'une rencontre. Ses pensées ne quittèrent plus l'irrépressible nécessité de donner une suite immédiate aux promesses des échanges de leurs regards.

Au récital de Léna succéda une série de rondes en groupes de couples que le présentateur avait nommé *jabadao*. Leur rythme endiablé s'accorda avec l'état de Norroy et le raffinement des pas de danse aurait retenu son attention quelques heures plus tôt, mais son regard demeurait rivé sur sa violoniste dont les envolées trépidantes accroissaient sa fascination.

Le bal se termina strictement à minuit. Norroy se précipita vers la sortie et se posta sur le trottoir en face du café, dans un recoin qui lui donnait vue sur les deux seules possibilités de sortie pour la violoniste. Le réverbère n'éclairait que l'autre côté de la rue. Les danseurs sortaient par petits groupes des *Sept Sommeils*, la plupart s'enfoncèrent dans la nuit, quelques-uns s'attardaient devant la porte pour entretenir une ultime conversation. Il se réjouit de reconnaître le joueur de cornemuse qui serra la main à quelques-uns des attardés avant de disparaître lui aussi dans la nuit. Léna ne devait pas tarder à paraître.

Mais le temps s'écoulait. L'entrée se vida, la porte du café se referma et les lumières s'éteignirent dans la salle. Les fenêtres du premier étage renvoyèrent la lumière des chambres que bien vite la fermeture des rideaux occulta.

La rue déserte devint sinistre et Baptiste fut la proie des cruelles questions des tourments de l'amour, d'un amour qu'il ne s'était pas encore avoué. Léna n'était pas sortie parce qu'elle était peut-être l'épouse du tenancier ? Ou l'amante du joueur de bombarde ? Il ne la rencontrerait plus.

Il descendit la rue pour rejoindre celle qui débouchait sur le port et à la croisée, il se trouva nez à nez avec le joueur de bombarde. Il descendait lui aussi vers le port. Il le salua d'une molle inclinaison de la tête et, intrigué par le lieu imprévu de la sortie du joueur, il emprunta la direction opposée. Il ne fit que quelques pas avant de découvrir une ruelle qui remontait vers l'arrière du café et au bout de laquelle, dans la nuit noire, il devina la troisième sortie des *Sept Sommeils*, celle des artistes.

Le lendemain, au petit-déjeuner, l'hôtelier vint tenir compagnie à Norroy. C'était un homme d'une affabilité un peu mielleuse. Il lui parla des particularités du pays, de ses attractions, de tout ce qui est susceptible de ravir un touriste, de tout ce qui ennuyait Norroy, qui coupa court à ses propos pour les orienter sur la musique qui se donnait *Aux Sept Sommeils*, puis, très vite, sur la violoniste de l'orchestre. Il le fit avec le maladroit empressement d'un intérêt amoureux qui lui valut la réponse peu encourageante de l'hôtelier : "Si vous songez à une conquête amoureuse, vous perdez votre temps. Cette femme est de glace. C'est une sainte." Il indiqua qu'il la connaissait particulièrement bien pour être son grand oncle. Il vanta ses mérites et son talent. Personne, sur tout le Cap, ne jouait du violon avec une telle aisance et elle s'était imposée comme l'ultime chanteuse de *gwerz* "divinement inspirée". La tessiture de sa voix était exceptionnelle. Léna était capable d'agrémenter le fond continu très monotone de ses *gwerz* par des notes sans cesse changeantes. Quand il précisa pourquoi "les gens d'ici" l'avait surnommée "Fleur de granit" Baptiste reconnut bien dans ses propos la femme qui avait conquis son cœur : "Elle incarne la voix de nos criques sur la côte de la Pointe, une voix qui hurle avec l'océan et s'accorde avec lui. C'est une voix qui s'est exercée à l'océan, qui a traversé les tempêtes mais qui ne s'écrasent pas sur nos roches avec la rage de leurs fracas, elle s'élève, à ce moment-là, comme une ultime espérance pour rejoindre quelque chose que l'on ne voit pas, un lieu sans espace où tout se délie pour s'unir autrement."

Mais Baptiste ne voulait pas entendre ce qu'il savait déjà, alors il hasarda la question qui lui donnerait la réponse qu'il espérait entendre :

– Alors pourquoi dites-vous, en lui prêtant autant d'ardeur que cette femme est de glace ?

– Je vous l'ai dit, parce que c'est une sainte et qu'elle a ses raisons.

– Et c'est quoi ses raisons ?

– Ce sont les siennes et ça ne nous regarde pas. Léna ne chante jamais son malheur, peut-être le fuit-elle avec ses chants et son violon. Je crois plutôt qu'elle puise en eux la force de tenir tête au drame qui fut le sien en l'acceptant, en prenant le parti de le vivre dignement. Vous vous écraseriez la tête sur cette fleur de granit bien avant de la séduire et le pire serait que vous y parveniez car vous feriez son malheur et le vôtre. Non, croyez-moi, monsieur Norroy, il vous faut oublier cette femme.

Trop suggestif, pas assez prudent, "le grand oncle", à son insu, ne pouvait pas mieux aviver la curiosité de Baptiste. Agacé d'avoir si brutalement trahi ses sentiments, Norroy comprit qu'il était vain de chercher à en savoir davantage. Il masqua son intérêt pour la violoniste des *Sept Sommeils* en se prêtant à écouter l'hôtelier commenter le programme de la grande fête qui se déroulerait, dimanche, sur le port.

Comme elle lui était indifférente la plus belle fête de l'année sur le port! Pour lui, il n'y avait pas de plus belle fête, que la vue d'un sourire de Léna, l'espérance d'un sourire qu'elle n'adresserait qu'à lui.

Il ne put s'empêcher de se diriger vers les *Sept Sommeils*. Il fit le tour du pâté de maisons en revenant par la ruelle où se tenait la troisième sortie du café afin de bien repérer les lieux de jour. Il remarqua une cour, un peu en retrait de la sortie. C'était un poste opportun : de là, quelle que fût la direction qu'elle prendrait, Léna ne pouvait échapper à sa vue.

Il s'attarda dans la vieille ville, puis sur le port et en fin d'après-midi, il se rendit au bout de la digue. Son regard s'était renfermé. Les bateaux n'étaient plus que des carcasses flottantes, les pêcheurs, des fantômes qui s'agitaient sur le quai et le crépuscule sur la mer, une claustration dans la mélancolie. L'impatience de son attente rendait insignifiante toute réalité. Les conseils de l'hôtelier ombrageaient son esprit, le souvenir des regards de Léna, fixés assurément sur lui, le réconfortaient.

Quand le soir enfin arriva, il se rendit plus tôt que la veille *Aux Sept Sommeils* pour être sûr de trouver une place qui lui donnerait vue sur l'orchestre. Il n'eut aucune peine à réoccupée sa petite table ronde : le public était clairsemé, à l'exception d'un groupe d'hommes, assez bruyants, constitué, selon ce que Norroy avait entendu en entrant, par des marins en escale à Audierne. L'entrée des musiciens n'apaisa pas leur volubilité sinon pour la détourner en vulgarité à l'apparition de la violoniste, visiblement enchantée de revoir Baptiste dans l'assistance.

Un contentement semblable unit leurs regards. Léna était éblouissante dans sa nouvelle tenue. Sa robe blanche à larges bretelles en dentelle qui dénudait ses épaules et ses bras, qui embrassait son corps avec la vénusté du séant, enflamma Baptiste. Il adopta la sveltesse féline de cette femme comme l'incarnation de la Femme avec le sentiment qu'il n'y avait pas d'autre femme qui s'attendait en lui.

Les musiciens interprétèrent la même musique que la veille, sur des morceaux différents. De toute évidence, ils s'étaient adaptés au public. Léna ne chanta pas. À plusieurs reprises, elle exécuta des solos en donnant libre cours à sa virtuosité. Lors des temps intenses de l'émotion musicale, son violon gravitait en lents demi-cercles autour de son buste en produisant l'impression que c'était lui qui imposait, à sa fervente, ce bercement recueilli.

Et c'était cette virtuose, cette femme singulière qui lui offrait la révélation de l'amour ! Jamais Norroy n'avait douté de lui : esprit fier, il ne s'abaissait devant personne. Ses doutes soudains sur la possibilité de cet amour lui valurent un sursaut d'inquiétude.

Il fut rassuré par le comportement de Léna à son égard. La répétition, l'insistance de ses regards fondaient un partage concevable. Il était clair, cette fois, qu'elle venait de lui dédier l'instant extatique de son solo en l'invitant à entrer, la fièvre au corps, au cœur de l'indicible de la musique d'où refoulait l'étrange et spontanée sympathie qui les avait rapprochés.

La venue de minuit rompit la quiétude que lui inspirait la présence de Léna pour laisser place à l'exaltation qui le saisit à la pensée de l'imminence de sa rencontre avec elle. Cette rencontre obséda son esprit : elle serait ou ne serait pas l'avènement de son bonheur. Rien d'autre n'existait. Dans la fièvre excessive des espoirs et des tourments de la passion amoureuse, il s'abandonna à la certitude qu'il n'aurait plus de raison de vivre sans l'amour de cette jeune et ravissante violoniste, sans même se souvenir qu'à peine quelques mois plus tôt, il n'aurait jamais daigné s'abaisser à cueillir la dérision du bonheur.

Il n'attendit pas la fin du spectacle. Sa place vide serait peut-être un signe pour Léna. Il veillait surtout à ce qu'elle ne sortît pas avant qu'il ne fût à son poste d'attente. Il s'installa dans l'obscurité de la cour qu'il avait repérée. La ruelle était seulement éclairée par les fenêtres des dépendances du café. Il n'attendit pas longtemps. Léna, vraiment ne s'attardait pas après les spectacles.

Il fut contrarié de la voir sortir en compagnie du joueur de bombarde. Ils passèrent tout près de lui, sans se parler. Dans le noir, au bas de la ruelle, il devina les silhouettes, plus sombres, de leur corps. Il les suivit et quand il eut atteint la rue éclairée qui menait au port, ce fut pour constater qu'ils marchaient franchement l'un à côté de l'autre, d'un pas plutôt rapide. Ils longèrent encore ensemble un bout du port avant de se séparer sur une poignée de main. Le joueur de bombarde continua son chemin sur le port et Léna s'engagea sur la place. Norroy, qui les avait tenus à distance, accéléra le pas, animé par la crainte de perdre la trace de la jeune femme si elle s'engageait dans les venelles de la ville. Elle marchait vite et il avait craint avec raison : elle était déjà au-dessus des escaliers qui conduisaient aux venelles. Il gravit la rampe en courant. Par chance, il vit, juste à temps, à une croisée de ruelles, celle dans laquelle elle s'était engouffrée. Il lui fallut, une nouvelle fois, courir pour la rejoindre. La nuit occultait presque totalement cette venelle sinueuse et bordée par de hauts murs en pierre. Alors il l'appela deux fois, par son prénom, pour s'apercevoir qu'elle ne se trouvait qu'à quelques mètres devant lui. Sans manifester la moindre méfiance, elle s'approcha de l'inconnu, qui l'interpellait, pour l'identifier. "Ah! C'est vous et ici ! Peu importe, je suis ravie de vous rencontrer. Hier au soir, j'ai craint de ne plus jamais vous revoir. Pourtant, j'ai gardé confiance. J'étais persuadée de vous retrouver, d'une manière ou d'une autre. Pour moi, c'est compliqué. Mais vous m'avez devancée et c'est bien. Je ne dois pas m'attarder, ici, avec vous. Dites-moi votre prénom...Tiens, Baptiste, oui Baptiste, oui, j'aime ce prénom. Il vous correspond. On pourrait se voir lundi, lundi après-midi, oui ?"

Elle précisa le lieu du rendez-vous. "Maintenant partez ! Et ne venez plus *Aux Sept Sommeils,* ils comprendraient bien vite, là-bas, pour qui vous y venez et je ne souhaite pas, par mon indifférence obligée, vous imposer l'illusion d'y croire."

Elle se retourna aussitôt et disparut dans le gouffre noir de la venelle. Deux jours à attendre, c'était l'éternité ! Mais il descendit vers le port, la joie au cœur : il avait un rendez-vous avec Léna.

C'était le premier dimanche de l'été. Un soleil radieux participait à la fête du port à laquelle Norroy n'assista pas. Il préféra s'enfoncer dans sa solitude, fuir les vaines distractions. Être avec lui-même. S'ouvrir pleinement à sa rencontre avec Léna. Très tôt l'après-midi, il se rendit sur le lieu du rendez-vous qu'elle lui avait fixé pour le lendemain et qu'elle avait choisi à l'entrée du sentier qui longe l'aber du Goyen. Il reconnut cet endroit pour l'avoir déjà admiré, depuis l'autre rive, à partir du train qui l'avait amené à Audierne.

Il ne résista pas au charme sauvage du lieu et décida de suivre le sentier autant de temps qu'il se plairait à le découvrir. Le paysage de la rive était varié. La végétation vivace de la lande alternait avec des bosquets de pins ou des sous-bois de châtaigniers et de chênes à l'arrière desquels s'étalaient des prairies et des champs cultivés. La marée lui parut montante. Il régnait sur l'eau une intense animation. Les bancs de sable découverts et la lagune accueillaient une multitude d'oiseaux blancs dont Norroy ignorait le nom. Il s'assit sur le rebord d'une roche pour les observer. La plupart glissaient paisiblement sur l'eau jusqu'à ce qu'un intrus vînt vivement se poser à leur proximité ce qui déclencha leur envolée en une nuée criarde qui illumina l'espace d'un feu d'artifice argenté, avant de se reposer plus loin. Quelques-uns sillonnaient le ciel en poussant d'énigmatiques cris aigus qui n'étaient pas sans lui rappeler celui des buses de son pays.

Il déplora, une fois de plus, ses piètres connaissances ornithologiques en ne reconnaissant parmi ces différentes espèces que la mouette et le goéland, cependant le ravissement de les voir et de les entendre le contenta parce qu'ils évoquaient, à travers l'image d'une Bretagne qui lui appartiendrait à tout jamais, l'indicible présence de la mer, les inspirations de son amitié avec Charles Widden, la splendeur des crépuscules sur la côte, la révélation des musiques de l'ailleurs et les résonances de la *gwerz* comme si tous ces prestigieux moments devaient aboutir à l'amour de Léna.

Il se leva pour poursuivre sa promenade. L'influence du paysage favorisa son renouement avec les prestiges de la marche tels qu'il les avait vécus sur les bords de la Loire. Son esprit n'était pas vide, il traversait la plénitude du silence d'un songe intraduisible. Quand il en sortit, il fut surpris de distinguer, surplombant les maisons bordant l'autre rive, la flèche si typique d'un clocher pour qu'elle ne fût pas celle de l'église de Pont-Croix. Il n'aurait jamais supposé avoir déjà parcouru une telle distance.

Il traversa le pont, se rendit sur la place de l'église et s'installa finalement à la terrasse d'un café d'où il put admirer la finesse des reliefs du portail de l'église dont il se détacha par l'afflux des souvenirs de Widden et de ses amis.

Il regagna Audierne par le même sentier avec l'étonnement de découvrir la transformation du paysage : la marée recouvrait le lit de la vallée.

Le lendemain, il revint sur les lieux en avance sur l'heure de son rendez-vous et dans le peu de temps de son attente, il se trouva intimidé par la manière et les convenances avec lesquelles il entamerait la conversation avec Léna en mesurant l'insolite de sa situation, celle d'un homme qui rencontre pour la première fois la femme qu'il croit connaître depuis toujours par la place qu'elle tient dans son cœur. De tels scrupules n'embarrassèrent pas Léna : elle engagea la conversation avec une spontanéité et une vivacité qui donnèrent à ce rendez-vous un caractère naturel qui préservait une intimité consommée : "Quelle chance nous avons ! Vous allez découvrir, sous ce soleil tenace, notre Goyen sous son plus bel aspect." Et dans un sursaut de la voix, elle lui lança, avec un sourire ravi, un espiègle "bonjour Baptiste !" Elle lui tendit la main et peut-être pour lui suggérer que ce geste ne convenait pas suffisamment à l'état qui était le leur, elle la garda serrée avant de la poser sur la sienne pour la comparer. "Tiens ! Quel présage intéressant ! Rassurez-vous, je ne lis pas dans les mains, mais n'êtes-vous pas frappé par la ressemblance des nôtres. On dirait qu'elles sortent du même moule, sauf que le vôtre est d'une taille supérieure, mais avec une finesse semblable, avec les mêmes doigts effilés et délicats." Elle ne détacha sa main qu'après avoir engagé la promenade sur le sentier.

– Et maintenant, parlez-moi de vous. J'ai tellement hâte de mettre un habit au fantôme qui trouble mon esprit. Sera-t-il comme je l'imagine?

– Et s'il ne l'était pas?

– Ça ne le serait que par des détails sans importance.

– Alors je commence mais avec votre promesse qu'ensuite je recevrais de la même façon vos confidences.

– Mes confidences? Oh, mon Dieu! comme ça serait compliqué et inutile. Avec vous, c'est justement mes confidences que je souhaite fuir. Seuls les instants de nos rencontres seront à nous, entièrement à nous et rien qu'à nous. Et je voudrais les vivre pleinement comme tel, comme un oubli du temps. Je vous disais que c'était compliqué.

Ils marchèrent dans le silence. L'esprit de Baptiste s'était obscurci. Les propos de l'hôtelier lui revinrent en mémoire, puis plus sombrement, le souvenir occulté d'Adrienne Bergerol. Était-ce donc pour lui une fatalité de ne se lier qu'à des femmes dont l'unique but était de se libérer dans l'ardeur des plaisirs charnels? L'exaltation de cueillir pleinement l'instant, tel que le célébrait Léna le contrariait alors qu'il s'y était voluptueusement prêté avec Adrienne. Ce rapprochement le rebuta, il offensait son amour et sans doute aussi celui de Léna ainsi qu'elle venait de l'exprimer. Cette pensée éclaircit son esprit: elle lui donna la volonté d'un amoureux conquérant.

– Vous êtes bien silencieux. Mes intentions vous ont-elles à ce point déplu?

– Non, j'en mesurais seulement la portée.

Il porta sa main sur l'épaule de Léna pour y poser la tendresse de ses caresses.

– Mes sentiments à votre égard me portent à consentir à vos exigences.

Elle se replia contre lui, offerte à une étreinte où il pressentit une sensualité à laquelle son corps ne réagit pas. Il prit sa main, la garda enlacée à la sienne et poursuivit la promenade. Il se réfugia un moment dans ses pensées avant de se décider à donner existence au fantôme qui avait bouleversé Léna. Sitôt qu'il se sentit sûr de ce qu'il allait dire, sitôt qu'il délivra les premières phrases de ses confidences, il trouva le contentement d'exprimer le meilleur de lui-même.

Elle l'écoutait. Le soleil rayonnait, les pins frémissaient allègrement, les cris des oiseaux blancs déchiraient l'air. Le Goyen n'existait plus, seul existait, pour eux, l'entier partage des confidences où l'effusion des sentiments se cherche dans le même, se trouve et tisse les racines de l'amour.

Il s'éleva dans l'enthousiasme, un enthousiasme qui sourdait à la conscience soudaine du travail secret de son être, comme l'aboutissement de la lente gestation des étreintes de la vie que lui avait offert son voyage.

En défiant le néant, il avait rencontré la vie, une vie fugace, épiphanique dont la trop forte évidence le désemparait, sans cesser de le hanter, d'aviver son désir de l'étreindre et c'était, finalement, au terme de son voyage, la vie qui l'étreignait en l'enlaçant dans ses rets pour s'y incarner en Léna. Le hasard n'était qu'une ombre illusoire derrière laquelle se dissimulait la merveilleuse fatalité de la vie. Cette ravissante chanteuse de *gwerz* était le don de la vie, sa part incarnée et enfin vivable dans le cours de l'existence.

Les confessions de Baptiste, son dernier aveu comblèrent Léna bien au-delà de ce qu'elle imaginait de son fantôme. Elle ne résista pas à son attendrissement : elle se blottit contre lui et reposa la tête contre son épaule. Ils marchèrent un long moment silencieux, unis dans un regard qui regarde pour deux.

À la vue du clocher de Pont-Croix, elle invita Baptiste à rebrousser chemin, prétextant que si elle ne jouait pas en soirée, elle avait toutefois d'autres contraintes.

Ce fut cette fois Baptiste qui rompit leur silence.

– Je ne crois pas que ce soit forcer vos confidences en vous demandant comment vous en êtes arrivée au violon avec un tel talent.

– Non, au contraire. C'est un don que je tiens de mon père qui le tenait du sien et ainsi de suite sans que je sache depuis quand. Le violon a toujours été la fierté de notre famille.

Et sur un ton passionné, elle célébra la singulière personnalité de Kristen Gourlauen, son grand-père. Il avait consacré sa vie à la pratique du violon. Il était célèbre sur le Cap. On le réclamait partout et pour tout : pour les noces, bien-sûr, pour les bals et toutes autres sortes de cérémonie. C'était aussi un conteur renommé. "Je l'ai malheureusement peu connu. J'avais cinq ans quand il nous a quittés, il était âgé, mais j'étais la petite dernière de la famille. Je lui dois beaucoup. Je l'ai souvent entendu chanter la *gwerz* avec sa voix chevrotante de vieillard. À la fin de sa vie, il se plaisait à ne la chanter que pour moi. J'en ai été marquée à tout jamais. C'est peut-être l'avantage que j'ai eu dans mon enfance, par rapport à vous, celui d'être, si jeune, étreinte, comme vous dites, par la vie. Le plus beau cadeau que j'ai reçu de lui aura été son carnet, que j'ai déniché plus tard et dans lequel il consignait ses chants avec de précieux commentaires et des indications d'interprétation qu'il tenait d'autres musiciens routiniers. Malgré cela, n'allez pas croire que je suis née avec un violon dans les mains. Il n'était pas pensable dans l'esprit de mon père qu'une fille et surtout pas sa fille, s'adonne au violon..."

Léna parla de son père avec moins d'engouement. Il jouait, lui, aussi, très bien, mais avec une passion amoindrie par ses multiples activités. Il cultivait ses lopins de terre, pratiquait la pêche côtière et, à l'occasion, il conduisait les noces. Il se plaisait à le dire : "Je suis capable de tout et bon à rien."

Elle raconta dans quelles conditions elle apprit le violon et il vit ce qu'elle racontait : une gamine assise, l'oreille tendue, derrière la porte de la pièce où son père s'acharnait à apprendre le violon à son frère. Celui-ci était le seul héritier possible de la tradition violoneuse de la famille. Cet apprentissage dura plusieurs mois : le père s'obstinait, le fils n'assimilait pas mieux. Il n'avait pas l'oreille. Son jeu ne pouvait pas traduire l'âme qui ne l'animait pas ni le nerf dont il était dépourvu. Il ne restituait que des sons fades, éteints et péniblement appris. Il ne retenait que ce que l'on retient quand on n'aime pas l'école. Le père persévérait, persuadé que ça finirait par sortir.

Léna ne manquait pas une leçon avec la complicité de sa mère qui fermait les yeux sur les écoutes clandestines de sa fille adorée. Andréa Gourlaouen étendit même ses complaisances jusqu'à dispenser sa fille des corvées ménagères en les assurant à sa place afin qu'elle répétât, dès le départ du père et du fils, sur le violon familial, ce qu'elle venait d'entendre. Andréa, ravie par les progrès de sa fille, écoutait évasivement ses répétitions appliquées, en effectuant ses tâches, jusqu'au jour où elle l'entendit jouer un morceau entièrement sous une forme parfaite où éclatait la joie de jouer. Elle ne put s'empêcher d'accourir vers sa fille : "Mais dis donc, comme c'est beau, ce que tu joues là. Tu vas bientôt jouer aussi bien que ton père."

Malgré son talent avéré, Léna fut contrainte de poursuivre son apprentissage derrière la porte, pendant quelques mois encore, jusqu'à ce jour qui ne ressembla pas aux autres.

Ce matin-là, il n'y avait personne à la maison, la mère s'était offerte au service d'une jeune accouchée, le frère était aux champs et le père venait de partir à la pêche. Léna s'empressa de s'emparer du violon et d'en jouer à son aise dans la grande pièce de la maison.

Arrivé au port-abri, le père apprit l'annonce d'une mauvaise mer et sa prudence coutumière l'incita à rejoindre la demeure. En traversant la courette de sa maison, quelle ne fut pas sa surprise quand il entendit que l'on jouait du violon dans la grande pièce de si belle façon qu'il ne lui fut pas permis de penser que le joueur était son fils. Intrigué, il se précipita vers la fenêtre pour découvrir une réalité insupposable. Époustouflé, il pénétra dans le couloir et s'y immobilisa pour écouter le jeu de sa fille. Elle répétait le passage sensible d'un morceau afin de lui donner une fluidité qu'elle ne tarda pas à produire. Elle passa ensuite à l'interprétation intégrale du morceau avec une aisance déconcertante. D'un coup, sa petite dernière, abandonnée aux dorloteries de sa mère, lui devint prodigieuse.

Le lendemain, le fils fut délivré du martyre de la pratique du violon. Il fallait bien l'admettre : l'ordre de la nature avait dévié les dons échus aux Gourlauen sur une fille ! Léna reçut sa première leçon, ouverte par le serment que jamais elle ne commettrait son talent dans un bal !

Au fil des semaines, le père se trouva bientôt démuni devant le peu qu'il pouvait lui apporter en dehors d'une plus grande assurance dans le maintien de son archet et de quelques combines d'ornementation qui procuraient plus de brillance au timbre de l'instrument.

Le bonheur d'appliquer les conseils de son père, de jouer pour lui, accroissait son talent. Ses facultés d'assimilation étaient exceptionnelles. Il lui transmit, jour après jour, les morceaux de son répertoire, qu'en peu de temps elle interpréta mieux que lui. Souvent, elle réussissait à attendrir cet homme endurci par les difficultés de l'existence en l'entraînant à croire que la musique lui était insufflée par son âme et qu'il ne lui restait qu'à la restituer avec l'exaltation de son corps. "Même ton grand-père ne jouait pas aussi aisément", se plaisait-il à répéter.

Léna et Baptiste approchaient du pont d'Audierne.

– C'est incroyable comme le temps passe vite avec vous, dit Léna. Je ne voudrais jamais vous quitter.

– Cela ne tient qu'à vous, Léna.

Elle répondit par un "je sais" sèchement prononcé, comme échappé d'un dépit retourné sur elle. Elle domina la tristesse qui avait rembruni son visage par un aveu où elle retrouva la douceur de sa voix.

– J'ai omis de vous dire que je n'ai jamais désobéi à la promesse faite à mon père : ce n'est qu'après sa mort et par obligation que je suis devenue une joueuse de bal.

Elle n'en dit pas davantage : ils étaient arrivés au bout du sentier au-delà duquel Baptiste était tenu de ne pas partager l'existence de Léna.

– Demain, c'est mardi et tous les mardis, je les passe avec ma vieille mère qui a bien besoin de mes visites. Ne faites pas cette tête puisque nous nous reverrons, ici, mercredi, à la même heure. Le Goyen est notre paradis. Allez ! Il faut que je parte. On s'embrasse, non ? Si, on s'embrasse !

Elle se jeta contre lui et porta ses lèvres contre les siennes dans un baiser qui délivra l'ardeur de sa passion sans offrir à Baptiste l'instant d'une réponse autre que celle de l'amertume de voir si vite la beauté de ce corps félin s'enfuir.

Le paradis du Goyen ne dura pas. Ils le parcoururent le mercredi pour la dernière fois, sans encore le savoir. Au contraire, cette rencontre affirma le resserrement de leurs liens, l'éclosion de leur amour. La nature et la douceur estivale invitaient à l'épanchement des cœurs, à l'éveil de la sensualité.

– Croyez-vous vraiment, dit-elle, que cela soit possible de se découvrir en si peu de temps l'un et l'autre aussi profondément amoureux ?

– Bien-sûr, puisque que cela est.

– Cela est, certes mais avec une violence en moi qui m'effraie, que je ne domine plus et qui m'emporte je ne sais où. Je suis prête à céder aux pires folies avec vous. Le plus terrible pour moi est d'être saisie par la certitude que je n'ai jamais aimé, que je découvre l'amour avec vous.

Ils marchèrent. Il lui répondait en la rassurant, en évitant de poser les questions, pourtant obsédantes dans son esprit, qui lèveraient le voile de ses confidences interdites. Elle se blottissait contre lui.

Ils s'étreignirent et la volupté de leurs baisers enflamma la soif charnelle de Léna que Baptiste apaisa une fois de plus avec les caresses de sa tendresse.

Son état amoureux ne lui laissa pas même éprouver combien Léna était prête à se donner à lui. La beauté séraphique de sa violoniste avait élevé son amour à des hauteurs étrangères à la banalité décevante d'un échange charnel. Son corps persistait encore, après sa mésaventure avec Adrienne, à éprouver une confuse répulsion physique, vécue, à ce moment précis, comme une menace de profanation de son amour.

Ils s'assirent un long moment devant la lagune où, avec une connaissance impressionnante, Léna lui apprit à déterminer les oiseaux blancs en agrémentant l'énumération des signes distinctifs de chacun d'eux par des commentaires sur leurs mœurs.

La voix de Léna le berçait en condensant sa pensée sur l'étendue de l'eau plissée par la marée montante tandis que l'espace, troué d'oiseaux blancs, s'approfondissait à travers l'aura des regards croisés du ciel et de la terre, comme un éclaircissement de son bonheur éclos par l'ordre de l'univers pour confondre la vie et l'amour. Ce fut bien ceci : la puissance de son émerveillement s'offrait tel un abrégé des riches moments de son voyage qui bouclait sa boucle pour dire : tu es ce que tu es devenu, tu as enfin atteint ton foyer de vie.

Le moment de la séparation brisa ce bonheur. Il fut affligé de l'entendre fixer leur prochain rendez-vous au lundi.

– C'est trop long, Léna, beaucoup trop long.

Elle se réfugia, une fois de plus, derrière ses mystérieuses contraintes qui le contrariaient autant que son invitation renouvelée à ne pas s'afficher en public avec lui.

Son impatience de la revoir ne supporta pas l'attente du lundi. Il ne put résister à la tentation de se rendre *Aux Sept Sommeils* le vendredi soir. Ils avaient modifié la disposition de la salle, sa petite table avait été supprimée ou placée dans un recoin, si bien qu'il fut condamné à s'asseoir au bout d'une table occupée par quatre buveurs satisfaits de leur goujaterie. Il assista à un spectacle assez semblable à celui de sa première soirée. Léna joua et chanta le regard superbement fixé au-dessus de son auditoire et, à aucun moment leurs regards ne se croisèrent, bien qu'il fût certain qu'elle l'avait remarqué. Las d'entendre les propos grossiers de ses voisins, il quitta ostensiblement la salle à un moment opportun de façon à ce que son départ n'échappât pas à Léna.

Il erra sur le port, tourmenté par l'indifférence de celle qu'il aimait. Il s'apprêtait à regagner son hôtel quand il fut conquis par l'idée d'attendre Léna au-dessus des escaliers de la venelle vers lesquels aussitôt il se rendit. Minuit sonnait au clocher d'une église proche. Il n'aurait pas trop à attendre.

Il entendit des pas gravir les escaliers. Il ne sortit de son recoin ténébreux qu'après avoir reconnu Léna, seule, dans le halo du réverbère. Il s'avança à sa rencontre et lorsqu'elle le vit, elle s'arrêta net dans un mouvement que la contrariété figée sur son visage confirmait. Elle recula même d'un pas pour marquer ses distances.

– Baptiste ! Non, vraiment, ce n'est pas raisonnable. Et puis si, après tout. C'est peut-être mieux de vous revoir ainsi. Cela m'épargnera la lâcheté de vous faire parvenir demain la lettre que je vous ai écrite, cet après-midi, et dans laquelle je vous fait part de mon intention de rompre avec la folie de notre liaison.

– La folie de notre liaison !

– Oui, pour moi. Je ne suis pas digne de votre amour. Vous les désiriez mes confidences et bien les voici : je suis mariée depuis huit ans avec un homme qui m'adore.

Elle éclata en sanglot pour dire le pire : cet homme qui l'appelait sa "Petite reine" était paraplégique depuis quatre ans. Il s'était acharné à la pêche côtière dans le but de s'acheter un plus gros bateau afin d'offrir à sa femme une vie décente. Mais le malheur avait emporté ses rêves. La cruauté de la mer avait écrasé son frêle doris contre les rochers.

Sa gorge se noua pour exprimer les remords d'avoir cédé à la tentation d'un amour coupable.

– On ne fuit pas impunément son passé, Baptiste. Ma rencontre avec vous a été un leurre. Je suis bien certaine de n'avoir été que le jouet de certains désirs inavouables que je croyais avoir pourtant à tout jamais maîtrisés, sinon vaincus et je ne me le pardonne pas.

– Je vous comprends, mais pas jusqu'au bout. Vous dépréciez votre passion en la réduisant à une exaltation coupable de vos sens. C'est vous qui me disiez que vous éprouviez le sentiment de connaître l'amour pour la première fois. C'est cela que nous partageons et vous ne pouvez pas si horriblement le renier.

– Si cette considération était vraie, elle n'en resterait pas moins une folie. Non, Baptiste, je dois rompre maintenant, pendant qu'il en est temps encore, pour vous, comme pour moi.

– Non, Léna, hélas, pour moi, c'est déjà trop tard.

L'évidence jaillissante de son cœur la plongea dans un instant de silence dont elle brisa les invocations avec une énergie tranchante qui n'existait que soutenue par la rigidité de son choix.

– Et bien oui, Baptiste, je vous aime, et c'est pour cela que je veux rompre. Poursuivez votre voyage en oubliant la malheureuse aventure d'Audierne comme je m'attacherai à l'oublier.

– Non, ma bien-aimée, cette rupture n'est pas possible. Elle n'est pas possible.

Il se détourna d'elle et disparut dans la nuit d'où elle l'entendit au moins trois fois hurler: "Ce n'est pas possible." qui lui fit partager le désarroi qu'elle venait de lui infliger.

Il descendit les escaliers du bout de la venelle pour rejoindre le port. Sa consternation ne l'abattait pas. Son malheur ne le désespérait pas. Il s'étonna. Ses propres derniers mots résonnaient dans sa tête. Ils lui avaient été dictés. Ils l'interpellaient par la perspective confuse qu'ils ouvraient et qui se fixèrent dans sa mémoire à travers la scène de la lagune avec le retour de cette voix que la conjonction de l'amour, du ciel et de l'eau avait levé dans son être: "Tu es ce que tu es devenu." Et il se découvrait dans ce qu'il était devenu avec un caractère combattif qui lui donnait la force de croire à l'inespéré, de persévérer vers l'inespéré sous la férule d'une conviction spontanée: l'amour ne peut connaître l'échec, ne peut sombrer dans le renoncement. On ne triomphe de ce qui fait embûche à l'amour qu'en aimant plus encore.

La pensée que l'amour ne pouvait pas connaître l'échec ne le quitta plus. Riche de cet état mental, la perte du paradis du Goyen lui parut, le lundi, moins cruel. L'inespéré avait ouvert en lui un horizon avec l'audace de l'atteindre. Le Goyen n'existait plus dans sa tête quand, à l'heure du rendez-vous abjuré, il dirigea ses pas vers les venelles de la vieille ville avec l'insolite intention de rencontrer Léna et... son mari.

Le couple habitait une maison qui présentait pour eux les commodités d'un plain-pied avec la rue. Un haut mur en pierres dont le portail était ouvert, masquait le rez-de-chaussée. Norroy traversa la courette et frappa à l'aide du heurtoir à la porte massive du logement dont l'ouverture éclaboussa la vue de Baptiste par l'éclair intimidant d'une image où s'aplatissaient par-delà le corps de Léna, une vaste cuisine et un homme assis dans une chaise roulante. Puis, seule Léna exista et il fut sensible d'abord à la première expression de son visage, celle d'un émerveillement qui s'effaça presque simultanément sous le raidissement d'une contrariété inquiète.

Comme elle lui parut éclatante dans la légèreté et la détente de sa tenue! Toute la beauté de la femme s'animait en elle et il n'en aurait peut-être pas été aussi ébloui s'il ne l'avait reçue comme le revers de la figure élégante de la virtuose qui jouait du violon *Aux Sept Sommeils*. Il vit son mari guider sa chaise de façon à se dissimuler dans un recoin de la cuisine.

Interloquée, Léna demeura bouche bée. Baptiste s'expliqua.

– J'avais besoin de vous parler, enfin, moins à vous qu'à votre mari.

– Mais sachez-le, je ne cache rien à mon mari et il sait tout de notre brève aventure.

– Je crains que non, du moins pas ce que je suis venu lui dire.

En gardant sa position sur le seuil du logement, elle cria en direction du fond de la cuisine:

– Tu as entendu, Yven? Tu veux bien recevoir monsieur Norroy?

Il rapprocha sa chaise de l'entrée en s'appliquant à se montrer désobligeant.

– Bien sûr que je veux le recevoir, ne serait-ce que pour le plaisir de voir l'homme qui a séduit ma femme.

Tandis que le mari le toisait, Baptiste entendit une voix jeune et vit un corps massif et disproportionné, sans âge.

– Ce propos justifie à point les raisons de ma visite. Vous êtes en pleine méprise, monsieur Kerloch...

– Pas de manières entre nous, je vous en prie, appelez-moi Yven et je vous appellerai Baptiste, comme le fait ma femme. Dans mon état, comprenez bien que je ne peux pas être en pleine méprise. Je conçois bien que Léna ait besoin de compensations et je m'étonne même qu'elle n'en ait pas cherché plus tôt...

– Yven ! s'écria-t-elle, comment peux-tu te laisser aller à de tels propos.

– Laisse-moi parler, Léna. Je vois que vous êtes plutôt bel homme, ce Baptiste et, en tout cas digne de la beauté de ma chère Léna. À parler franchement, je vous avouerai que je ne serais pas outragé de vous savoir lui consacrer quelques coucheries. Je vous en serais presque reconnaissant.

– Cette fois, Yven, ça suffit !

– Laisse-moi finir. Seulement, ces petits jeux là sont dangereux, le prince charmant se lasse et il abandonne la belle, ça, c'est le moindre mal, mais souvent, aussi, il ne la veut que pour lui. Alors, il l'enlève. Je ne suis pas dupe. Vous, vous êtes dans ce deuxième cas. Si je perds Léna, je suis perdu.

– C'est bien ce que j'ai commencé par vous dire : vous êtes en pleine méprise. Est-ce Léna qui a pu vous faire croire que mon attachement à elle me portait à la recherche des plaisirs que vous qualifiez si crûment ?

– Non ! Cela est juste, Yven, c'est moi qui me suis entichée de Baptiste, et je t'assure qu'il m'aurait prise s'il avait voulu me prendre, mais nous n'allons pas recommencer avec cela. Tout est dit, tout est fini.

– Bon et alors qu'est-ce que ça change ? constata Kerloch, visiblement décidé à abréger la conversation.

– Ça change tout, renchérit Norroy, à condition que votre bon sens admette que l'amitié, à elle seule, puisse combler les liens d'un homme et d'une femme.

– Mais c'est complétement timbré ce que vous dites-là !

– C'est timbré, si vous n'y croyez pas, si vous ne comprenez pas que mon amitié pour Léna n'est pas un obstacle à votre amour, qu'au contraire, elle peut s'y ajouter pour rendre votre épouse plus heureuse et, du coup, vous aussi..

– Mon Dieu, comme vous parlez bien. Mais tout ce que vous dites là n'est que de la parlotte.

– Ce n'est de la parlotte que pour vous, parce que vous n'écoutez que votre égoïsme qui vous aveugle au point d'enfermer votre femme dans votre monde désabusé où la joie n'a plus de place. Votre égoïsme, Yven, étouffe votre femme et la jette dans la culpabilité d'une soudaine passion amoureuse dont vous êtes la cause.

Je n'arrive pas pour casser votre ménage, je veux seulement par la pure amitié qui m'attache à Léna lui rendre sa culpabilité dérisoire et à vous, votre paralysie plus clémente.

Visiblement, Norroy avait fixé l'attention de Kerloch et Léna qui connaissait les réactions de son mari comprit qu'il y prêtait de l'intérêt. Chacun, tête baissée, s'enferma dans un long silence que Kerloch brisa :

– Eh bien, parle, toi Léna ! Dis ce que tu penses de tout cela.

Ce qu'elle en pensait aurait pu jaillir de son cœur en écho au propre projet qu'elle avait espéré et abjuré en prenant finalement la décision de la rupture avec Baptiste. Prudente, elle affirma que l'initiative de Norroy serait chimérique si elle ne se fondait pas d'abord sur la confiance entière de chacun envers l'autre. Par ses propos, Baptiste l'avait séduite une seconde fois : ses perspectives transfiguraient et sauvaient à la fois un amour qu'elle n'aurait plus à vivre dans la dureté de la séparation. Alors elle rallia Baptiste pour prôner sa fraternité spirituelle en s'attachant, avec une sagacité toute féminine, à en souligner les exigences.

Quand Baptiste quitta la pièce, l'inespéré était advenu. Avant de refermer la porte derrière lui, Léna lui dit, en évitant les chuchotements qui alarment la confiance : "Quelle audace, Monsieur !"

Il fallait les voir, tous les trois, sur le port. Voir leur allégresse, une allégresse qui était celle, contagieuse, de Kerloch. Il n'était pas venu sur le port depuis son accident. Il jubilait comme un gamin qui découvre la mer. L'idée de cette promenade revenait à Norroy. Pas d'un coup, parce qu'il avait deviné les réticences d'Yven à quitter son logement. Il redoutait surtout d'exposer son infortune. Il savait aussi combien son poids rendait sa chaise roulante bien malaisée à conduire pour la frêle Léna, condamnée à limiter les promenades sur les parties plates de la vieille ville quand il consentait à sortir. Pour toutes ces raisons, il s'était résigné à demeurer dans "son terrier", comme il disait.

À leur première sortie, Baptiste s'était contenté de pousser la chaise jusqu'au bout de la venelle mais en dépassant l'endroit où la montée raide, puis la descente rapide, demandait trop d'efforts à Léna, pour atteindre le point de vue sur le paysage du port. À la vue de l'enchantement de Kerloch, lors de ses sorties, l'habitude des promenades fut prise. "Il faut prendre le soleil" se plaisait à répéter Léna. Yven avait perdu son teint blafard et son visage respirait le bonheur de revivre.

Sur le port, la notoriété de Léna astreignait le trio à de nombreux arrêts entretenus par des civilités propices à entretenir la bonne humeur d'Yven par l'éloge de ses mérites à avoir, si volontairement, surmonté sa désolante paralysie. Certains déclaraient: "On voit qu'il est bien entouré." Et à tous Léna présentait Baptiste Norroy comme le cousin du Jura de Kerloch. Elle dupa même l'hôtelier, son grand oncle qui se retourna sur Norroy en proférant sur un ton réprobateur: "Vous auriez pu me le dire!" Elle disait avec aplomb: "Ces mensonges-là sont bénins. Ils nous facilitent la vie. On ne se pose plus de questions derrière notre dos."

Léna et Baptiste avaient décidé de ne jamais se rencontrer en l'absence d'Yven afin de conforter sa confiance. Baptiste leur rendait donc fréquemment visite. Très vite, les deux hommes prirent l'habitude de dîner ensemble les soirs où Léna jouait *Aux Sept Sommeils*. Baptiste apportait du poisson pêché du jour et des fruits. Il ne manquait pas une occasion de leur faire plaisir et profitait des marchés de la ville pour rapporter des denrées qui les ravissaient. Souvent, il ne quittait leur logis qu'au retour de la violoniste car l'un et l'autre ne voyaient plus le temps passer, au fil passionnant de leurs conversations.

Il se produisit entre les deux hommes, dès le début de leurs fréquentations, un étrange transfert: l'amitié compassionnelle de Norroy insuffla le sentiment de la vie dans l'esprit de Kerloch, tandis que la présence obsédante de la paralysie d'Yven exorcisa les éventuels désirs charnels de Baptiste.

Yven était fort curieux des pays de neige qu'il n'avait pas connus malgré ses périples à travers le monde. L'un de ses collègues marins, d'origine montagnarde, lui avait dit, un jour, qu'il aurait préféré subir une tempête au bon milieu de l'océan plutôt que d'affronter une tourmente de neige, de nuit, en pleine nature.

Baptiste, quant à lui, se plaisait à l'écouter raconter sa vie passée sur les bateaux de la Marine nationale. Il s'était engagé pour cinq ans et il ne l'avait jamais regretté quand il considérait les expériences qu'il en avait tiré et les paysages qu'il avait découverts. La splendeur des côtes africaines lui restait inoubliable.

Leur tempérament inclinait dans le même sens avec cependant la notable différence qui s'établit entre un esprit grave et un esprit sérieux. Yven prenait tout au sérieux avec une hâtive et rigide complaisance à détenir la vérité, une vérité toujours avalisée par les conformismes de l'ordre établi, en dehors duquel, pour lui, la vie ne pouvait pas se vivre d'une autre façon. Ses jugements, parfois, contrariaient Norroy qui, au début, s'efforça de les nuancer jusqu'au moment où il s'aperçut que l'obstination de son ami était inflexible.

Cet entêtement lui avait sans doute coûté le malheur de son tragique accident qu'il évoquait souvent, dans la retenue d'allusions qui préparaient à une confidence complète quand il trouverait la force de l'exprimer. Il y parvint un soir qui fut le plus triste de leurs rencontres. Il commença en confirmant, avec une fière bravade, que ce qu'il avait décidé, il ne le remettait jamais en question. La vie lui avait roussi les ailes dès son enfance et il avait pourtant toujours relevé les défis, c'est pourquoi il était persuadé que jamais plus elle ne les lui brûlerait. Le père de Léna lui avait dit et répété : "Mon gars, il te faut pas sortir sur cette marée, elle porte la tempête, tes casiers de langoustes, t'iras les relever plus tard." Mais... ces langoustes-là, il les avait promises pour une noce, mais... il voulait s'acheter un plus grand bateau pour aller pêcher autour de l'île de Sein et pour ça, il ne fallait pas craindre une mer incertaine, mais... pour finir, il ne chercha plus qu'à braver le père en s'affirmant, contre lui, comme un gars de la marine... et la pêche côtière n'effraie pas un gars de la marine. Vexé, le père ne s'obstina plus. La mer était calme et même plate. Une masse sombre bouchait l'horizon, seulement elle était encore lointaine, et on ne sortirait jamais en mer si l'on ne courait pas les risques des pêches imprudentes. Kerloch ne s'affola pas quand trois heures plus tard, un vent violent se leva avec la tempête et même pas quand tombèrent du ciel ténébreux des masses de pluie tourbillonnante. Il n'eut pas le temps de craindre le danger. Une vague hargneuse éleva sa barque qui se recala au creux de l'eau, avant d'en subir une seconde, plus rageuse encore, aussitôt redoublée d'une troisième qui fouetta le doris, avant sa retombée, pour le désorienter et l'emporter de face contre les rochers. Une autre vague ne permit pas à Kerloch de reprendre le contrôle de sa rame et sans rien voir, il n'entendit plus, avant de s'évanouir, parmi la fureur de l'eau, que le fracas de son embarcation contre les récifs.

Baptiste vit la scène à travers le souvenir de la gravure de son grand-père.

"Vous ne le croiriez pas, mais je n'ai jamais souffert, ou si peu. Seulement dans l'état où je me suis retrouvé, j'aurais préféré ne jamais me réveiller. Il m'a fallu ce malheur, pour que je découvre combien avec son dévouement et ses prévenances sans bornes, Léna m'aimait. Je ne crois pas qu'il puisse exister un être plus prodigue qu'elle. Sans Léna, je ne serai plus là, depuis longtemps. Je ne vis que par elle et pour elle."

Et il tomba en sanglots comme l'enfant des chansons tristes.

Le lendemain, Baptiste voulut lui offrir une soirée agréable. Dès que Léna fut partie, il annonça à Yven : "Ce soir, on ne mange pas. J'ai réservé une table *Aux Sept Sommeils* où nous allons faire à Léna la surprise de l'écouter."

Il n'aurait pas pu lui faire un plus beau cadeau. Il n'avait jamais vu Léna en spectacle. Ni elle, ni lui n'y avaient pensé : pour eux, pour lui du moins, le travail *Aux Sept Sommeils* était un turbin alimentaire qui permettait la survie du couple.

Ce soir-là, elle donnait un programme complet. Yven pleura à l'écoute des *gwerz*. Il avait la chance de comprendre le breton. Ses larmes n'étaient plus celles d'un attendrissement sur son sort, mais celles d'une joie pathétique qui débordait les frontières de son univers conformiste pour éveiller la spontanéité de sa sensibilité.

Un bonheur souverain unit le trio, au retour du spectacle. Kerloch n'arrêtait pas de répéter : "T'es quand même un sacré bon gars, Baptiste !"

Léna explosait de joie, jamais elle n'aurait osé espérer que le projet fou de Baptiste pût atteindre une si totale réussite. Et Baptiste, en voyant l'épanouissement sur le visage de son égérie, partageait sa joie, parce qu'il savait qu'en bonne part, elle lui était consacrée.

L'été touchait à son apogée et sans doute aussi le bonheur des émules de la fraternité spirituelle. L'après-midi qu'ils passèrent à la plage annonça un tournant que Léna et Baptiste auraient pu prévenir s'ils n'avaient pas, avec autant d'assurance, estimé acquise l'avenir de leur entente.

La plage n'était occupée que par quelques vacanciers parisiens et quelques jeunes de la bourgeoisie d'Audierne. Les trois amis avaient planté leur ombrelle le plus près possible de la mer descendante, sur le surplomb du banc de sable déposé par la marée. La mer s'étalait à l'infini devant eux et elle absorba un long moment leur esprit à travers l'envoûtement de son immensité ou par le passage des bateaux en partance pour le grand large et, presque régulièrement, par les envols soudains, en nuées, des oiseaux blancs qui s'élevaient au-dessus des vagues déferlantes sur le rivage pour s'y déposer quelques mètres plus loin.

Ce fut Léna qui brisa la rêverie des deux hommes en proposant à Baptiste de "faire trempette," elle entendait par là, sillonner pieds nus le rivage pour le plaisir de ressentir l'aller et retour des vagues exténuantes sur le sable. Baptiste se déchaussa et replia le bas de son pantalon et Yven les vit rejoindre le bord de mer, côte à côte, il vit Léna conduire la marche, les pieds dans l'eau, sans jamais se retourner et sans jamais s'arrêter comme si elle avait décidé de se rendre jusqu'à l'autre bout de la plage, jusqu'à la digue. Il ne finit plus par voir que deux silhouettes indistinctes. Baptiste la suivait, jalousant la joie instinctive qu'elle éprouvait au contact de l'eau dans le jeu des vagues. Elle paraissait se vouer à une étreinte de vie à travers sa communion avec l'eau et le soleil telle que le suggérait la nonchalance de sa démarche qui était celle d'une sorte de danse somnambulique.

Baptiste lui emboîtait le pas et bientôt la liberté de son regard se laissa entraîner par l'éclatant attrait de la féminité de Léna pour se fixer, avec une emprise de plus en plus obsessive, sous l'apparition de la sensualité de son corps. Pour la première fois, avec une aussi dominante impulsion, le charme de Léna glissa, sous son regard, du ravissement devant sa beauté à l'attirance de sa sensualité. L'éveil de cette sensation ne le quitta plus. Un vent léger soulevait par instants la jupe de Léna pour découvrir le galbe excitant de ses jambes. Son corps s'enflamma au désir d'étreindre sa compagne spirituelle sans qu'il n'en fût perturbé, de céder à l'ardeur des baisers, à la caresse de ses cuisses et au délire d'un plein partage charnel. Le souvenir de l'étreinte inachevée, sur les bords du Goyen, imprégna son désir pour le fortifier dans le regret de ne l'avoir pas accomplie. Il éprouva son corps dans la fièvre : les pulsions de la chair irriguaient la mystique de son amour pour la plonger dans le feu charnel. Léna, en se retournant soudainement, sortit Baptiste de son trouble. Elle l'invita à rejoindre Yven qu'il convenait de ne pas laisser seul trop longtemps. Le nom d'Yven le ramena à la réalité et refroidit son émoi imperceptible à l'attention de Léna.

Il marcha, cette fois à ses côtés et à distance. Elle parla de la fascination qu'avait toujours exercée sur elle la mer. Elle la voyait à l'image même de la vie. "Je suis sortie, dit-elle, du ventre de la vie pour aussitôt replonger mon regard sur la mer. Elle entoure la maison de mon enfance d'où, quand on ne la voit pas, on l'entend. Depuis toujours, la mer peut autant me ravir que m'effrayer. Comme la vie, elle offre tant de choses à aimer et tant de choses à désespérer. Il plane, en permanence, sur l'une et l'autre, au-delà de leurs promesses, une terrible menace qui peut à chaque instant les réduire à néant."

Baptiste était à l'unisson, cependant encore fixé sur le repli de son trouble. Il vit, à la fois, dans la vague qui se dressait du large pour se déchaîner triomphante avant de s'épandre sur le sable, l'ardeur de l'attirance sensuelle qu'il venait d'éprouver et dans le refoulement de l'eau et l'avidité du sable à l'oublier, son inanité, son désolant aboutissement.

Yven les accueillit avec indifférence. Il avait son air songe-creux qui ne troubla pas la franche gaieté de Léna que lui avait valu sa marche sur la plage. Le fil innocent de sa conversation l'amena naturellement à annoncer la surprise qu'elle avait prévue pour Baptiste. "On lui doit bien cela", dit-elle, ravie par la perspective de son projet qu'elle présenta aux deux hommes. Elle se proposait de prendre deux jours la semaine suivante pour faire découvrir la Pointe du Cap à Baptiste.

– Ainsi il aura exaucé son vœu. C'était quand même le but de son voyage et il ne peut pas espérer de meilleure guide que moi.

– Et pourquoi deux jours ? demanda Yven sur un ton inquisiteur.

– Un pour ma mère, comme d'habitude, l'autre pour Baptiste. Ce n'est pas de trop si je veux lui faire découvrir le chemin côtier qui va de chez moi au Cap et lui présenter, Yven, notre pays. Ne t'inquiète pas, j'ai prévenu Anne et elle pourra s'occuper de toi.

Dans l'assurance de sa probité, elle ne pressentit pas que la préoccupation de son mari était ailleurs. Kerloch, silencieux, se réfugia dans l'éveil des soupçons qui, depuis quelques jours, corrompaient le bonheur de donner en partage sa vie de couple avec Norroy.

La bonne entente du trio avait libéré la spontanéité de Léna jusqu'à la dispenser des précautions qu'il convenait, dans sa situation, d'adopter à l'égard de Baptiste. Cette liberté lui prêtait, à certains moments de ses échanges avec lui, des expressions qu'Yven finit par percevoir, à travers le ton, trop chaleureux de la voix, et surtout, parfois, à travers la vigueur de l'éclat du regard, comme une complicité autre que celle de la fraternité. Le démon de la jalousie empoisonna son esprit, multiplia la probabilité des signes et enfla leur évidence. Il entendit, derrière son dos, des chuchotements qui n'existaient pas, il imagina, sous la table, des jambes pressées les unes contre les autres qui, pourtant, se tenaient à distance. Il supposait, à travers les quelques plages libres de leurs emplois du temps, les moments où elles se croisaient pour des rencontres amoureuses et il en testait la pertinence par d'insidieuses questions, très habilement posées. Jamais les faits ne justifièrent les doutes, alors, par crainte de gâcher leur belle union, il masquait sa jalousie, renonçait à la recherche d'un flagrant délit et simulait, à contre-cœur, la bonne humeur du trio.

– Es-tu content de cet après-midi, Yven ? demanda Léna qui rassemblait les affaires pour le retour.

– Très, répondit-il avec un sourire disgracieux dans lequel sa jeune épouse ne vit rien d'autre qu'un effet de sa fatigue.

VII

Léna était en retard, mais le chauffeur de l'autocar, à la demande de Norroy, avait accepté d'attendre. Elle arriva essoufflée, avec un grand sac plein, sur le dos. Elle remercia le chauffeur qui la connaissait bien parce que c'était celui qui la conduisait tous les mardis sur le Cap.

"Yven m'a retardé. Il n'était pas en grande forme ce matin. Il n'est jamais bien quand je pars à Plogoff. Il n'aime pas être seul. 'Pourquoi deux jours' qu'il m'a encore redit. Je lui ai expliqué et il a enfin compris. Bon. On a décidément de la chance, il fera beau. Ça ne sera pas l'atmosphère de votre gravure, mais ça vaut mieux. Le sentier serait trop dangereux par mauvais temps".

Léna était resplendissante. Durant tout le voyage, elle ne cessa de se réjouir des merveilles, en les annonçant, qu'elle allait faire découvrir à Baptiste. Elle adorait son pays.

Quand ils arrivèrent à Plogoff, ils durent marcher un long moment sur un chemin sinueux avant d'atteindre la lande à l'extrémité de laquelle Baptiste découvrit la première merveille de leur escapade : la maison des Gourlauen. Cette demeure typique de paysan-pêcheur, se situait au bord d'un promontoire incliné, en pente douce, vers la mer, dans l'éclat estival des plantes de la lande. Ils s'attardèrent à admirer le paysage si longtemps qu'ils précipitèrent la hâte de la mère de Léna à les accueillir jusqu'à l'inciter, elle qui marchait péniblement, à les rejoindre. Courbée sur sa canne, elle avançait à petits pas piétinés dans la désolante allure d'une vieillesse consommée. Mais Baptiste n'en crut pas ses yeux quand il la vit, redressée devant lui, la main tendue pour le saluer. Son corps fluet, sa longue chevelure d'un blanc de neige et ses yeux pétillant de vie renvoyaient une autre image de la vieillesse.

Ils entrèrent dans la grande pièce garnie de meubles qui avaient traversé les siècles et dont la facture surprit Baptiste. Il se sentit transporté dans un autre temps. L'atmosphère de cette maison recueillie sur le passé réanima l'enfance de son aimée telle qu'elle la lui avait relatée et il s'expliqua combien ce lieu, sans autre horizon que celui de la lande et de la mer, avait formé son esprit.

Une fois de plus l'allant de Léna le surprit quand il vit, avec quelle rapidité et quelle aisance, elle s'empara de la maison et s'activa à préparer le repas. La fierté, le bonheur qu'affichait le regard de sa mère révélaient à quel point les visites du mardi redonnaient vie à cette maison abandonnée aux souvenirs. Ce constat s'affirma tout au long du repas avec les confidences et les complicités entre la mère et la fille unies à travers le rayonnement d'une tendresse émouvante, à travers leurs gestes et les échanges de leurs regards. Elles entretenaient une intimité qui ne tolérait pas de secrets entre elles, comme si elles partageaient la même conscience au point de dissiper naturellement, par les indices de leur connaissance mutuelle, les moindres velléités d'ombres susceptibles de limiter leur communion d'esprit.

Léna, ainsi qu'elle l'avait prévu, consacra l'après-midi à sa mère. Elle programma une promenade solitaire à Baptiste.

Ils ne se retrouvèrent, seul à seul, qu'au début de la soirée, après le repas pris de bonne heure car Andréa Gourlauen avait l'habitude de se coucher très tôt. Ils s'assirent devant la maison, sur un banc de pierre, dans la courette.

– Savez-vous ce que m'a demandé ma mère, ce tantôt : "Allez, dis-moi tout, ce beau jeune-homme est ton amoureux, n'est-ce pas ?"

– Et que lui avez-vous répondu ?

– Qu'il l'aurait été si je n'avais pas été mariée. Elle s'est contentée de boucler sa question sur un "Ah !"qui accusait plus de regret que d'approbation. Ma mère ne mesure pas les contraintes de la vie parce qu'elle croit aux miracles qui les dénouent.

Elle prit aussitôt conscience de la pente imprudente sur laquelle elle avait engagé la conversation et elle s'empressa de changer de sujet.

– Voyez-vous, cette entrée de la courette, devant nous ? C'est là que s'est décidé mon mariage.

Elle raconta Yven Kerloch. Son enfance malheureuse : il avait dix ans quand l'océan lui avait arraché son père qui pratiquait la pêche hauturière. Il ne lui a même pas rendu son corps. En ces temps-là, peu de familles échappaient à son tribut. On vivait avec.

Yven avait, derrière lui, deux frères et deux sœurs et en petit homme, il avait secondé sa mère pour assurer leur avenir. Son zèle fit l'admiration de tout le village. À cette époque, Léna ne le connaissait pas. Il n'habitait pas le même hameau et il venait de quitter l'école quand elle y entra. L'école, il ne l'avait pas fréquentée avec régularité, mais son intelligence vive compensait ses absences et il avait obtenu son certificat brillamment.

Elle se souvenait de l'avoir rencontré pour la première fois à la fête patronale. Elle entrait dans sa quinzième année et elle ne s'était même pas aperçue qu'il lui faisait déjà les yeux doux. "Je ne l'ai vraiment connu que cinq années plus tard, à son retour de la Marine. Il avait pris l'habitude de passer régulièrement devant notre maison et de s'attacher la compagnie de mon père. Parfois mes occupations m'obligeaient à passer devant eux et alors il arrêtait la conversation pour me regarder. Il portait la main à son chapeau sans le soulever et il répétait toujours, d'une voix chaleureuse la même phrase en variant seulement l'adjectif de son complimcnt : Bonjour, mam'zelle Léna ! Toujours aussi belle ! Je répondais timidement à son rituel bonjour et je poursuivais mon chemin."

Yven Kerloch l'impressionnait par la prestance que lui donnait son corps aérien, son éternel chapeau qu'il portait à l'arrière et qui dégageait son front pour souligner l'assurance intimidante de son regard. Il portait toujours une veste courte très soignée qui lui donnait un air de gandin peu commun à la campagne.

Au bout d'un certain temps, il ne s'écoula plus un repas à la table des Gourlauen sans que le père ne s'appliquât à vanter les mérites de ce garçon pour finalement inviter sa famille à partager la considération qu'il lui accordait.

Les mystères des conciliabules entre son père et Yven n'attisèrent pas la curiosité de Léna et elle n'y attachait plus, depuis longtemps, la moindre importance quand ils s'éclaircirent un certain dimanche matin alors que sa mère l'invita à se parer de sa plus belle tenue, non pas en raison de la messe mais parce que la famille recevait au repas de midi un invité-surprise de qualité.

Ce ne fut pas une surprise pour elle, quand elle vit entrer, à midi sonnant, Yven Kerloch, ni même quand, avec une délicatesse ostensible, on l'invita à s'asseoir à ses côtés. Il lui fallut attendre la fin du repas, après de lassantes conversations sur la pêche côtière, sur son avenir et sur les projets de l'invité, quant à son métier de pêcheur, pour que la visite devînt une surprise qui se transformât en émoi. Yven Kerloch venait, avec son assurance coutumière et une solennelle gravité, demander aux "Très chers Monsieur et Madame Gourlauen" la main de leur fille.

Le mariage se déroula six mois plus tard. À la sortie de l'église, Léna, à l'écoute des violonistes de la haie d'honneur, éclata en sanglots. Ce n'était pas la joie qui la jetait dans les pleurs, c'était le cruel sentiment que son destin venait de s'accomplir sans avoir déversé dans son cœur l'éveil de l'amour tel qu'elle se l'était imaginé à travers ses rêves, ses lectures et les évocations de quelques-unes de ses amies.

Léna, une nouvelle fois, jugea prudent de changer le sujet de leur conversation. "Regardez ! Il y a des plumes dans le ciel, dans deux jours, il pleuvra. Je crois que la surprise que je vous ai réservée pour ce soir s'annonce bien. Le ciel s'est coloré comme je l'espérais. Je vais vous faire connaître un crépuscule de mon pays." Elle se leva et lui tendit la main pour l'entraîner sur le chemin qui bordait la maison, du côté de la mer.

Sans se le dire, Léna et Baptiste entreprirent cette escapade dangereusement solitaire avec la résolution de dominer leurs épanchements selon la pratique partagée d'un équilibre entre leur volonté de ne pas rompre leur pacte et leur confuse nécessité de ne pas se masquer l'un à l'autre leur amour.

Il fallait avoir été un enfant de ces lieux pour tomber sur les entrées des sentiers et ne pas s'égarer à leurs croisées avant d'atteindre le surplomb de cette crique où les attendait la merveille du crépuscule. "Oh non ! Mais non ! Ce n'est pas possible ! Cette coïncidence n'est pas due au hasard. Partager avec vous, ce crépuscule-là. Il m'apparaît tel que je l'ai vu la première fois avec la limpidité d'une évidence qui a gravé mon imaginaire pour me laisser une représentation de la vie à laquelle j'ai fini par croire. Mais regardez, je me tais. Je vous la dirai après et vous serez le premier à l'entendre car je crains moins ma naïveté après ce que vous m'avez dit sur vos peintres de Pont-Croix."

Norroy n'aurait pu s'imaginer une représentation plus expressive d'un paysage de proue du monde. L'océan se fondait dans l'infini crépusculaire à travers son insondable profondeur ouverte au premier plan par une diversité de panoramas terrestres centrés sur une île au milieu d'un lac. Les nuages s'identifiaient aux montagnes et aux forêts qu'ils représentaient au point de donner à croire à la réalité d'un autre monde accessible dans le lointain de l'océan. La plongée du soleil dilata ces figures sans les déformer et anima au-dessus d'elles avec la diversité de leurs couleurs, le ciel multiple qui était le leur. Une autre terre naissait au-delà de l'océan, une terre idéalisée, dépouillée de toute matérialité par les fantastiques transformations des corps légers qui ne cessaient d'apparaître. Le soleil s'ingéniait à dessiner les hiéroglyphes de la vie, à sculpter les corps prestigieux d'un monde à naître, à mûrir les germes du cosmos pour les emporter dans la jubilation de leurs métamorphoses au cœur de l'apparition insoumise et bientôt dominante du mauve crépusculaire.

Léna exposa sa vision cosmogonique:

– Je crois que notre terre a une sœur jumelle quelque part dans l'infini où elle trouve sa perfection. Seulement si elle ne connaît pas nos détresses, cette terre ignore aussi nos joies physiques. L'absolu ne s'atteindra qu'avec la fusion de ces terres jumelles, au-delà de l'accomplissement de leur histoire, quand notre lourdeur terrestre deviendra légère et quand la terre céleste trouvera le corps de sa joie native. Peut-être me jugez-vous terriblement naïve?

– Non. J'adhère plus aux hypothèses poétiques qu'aux pseudo-vérités scientifiques car, à leur opposé elles ont l'avantage d'enchanter nos existences et ce n'est pas rien. Je crois surtout que ce que vous venez de dire donne plus de chance à notre amour.

Ils remontèrent vers la maison, conquis par le même éveil spirituel, celui qui libère les pensées qui ne pensent pas, trop occupées à tisser la consistance du silence épris d'une autre lumière, d'une lumière qui serait l'éternité du crépuscule moribond.

Ils se consacrèrent, le mercredi, comme Léna l'avait prévu, à la découverte des lieux de son enfance avant d'atteindre le chemin côtier par le port-abri de Bestrée qu'elle lui fit découvrir en raison de ses particularités et de son histoire tourmentée. De là, elle lui montra le rocher contre lequel le doris d'Yven s'était écrasé et l'emplacement d'où les secouristes avaient treuillé son corps. Elle retraça ce malheur avec une tristesse que seule l'âpreté soudaine du ton manifesta, un peu à la manière de ses *gwerz* où les cruautés de la mer s'achèvent en fatalité acceptée. Elle retrouva sa voix pour refermer l'évocation de ce malheur. "Comment imaginer, devant ce décor si idyllique aujourd'hui, que de tels drames puissent s'y produire ? L'image de ma Bretagne est dans ce contraste et aussi, pour moi, vous le savez, celle de la vie."

Le soleil dardait ses rayons les plus chauds de l'été. Norroy défit son tricot et l'enroula autour de sa taille. Ils s'engagèrent vers la pointe du Raz par un raidillon qui déboucha sur un long sentier ondulant, entre bruyère et flots, au gré de la configuration des rochers, sur une ligne serpentine, pour se perdre, à certains endroits, dans les replis de la côte, avant de réapparaître plus loin. Puis le tracé de leur itinéraire se découvrit, à perte de vue.

Bientôt, ils ne respirèrent plus qu'un parfum vivifiant, celui de la mer, porté par un vent léger et mêlé à celui des fleurs de la lande exaltées par le soleil. L'alchimie naturelle de ce parfum dégageait son esprit pour l'épancher dans un accès de liberté sauvage éprise par les sortilèges du silence.

Le sentier s'élargit à la croisée d'un chemin qui s'engageait dans la lande. Léna passa devant Baptiste, lui prit la main et l'entraîna sur la voie de son raccourci.

– C'est par-là que nous allons. C'est mon chemin à moi.

Et elle ajouta :

– Avez-vous déjà remarqué combien le silence nous accompagne à chacune de nos rencontres ? J'ai le sentiment que c'est à ces moments-là que je suis la plus unie à vous.

– Je pense cela depuis le début, Léna.

– Alors, je vous en dis plus. Même quand vous n'êtes pas là, et même quand nous sommes les trois réunis, c'est souvent dans le recueillement de ce silence que je vis notre amour. Peut-être que dans notre malheur, avons-nous trouvé la chance d'inventer un amour plus fort par tout ce qu'il préserve.

– C'est bien cette espérance qui m'a ramené à vous. Pourtant, une fois, au moins déjà, j'ai cédé à la tentation de croire que cet amour mental ne pourrait ne pas toujours suffire. Il faut alors s'armer contre les défaillances, ce qui ne m'empêche pas de penser que c'est un outrage à l'amour.

Elle lui lâcha la main:

– Vous avez raison dans les deux cas. Mais nous n'avons, hélas, pas le choix.

Elle passa devant lui pour le guider dans la traversée d'un étroit sous-bois de pins qui déboucha sur une clairière encaissée que seule une bande de lumière éclairait du haut d'une muraille de roches feuilletées. "Attention où vous mettez les pieds. L'endroit est réputé pour être infesté de vipères."

Norroy pensa que ces lieux, quelque peu sinistres, abandonnés des hommes et repliés sur leur vie sauvage, étaient les paysages de prédilection de Léna. Il fallait en tout cas bien connaître celui-là pour remonter le long du ruisseau qui étalait ses eaux amorphes afin de rejoindre les pierres disséminées qui en facilitaient le passage et plus encore pour rejoindre l'abrupt escalier de terre qui se faufilait dans une faille de la muraille.

Quelle ne fut pas la surprise de Baptiste, quand, à peine sorti du clair-obscur de cette thébaïde, son regard fut captivé par l'attrait de l'océan sous la lumière vive, avant de se fixer sur le chaos de la côte. Quels contrastes en si peu de pas! Mais le calme de cette journée radieuse n'était peut-être qu'une apparence. Oui, il lui sembla que la nature n'était jamais vraiment en repos. Que tout était, et pour toujours, en mouvements et que si l'homme se désolait à l'avènement de la cruauté de la nature, c'était d'abord parce qu'il demeurait étranger aux palpitations de la vie ou plutôt parce qu'il n'accordait attention qu'à un seul de ses mouvements. "Comme moi!"pensa-t-il en constatant que son amour pour Léna l'enfermait dans un seul mouvement. Il se rappela la possibilité d'un choix qu'il s'était fixé à l'issue de son voyage, celui de l'érémitisme. L'ermite, le plus vivant des humains. Parce que son regard ne s'exerce plus qu'à accueillir la vie jusque dans ses moindres frissonnements. Parce que le don d'ubiquité presque et jamais acquis de son regard n'embrasse plus que l'espace confondu du grand dehors et de son être.

Il revit Léna marchant devant lui, féline, ophidienne, intensément belle. Il se ravisa: Léna n'était pas un mouvement, elle incarnait tous les mouvements de la vie. Il fut saisi une nouvelle fois, et c'était la première depuis son effervescence sensuelle sur la plage, par le désir instantané de l'étreindre. De penser à Yven, comme il se l'était promis en ces circonstances, le refréna.

Le sentier contournait un énorme rocher de granit qui dressait un front altier face à la mer. À sa vue, Léna sortit de son humeur sensitive pour avertir Baptiste du passage dangereux, à l'extrême bord d'une haute falaise, au pied de laquelle s'étalaient de vertigineux récifs jusqu'au large, assaillis sans répit, par d'incessantes gerbes d'écume. Dans ce que Baptiste ne voyait pas, il entendit le martèlement cadencé des galets sur la grève. Léna porta son attention sur le rocher de granit.

– Chaque fois que mon père rejoignait son port-abri pour se rendre à la pêche, il ne manquait jamais d'observer la face exposée à la mer de tels rochers. L'état de ses nuances lui permettait de prévoir le temps.

– Et vous partagez son don des prévisions ?

– Un peu, je crois. Ce rocher me confirme le signe que j'ai vu, hier au soir, dans le ciel. Demain, il pleuvra.

– Malgré ce ciel bleu ? Dans ma région, un ciel bleu comme celui-là nous promet au moins trois jours de grand beau temps assuré.

– Eh bien pas ici ! À n'importe quel moment, nous pouvons avoir toutes les saisons de l'année en un même jour. C'est pourquoi la pluie ne nous décourage jamais le matin car fréquemment, le vent et les marées la chasse vers l'intérieur pour nous laisser de longues et splendides éclaircies. Mais quand il pleut pour de bon, alors là, c'est sérieux. On se console dans l'attente de l'éclaircie. J'adore les éclaircies, elles offrent une diversité et des contrastes de couleurs qui me ravissent et c'est pour ça que je suis une vraie bretonne. La Bretagne vit au rythme des éclaircies.

Au-delà de l'éperon, le sentier s'écartait du bord de la falaise pour pénétrer dans la lande qui s'étendait, sur ce passage, plus largement, en pente douce, jusqu'à une bande de rochers crépelés d'ajoncs.

Ils s'amusèrent à l'écoute des cosses de genêts éclatant sous l'ardeur du soleil comme des pétards. Baptiste retomba sous la séduction des effluves de la lande. Leur exhalaison dégageait ici, à la différence du piquant du sentier de l'entrée, la subtilité des senteurs mêlées. En s'arrêtant pour la humer, il fut saisi par la diversité des fleurs répandues sur ce parterre avec une gamme de couleurs qui du rouge envahisseur au jaune triomphant célébrait l'épanouissement de l'harmonie de la nature. Léna se rapprocha de lui pour l'entendre déplorer ne connaître parmi ces merveilles que la bruyère et le genêt. Une tache blanche noyée dans le fouillis des bruyères attira leur attention quand elle le vit se pencher sur cette plante solitaire. Elle poussa une exclamation de surprise qui l'emporta dans la joie. "C'est la bruyère blanche, la bruyère de la chance. Elle est rare ici. Elle porte bonheur à ceux qui la trouvent. Baptiste ! elle va nous porter bonheur." Elle s'empressa d'en recueillir deux brins qu'elle huma et lui fit humer : "Voici le vôtre, qu'elle embrassa, celui-ci sera le mien sitôt que vous l'aurez embrassé" et elle les déposa les deux dans le sac, au dos de Norroy.

Baptiste adorait les superstitions de Léna. Elles enchantaient l'existence. Celle-ci l'enchanta pour le porter dans le partage de l'allégresse de son adorable supertitieuse. Elle parlait et tout, autour d'eux, devenait légende, le bleu de la mer, le blanc des oiseaux. La roche erratique devant eux se transforma en une tête de cheval avec deux taches de lichen roux pour naseaux et une plaque de lichen jaune-vert pour crinière. Le sentier côtier se transfigurait en un seuil légendaire à partir duquel tous les êtres de la nature se révélaient au gré de ses visions animistes.

"Quand nous aurons dépassé cette dernière pointe, nous aurons atteint le but de notre promenade et vous le but de votre voyage. C'est tout près, cette fois, mais avant de poursuivre, je voudrais vous montrer l'un de mes refuges sur cette côte, mon antre de contemplation."

À l'écart du sentier, une rangée de pierres masquait l'avancée d'une pelouse qui bordait la falaise. Il fallait être dans le secret du lieu pour en soupçonner l'existence et en trouver l'accès. Léna jugea bon d'y faire une halte. Assis le dos contre le contrefort rocheux de la pelouse, ils savourèrent le biscuit que la mère de Léna n'avait pas manqué de glisser, avec une gourde d'eau, dans leur sac. L'océan, à perte de vue, s'étalait en plis réguliers et ne laissait entendre que les battements paisibles des vagues sur la grève. Leur contemplation éveilla d'abord tout ce qui rêve et chante en eux tandis que, bien vite, la profondeur du bleu se replia sur eux comme une enveloppe nuptiale. Léna se rapprocha de Baptiste avant de reposer la tête sur son épaule en y abandonnant les frémissements de sa sensualité et cette fois il ne retint pas la fougue de son désir d'étreinte. Les yeux fermés, Léna porta les lèvres contre celles de son amant pour y poser l'inertie d'un baiser lent, léger que Baptiste emporta dans le tourbillon de la volupté. Le voile bleu de l'éros les enferma dans l'ardeur du désir. Il se posa autant de baisers sur leurs lèvres que le ciel compta de cris de mouettes. Dans un baiser plus long, Baptiste roula sur Léna et leur excitation insatiable ne chercha plus que l'aspiration à mêler leurs corps. Le regard brûlant, Léna dénoua sa robe. Elle entoura de ses bras le torse de Baptiste quand elle fut prise de frayeur par l'irruption d'un oiseau blanc qui, plus effrayé qu'elle, en voyant vraisemblablement son aire d'observation ou de repos occupé par des intrus, reprit lourdement son envol en frôlant de ses pattes et de l'une de ses ailes le dos de Baptiste. Léna se dégagea de son amant, qui n'avait vu que l'ombre de l'oiseau et entendu le sifflement du déploiement de ses ailes, et se leva "Eh bien! celle-là, c'est la peur de ma vie. C'est un fulmar boréal, je le reconnais maintenant à son bec crochu et à ses ailes longues et étroites. Jamais je n'en ai vu un d'aussi près. Ses pattes déployées m'auraient griffé le visage si vous ne m'aviez pas recouvert le corps."

Elle reboutonna sa robe et la brossa par d'énergiques revers de main. Norroy se rapprocha d'elle pour la réconforter en s'apprêtant à un enlacement qu'elle repoussa.

- Non Baptiste, il ne faut pas recommencer. Il ne faut plus recommencer. Cet oiseau nous a épargné le désastre de notre amour. Je me sens coupable et pour la deuxième fois, oui, je suis terriblement coupable. Nous serions trop indignes de sacrifier notre bel amour pour des plaisirs charnels. L'irruption de cet oiseau n'est pas dû au hasard. Elle dit ma culpabilité.

- Moi non plus, je ne crois pas au hasard mais je ne crois pas davantage aux interprétations qui s'empressent de le remplacer. Il n'y a pas de culpabilité quand l'amour appelle l'amour.

- Si, par l'indifférence que l'on accorde aux dégâts que l'abandon à ses tentations illusoires peut commettre.

- Mais n'est-ce pas la chance et le bonheur promis par la découverte de notre bruyère blanche qui vous a, qui nous a mis dans l'état de cet abandon, comme vous dites.

- Et le soleil, et cette journée torride et l'effleurement de nos corps. J'en reviens au même point : j'ai trahi ce signe par empressement de le voir s'accomplir. Notre oiseau en a rétabli la vérité.

Ne croyez pas que je radote les superstitions de nos ancêtres. Je crois trop aux signes de la nature pour ne pas prendre en compte leurs présages. Le fulmar est un oiseau pélagique. Inépuisable, il vole, à travers la hantise infuse des grands vents, absent à nos misères. Savez-vous que ses narines lui procurent le pouvoir de boire l'eau de mer en la purifiant. Si vous aviez vu le blanc pur de son poitrail, vous n'auriez pas manqué de le rapprocher de celui de notre bruyère blanche et le bonheur promis de cette blancheur nous invite à purifier encore davantage notre amour. Comprenez-le Baptiste, il faut rester fidèle, contre toutes les tentations, à votre projet de fraternité car il est l'épreuve de notre amour. J'en conviens maintenant, je suis plus faible que vous, alors promettez-moi d'être fort pour deux.

Déconcertante Léna! Elle était capable, après une frayeur au plein de son trouble amoureux de retrouver le calme de sa sagesse divinatoire et de s'en prévaloir avec les plus convaincants arguments. Bien qu'il fût prêt à toutes les concessions pour ne pas la perdre, Norroy n'engagea pas sa promesse sans quelque nuance.

– Je ne crois plus être maître de mon amour comme j'ai pu si bien imprudemment le supposer. L'amour se consume dans le présent en se croyant éternel. Nous, nous le voulons éternel, sans le consumer. C'est un terrible défi.

Elle gagna le dernier mot avant de reprendre la promenade :

– Alors mon antre vient de se transformer en sanctuaire car ce sera ici que vous aurez relevé ce défi qui couronne l'aventure de votre voyage.

Cette explication parut banale à Norroy avant qu'il n'en perçût la profondeur des résonances. Ils poursuivirent leur promenade dans un repli taciturne.

Au cœur d'un rayon de soleil, la beauté de la silhouette d'un cormoran, debout, ailes déployées, à la pointe d'une enfilade de récifs, permit à Léna de renouer le dialogue : "Regardez, il sèche ses ailes après sa pêche sous-marine, sinon il ne pourrait pas reprendre son envol car contrairement aux autres oiseaux, son plumage prend l'eau." Ils s'arrêtèrent pour l'observer et retrouvèrent, avec cette distraction, leur attachement à la beauté du site.

Ce fut d'un pas allègre qu'ils franchirent la dernière pointe à partir de laquelle se découvrait le paysage de la proue des terres occidentales, si attendu par Norroy. Léna précisa qu'ils se rapprocheraient de la célèbre pointe jusqu'à un autre de ses antres personnels d'où l'on voit tout ce qu'il faut voir et même mieux, sans subir, sur le site lui-même, l'importunité des cohortes de touristes bruyants. Au bout d'un moment, elle ajouta : "C'était encore, il n'y a pas si longtemps, un lieu de recueillement, de dévotion même, pour certains Bretons. C'est devenu un spectacle, une curiosité commerciale".

Ce qui aurait ressemblé à un coup de tonnerre n'intrigua pas Norroy longtemps car Léna s'empressa de lui expliquer que les coups de bélier de la mer avaient creusé au pied de la falaise des grottes et que c'était le placage assourdissant des vagues à l'assaut de ces cavités qu'ils entendaient. Et en redécouvrant les attraits de ces lieux qui avaient impressionné son enfance, elle retrouva avec sa verve, la joie de les dépeindre. Pour elle, le calme, en cet instant, de la nature, ne se posait sur cette côte que pour en révéler la beauté de la féroce sauvagerie de l'océan telle qu'elle s'inscrivait sur le front minéral de ces terres extrêmes. Léna se plut alors à fixer le regard de son ami sur autant de figures qui soulignaient cette férocité à travers des oripeaux de roches, des aiguilles flagellées, des blocs troués et des parois entières déchiquetées comme si tous ces martyrs de l'océan affirmaient dans leur solitude la résistance d'un promontoire qui ne capitulera pas. Et Léna n'aurait pu achever ses évocations sans un éloge des légendes. "Dans ces lieux convulsés, les tempêtes, les courants dangereux du raz, nés de ces deux mers qui ne cessent pas, à tour de rôle, de se déverser l'une dans l'autre, ont inspiré à l'imagination des hommes une quantité de légendes que même les incrédules prennent en considération parce qu'elles sont la seule manière de décrire la vérité du paysage".

Le deuxième antre de Léna apparut fort semblable au premier bien que moins étendu et dressé en un encorbellement de roches tapissées de lichens associés dans l'éclat du jaune-roux et du vieil argent. L'intensité du rayon de soleil plaqué sur la cloison rocheuse dénichait dans ses plis discrets une multitude de petites fleurs farouches, ultimes et émouvants refuges de la végétation avant la nudité de l'échine rocheuse livrée aux tourments de l'océan.

Ils devinèrent, au large, et face à eux, la barre noire de l'île de

Sein. Norroy mémorisa le paysage dans l'ordre que Léna le lui faisait découvrir avec la première avancée de la Pointe, un phare noir et blanc précédé d'une tourelle sur un rocher puis un long chapelet de récifs dominés par deux brisants et bien en arrière encore, le corps massif du promontoire dont la muraille trouvait appui sur deux roches trapues avant de se déployer en un massif rocailleux dénudé, granulé de roches éclatées sur lesquelles se hasardaient quelques touffes végétales.

Ils s'assirent. L'observation du site confirma l'impression que Baptiste en attendait et à laquelle les préludes de la promenade l'avait préparé. Sa contemplation l'ouvrit, dans le prolongement des remarques aiguillées de Léna, à une méditation sur l'état barbare de la nature en ces lieux. Il ne put s'empêcher de reconnaître un art aux colères de l'Iroise dans l'aboutissement de ses forces d'érosion. Il céda à la pensée que ses fureurs, avec les forces du ciel, des courants, des vagues et des vents obéissaient aveuglément à un dessein animé par la sauvage esthétique de former cette vaste architecture paysagère, de sculpter dans la minéralité du front de la terre, les figures d'une ultime intention face à la fureur de l'océan.

Il retourna alors son regard sur la mer avec l'impression qu'elle se déployait sur deux niveaux, le premier, aux rides paisibles, s'étalait jusqu'au large pour se border distinctement sur une masse d'eau plus sombre comme si l'océan déferlait sur lui-même en vagues grises. Cette mer lointaine se confondait avec une masse nuageuse confuse à l'avant de laquelle le bleu du ciel reprenait ses droits à travers sa voûte colorée de plumes nuageuses éparses.

La vue de l'océan et de ses côtes le ramena aux réflexions de Charles Widden pour en approfondir la pertinence. Il fut surpris, au sortir de ses pensées, de constater la rapidité avec laquelle l'aspect de l'océan s'était transformé. Il s'était unifié pour ne plus porter que les traces de vastes courants qui sillonnaient nonchalamment leurs méandres clairs.

– Je n'osais pas rompre votre silence, dit Léna, mais maintenant, il est temps de rentrer.

– C'est curieux, chacun des points de vue que vous m'avez offert possède une emprise particulière et pourtant, ils me ramènent tous au même sentiment. Seulement, pour ce qui nous concerne, je suis sûr que vous avez raison, c'est bien à notre première halte que mon voyage a rencontré son aboutissement.

Vu l'heure avancée, Léna décida de rejoindre la maison en coupant au droit par le village. Ils arrivèrent à l'heure convenue pour prendre tranquillement le repas qu'elle avait préparé tôt le matin en confiant le soin à sa mère de le mettre sur le feu un peu avant leur retour.

À table, Léna relata leur randonnée et Baptiste livra ses impressions ce qui réanima chez Andréa Gourlauen des souvenirs qu'elle raconta avec une faconde qui ne lui était pas ordinaire. Léna en fut même surprise doublement car elle déplora entendre ces histoires pour la première fois. Baptiste les écoutait avec l'intérêt d'apprendre l'impact de la barbarie naturelle de la côte sur la vie des hommes. L'humilité de ces gens simples le frappa à travers les revers tragiques qu'ils avaient été amenés à subir et qu'ils avaient assumés comme des événements presque ordinaires, comme des événements fatals de la destinée auxquels ils n'apportaient d'autre réponse que celle du courage de les surmonter. Andréa, elle aussi, vivait dans le légendaire. Il était clair, à travers l'usage qu'elle en faisait que les hommes avaient inventé les légendes pour attendrir leurs malheurs et fortifier leurs espérances.

L'atmosphère de cette vieille maison bretonne, le repas frugal mais succulent et l'attrait de la conversation plongèrent l'esprit de chacun hors du temps pour le retrouver avec une précipitation qui ne les empêcha pas de manquer l'autocar. Léna connaissait quelqu'un qui pourrait les conduire à Audierne, mais il habitait à l'autre bout du village...

Ah ! les superstitions de Léna ! Et les promesses de bonheur de la bruyère blanche ! Pour peu qu'il fût encore acceptable de leur accorder quelque considération, les jours qui suivirent obligèrent Baptiste à admettre que le seul présage auquel la réalité s'apparentait était celui de l'oiseau buveur de mer, ce briseur d'amour.

Dès le lendemain, peu avant midi, Léna se précipita, sous la pluie, à l'hôtel pour avertir Baptiste qu'elle ne pouvait plus, comme prévu, le recevoir chez elle, en fin d'après-midi. Ce fut la raison de ce changement qui alarma Baptiste. Elle relata l'accueil que lui avait réservé Yven à son retour du Cap. Il l'avait attendu sur le pied de guerre et sans lui céder la parole, il s'était laissé aller à un flot d'invectives dans lequel s'étaient glissées les scènes de ses fantasmes: la chambre d'enfance de Léna et sa nuit d'amour avec Norroy. Léna avait alors vertement dénoncé les délires de son mari ce qui n'eut pour effet que de redoubler l'obscénité de ses propos à travers l'insoutenable évocation des complaisances lascives de sa femme aux exubérances sexuelles de son amant. "J'avais l'impression d'être tombée en enfer, emmurée dans l'absurde, sans dialogue possible et réduite à entendre des vociférations qui tournent en souillure les plus beaux moments de l'innocence et même jusqu'à ceux que j'avais partagés avec lui. Sa fureur s'est brisée sur l'horreur de ses propres mots. Des convulsions répétées ont déchiré ses mots et il est tombé en sanglots comme un enfant."

Baptiste remarqua les spasmes qu'elle retenait sur son visage, il se rapprocha d'elle, la serra contre lui et appliqua sur son dos les caresses du réconfort. Elle s'effondra en larmes, elle aussi, comme un enfant. Ses pleurs métamorphosaient sa beauté. Elle se ressaisit et poursuivit son propos sous l'étreinte de son ami. "Je suis restée prostrée devant lui. Aucun mot ne pouvait sortir de ma bouche."

Ce silence avait apaisé Yven et Léna avait retrouvé la force de prononcer quelques mots pour déplorer les violences de son délire. Il avait aussitôt répondu, sans véhémence: "Qu'importe que tu me mentes ou pas puisque c'est à toi que tu mens, tu te mens à toi-même, Léna. Ce type, tu l'as dans la peau. Et, dans mon état, je comprends, je te comprends mieux que tu ne le croies. Tu as jusqu'ici surpassé tes forces. Aucune femme ne pourrait toute une vie partager l'impotence de son homme, sans infidélité. C'est moi qui suis de trop, maintenant. Vos arrangements à la noix, c'est du bidon. Fais tes bagages et partez, tous les deux, loin de moi."

Elle avait tenté de le convaincre qu'il était le seul à envisager une telle solution. "Non Léna. Tu choisis! Ça ne peut plus durer. Moi, c'est fait, j'ai choisi: ton beau Norroy, je ne veux plus le voir autour de mes pattes mortes. Et tu vas lui faire savoir dès demain matin."

Ondoyante Léna, comme les fleurs les plus éclatantes, il lui avait suffi du seul rayon de réconfort de Baptiste pour qu'elle le quittât avec l'assurance qu'elle ramènerait son mari à de meilleurs sentiments et que leur union à tous trois serait sauve.

L'impatience de Norroy sans nouvelles de son égérie ne résista pas à trois jours de vaines attentes. Le dimanche ne put s'achever pour lui sans qu'il ne se rendît au domicile des Kerloch. Il gravit les venelles avec dans la tête tous les mots pour amadouer les divagations de Yven. Mais Léna n'accourut pas après qu'il eut agité, à plusieurs reprises, le heurtoir de la porte. Il regarda à travers le rideau de dentelle de l'une des fenêtres pour découvrir une cuisine en grand désordre et, avec stupéfaction, la chaise roulante de Yven vide. Affolé, il se rendit aussitôt *Aux Sept Sommeils* où il apprit par le cabaretier que le mari de Léna était gravement souffrant et qu'elle était tenue de rester auprès de lui. Ce qu'il ne savait pas de plus, Norroy l'apprit le lendemain matin, par une lettre de Léna, postée de Quimper.

Une longue lettre, écrite, notait-elle, dans de pénibles conditions, alors que son mari se trouvait dans un état quasi comateux. Elle stigmatisait une nouvelle fois sa culpabilité en s'affligeant de n'avoir pas pris en considération son état désespéré, mais sans s'accorder, pensa Norroy, l'excuse de l'agressivité hystérique qu'il lui avait infligée. Elle se reprochait d'être naïvement tombée dans son piège quand il l'avait contrainte à se rendre auprès de Baptiste pour lui annoncer qu'il n'acceptait plus de le rencontrer. Sa préméditation mettait à nu son désespoir : pendant que pour lui les deux amants se concertaient sur la menace de séparation qu'il leur imposait, il se donnait la mort.

À son retour, l'odeur sulfureuse du gaz flottait dans la courette en s'échappant du vasistas ouvert au-dessus de la porte. Elle avait aussitôt supposé le pire. En entrant trop précipitamment dans la cuisine, elle avait failli suffoquer dans la nappe de gaz qui saturait l'atmosphère. Elle s'était masquée la bouche et le nez à l'aide de son mouchoir avant de se précipiter vers la fenêtre pour l'ouvrir. Et elle avait vu l'horreur : Yven recroquevillé dans sa chaise, les deux bras ballants et tenant encore d'une main le tuyau au bout duquel sifflait le gaz qu'elle avait aussitôt fermé.

Elle déclina ensuite avec les précautions d'une infirmière tous les soins qu'elle avait appliqués à son mari pour le réanimer.

Les dernières lignes de sa lettre le désolèrent. “Le médecin m'affirme qu'il s'en sortira, toutefois vu la nature de son handicap, il ne se prononce pas sur les séquelles qu'il craint. Pour l'heure, il demeure dans son état semi comateux et quand il en sort pour de brefs moments, c'est toujours pour répéter, d'une voix et d'un regard dolents: "Tu ne peux plus me quitter maintenant, non, tu ne peux plus, ou bien il fallait me laisser où j'étais."

Il lut la fin de la lettre comme le chant du cygne de leur amour: "Voilà, Baptiste. Nous avons perdu. Notre histoire est comme celle de mes *gwerz,* elle finit tragiquement. Maintenant je ne chanterai plus seulement les malédictions des autres. Mon existence s'est refermée sur une *gwerz* que je vis avec ma chair. Elle ne me laisse qu'une espérance, celle de vous retrouver au-delà de la mort, au-delà de l'océan, comme dans notre chant pathétique, sur les Iles Bienheureuses auxquelles je crois. C'est dans la ferveur de cette foi, mon amour, que je porte sur vos lèvres un baiser qui n'est pas le dernier parce qu'il est éternel. Quittez vite notre Bretagne et ne cherchez plus à me revoir ailleurs que dans l'horizon de ses Iles Bienheureuses. Votre Léna."

Les Iles Bienheureuses n'enchantèrent pas plus l'esprit de Norroy que les promesses de la bruyère blanche. Il chuta dans le vide et devint, le long du port et dans les rues d'Audierne, le fantôme de lui-même. Au troisième jour de ses errances, il envisagea le retour au pays sans parvenir à s'y résoudre parce qu'une autre pensée le troublait: il ne lui était pas pensable que son voyage s'achevât sur un tel échec, que ses étreintes de vie échouassent sur une si lamentable solution. Il resta cloîtré dans sa chambre, l'esprit enfoncé dans une prostration qui alarma l'hôtelier. Celui-ci veilla à lui faire monter, au moins à midi, un repas froid afin qu'il ne tombât pas en dénutrition car il ne consommait plus, depuis quelques jours, que du café. Brave homme, il prit la liberté de le réconforter en l'encourageant, lui aussi, à quitter la Bretagne. "J'ignore ce qui s'est passé entre vous. Léna a toujours été une femme secrète et on ne saura rien sinon ce qu'elle consent à dire à tout le monde à savoir que son mari est malade. Mais à voir votre état, il y a eu autre chose qui ne me regarde pas. Je vous avais prévenu, monsieur Norroy, en vous conseillant de vous détourner de Léna. Vous avez réussi à faire votre malheur et le sien. Maintenant, il faut en rester là. Fuyez ce drame en rentrant chez vous, sinon votre désœuvrement va devenir le pire de vos malheurs."

L'intervention de l'hôtelier ne demeura pas entièrement vaine. Elle détermina Norroy à descendre de sa chambre pour prendre le repas du soir où il parut retrouver un semblant goût à la vie et à la compagnie des hommes. Chaque jour, il annonçait l'imminence de son départ, mais en le différant chaque fois.

Un soir, au lieu de regagner aussitôt sa chambre il se rendit dans la rue qu'il désertait depuis plus d'une semaine et il s'engouffra dans le premier café venu emporté par les pulsions du désespoir qui ne lui ouvraient d'autre issue que celle du naufrage dans l'ivresse.

L'esprit flottant, les yeux hagards il se planta devant le bar et commanda un verre de vin rouge. Il regarda le serveur, sans le voir, et pour lui, la clientèle nombreuse et bruyante de la salle se réduisait à un fond d'atmosphère muette.

Il se replia dans son instant, un instant où s'enfiévra le désespoir. Comme autrefois quand il le solennisait en une sorte de culte, et comme maintenant, en une fuite de l'invivable, dans l'abandon au flux qui reliait le vide douloureux de la vie à l'envoûtement sacrificiel d'un verre de vin. Il se dispensa, ainsi qu'il le faisait à La Chaux d'Ambruz, de saisir le verre à deux mains, de l'élever au-dessus de sa tête, avant de le porter à ses lèvres, pour le vider cul sec. Il jugea cette pratique puérile. Il eut bien l'intention, dans le respect des prémisses de son culte, de le boire d'une traite, mais il n'y parvint pas. Sa gorge l'en empêcha, pas son palais, le cru était, certes médiocre, mais c'était bien sa gorge qui contractait une répulsion de son être l'invitant à la pensée que le jeu exhibitionniste de son désespoir n'était que puérilité. Quelque chose, en lui, résistait jusqu'à ridiculiser son culte de jeunesse, jusqu'à nier son désespoir. Quelque chose comme un haut-le-corps qui écartait définitivement le passé du présent. Quelque chose qui ne le ramènerait jamais à la case départ de son voyage. Il finit péniblement son verre, le régla et sortit dans l'indifférence de la salle. Le serveur, en reprenant sa discussion entreprise avec quelques gaillards égrillards, avait déjà oublié qu'il aurait cru voir un demi-cuit à son bar.

La rue, la nuit indisposèrent Norroy, elles recelaient les appâts de son désespoir. Seule sa chambre était un refuge supportable, un havre de survie. Il passa une nuit calme et pour la première fois, depuis son drame amoureux, sans tomber dans le creux obsessionnel de ses insomnies répétées. Le cri des mouettes le sortit de l'enchantement d'un rêve et le prolongea même dans l'éveil d'une humeur joyeuse qu'il crut être la réalité avant que son esprit n'en dénonçât l'illusion. Une nouvelle fois, le même quelque chose agita son être, à travers son rêve, déjà confus, à travers le sentiment qu'une vague espérance débordait le malheur. Il en éprouva le ressort de réagir en descendant prendre son petit-déjeuner. L'absence de l'hôtelier lui parut profitable, il serait ainsi dispensé de l'entendre poser sa sempiternelle question sur la date de son départ. Seuls quelques touristes de passage occupaient la salle.

En remarquant l'animation de la rue, il comprit que c'était jour de foire à Audierne. Il décida de s'y rendre sans autre motif que celui de se fuir dans la distraction, ce qui ne se produisit pas. Il chuta vite dans l'état amorphe de celui qui n'a goût à rien avant de redevenir un fantôme hypnotisé par la présence de Léna qu'il attendait partout et qu'il ne voyait nulle part.

Le brusque souvenir de l'injonction de Léna qui concluait sa lettre réveilla le fantôme. "Ne cherchez plus à me revoir !" résonna plusieurs fois dans sa tête avec l'impression d'entendre sa bien-aimée se justifier définitivement par l'état de sa situation. Dans la brutalité d'un vertige, il se convertit à la réalité : Léna, c'était fini.

Il toucha le fond de son drame dans le déchirement de sa conscience entre le désespoir et ce quelque chose qui le niait, entre la nécessité de partir et l'impossibilité de trouver une forme convenable à ce départ. Il rejoignit mollement sa chambre et s'allongea sur le lit pour laisser mûrir son déchirement. Sa veulerie le reconduisit dans la prostration dont il sortit, une fois encore, par les cris lancinants des mouettes sur le port. Il ignorait l'heure, mais il s'en désintéressa. Les mouettes avaient porté son esprit sur les rivages des Iles Bienheureuses. Et c'était bien au-delà des vagues croyances de Léna qu'elles le renvoyaient, c'était aux heures riches de son voyage, aux exaltantes visions de Charles Widden, aux conceptions du poète irlandais, à la générosité de madame Émilie, à la sérénité devant la mort de la vieille dame d'Orléans... Ses évocations allégèrent le poids de son malheur pour l'unir d'une autre façon à celle qu'il aimait.

Un carrousel de souvenirs occupa un long moment son esprit, des visages ressurgirent, des voix stimulantes résonnèrent, des éclairs d'instants de sérénité fusèrent avec le triomphe d'une lumière qui traversa et exorcisa le pathétique des souffrances de la vie. Toutes ces présences finirent par se confondre en un énorme corps vivant recueilli au cœur de sa *réalité aux ailes blanches*, le trésor, la conquête de son voyage. Il se sentit honteux en constatant que la vie ne lui avait pas ménagé ses étreintes depuis son départ et que, malgré tout, il avait failli, au bout du compte, les répudier en sombrant dans la malédiction du moi, recroquevillé sur un amour impossible alors que Léna en incarnait le dépassement. Sa honte enfla dans la conscience qu'il avait été l'initiateur d'une fraternité spirituelle et qu'en donneur de leçon, il avait converti Kerloch à cette désastreuse espérance.

Ses introspections répétées l'agacèrent. Il pensait trop. Il exerça, un long moment, sa volonté à ne pas penser, et du vide rencontré jaillit la soudaine décision de quitter la Bretagne dès le lendemain. Dans le même instant, il éprouva le désir frénétiquement impératif de se rendre au bout de la digue d'Audierne, parce qu'il était conquis par la certitude que c'était là qu'il devait faire ses adieux à la Bretagne, parce que c'était là que son voyage trouverait son apothéose en s'achevant comme il avait commencé lorsqu'il s'était rendu sur cette tête de roche de La Chaux d'Ambruz, face au précipice de la reculée pour y braver la mort. Cette exaltation de ses fantasmes sur l'absolu l'emporta vers une bravade que les révélations du voyage avaient retourné sur la vie. Résolu, il quitta sa chambre aussitôt.

Le port étalait les luisances d'une pleine lune. Norroy longea les façades de la rue, dépassa, sans le regarder, le café où la veille il avait cherché à noyer son désespoir, retrouva, quelques pas plus loin, un autre café dont l'entrée, grande ouverte diffusait un brouhaha de voix déchirées par des rires hystériques de femmes. À sa vue, une jeune fille sortit de la salle et le rejoignit pour marcher à ses côtés en lui prenant le bras. Sa voix surprit Norroy. Il aurait cru entendre celle de Léna.

– Marin, mon beau marin, la tristesse ravage ton visage. Comme c'est dommage. Viens dans ma chambre, je te jure bien de remettre de la joie dans ton cœur.

Le timbre agréable de sa voix reflétait la beauté et la fraicheur de son corps et Baptiste Norroy fut affligé de les voir consacrées à une telle condition.

– Tu es trop belle pour que je prenne, sans amour, du plaisir avec ton corps.

Elle tourna l'amour en dérision sur un ton soudainement gouailleur.

– À chacun sa vérité, ma pauvre petite fée de la nuit, je vois bien que l'amour a jeté dans nos cœurs la même amertume, mais moi, j'y crois jusqu'à en mourir. Toi, tu cherches à l'oublier à ta façon. Finalement, nous sommes peut-être condamnés à la même fatalité malheureuse, comme les personnages des *gwerz*.

– Des quoi? Je ne connais pas ce mot.

– Tu n'es donc jamais allée *Aux Sept Sommeils*?

– Ça non! Tu parles, le patron tient trop à la réputation de sa boîte pour m'y laisser entrer.

Il lui expliqua, avec la liberté d'une interprétation qui lui ressemblait, ce qu'était un personnage de *gwerz* et il l'invita affectueusement à ne plus perdre son temps avec lui. Ils se séparèrent et Norroy traversa la rue pour rejoindre le quai du port afin d'éviter un petit groupe, vraisemblablement de pêcheurs hauturiers, qui venaient à sa rencontre, en chantant à tue-tête.

La rencontre de cette jeune fille, en pleine fleur de beauté, concentra sa pensée sur les désastres de l'amour pour le distraire des attentes qui l'avaient invité à se rendre au bout de la digue. La glauque déchéance vers laquelle penchait le sort de cette pauvre malheureuse l'attendrit. De déplorer les infortunes de l'amour le ramena à ses tourments. Ce désastre le concernait, certes d'une autre façon, cependant il le rejoignait par une désolation semblable qui lui ouvrait un avenir invivable. Il ne retrouvait plus en lui les ressources par lesquelles il s'était imprudemment plu à imaginer la sublimation d'un amour inaccompli.

Il arriva à l'entrée de la digue. Un vent doux et la caresse des embruns vivifièrent son corps. La vue du paysage marin, un chaos de nuages convulsés qu'auréolait la lune, le vida de ses pensées. L'infini apparaissait ancré dans cet abysse innervé par une luminescence diffuse qui l'entraînait en diverses fuites vers une profondeur expectative. Il n'éprouva plus que la fascination de son être devant cet autre monde où seul le tumulte et l'écume des vagues distinguaient la mer du ciel.

En voyant tout, il ne vit rien d'abord. Son regard, qu'il ne contrôlait plus, s'accoutuma, sous le feu de l'émerveillement, à embrasser, dans l'effacement de ses pensées, le déroulement d'images que la nuit célébrait. L'infini n'écrasa pas Norroy, il le happa dans la demeure de l'orbe céleste où il jouait son opéra cosmique avec l'évanescence des nuages, les clairs-obscurs intermittents de la lune et les franges noires écartelées de la nuit pour dissoudre ses figures à travers la sérénité d'une présence invisible prête à s'affirmer.

Des souvenirs qui le ramenèrent à l'une de ses premières épiphanies, celle, justement, où il avait appelé *opéra cosmique* une semblable vision, s'immiscèrent dans les figures de son envoûtement pour le plonger dans la sensation de se trouver transporté au cœur même de la vie de cette nuit.

Son esprit ne fut plus alors traversé que par les éclairs d'une évidence tranchante : la nuit portait chacune de ses épiphanies vers leur aboutissement qu'il reconnut être aussi celui de son voyage. Il revit la gravure de son grand-père et prit conscience par quel truchement magique elle l'avait entraîné dans ce voyage pour finalement le conduire dans cette nuit, sa nuit qui lui apportait, par-delà le renouvellement de son être, une réponse décisive quant à sa possibilité et ses tentations de vivre dans un monde invivable.

Il s'enfonça hors du temps : sa souffrance n'exista plus, tout était contemporain de tout, Léna et les divers périples de son voyage se confondaient en une immense impression joyeuse et l'instant présent de sa nuit se superposa à celui où il s'était confronté à la mort du haut de l'un des précipices de son village natal dans un acte inachevé ou plutôt suspendu comme s'il n'avait dû rencontrer son accomplissement qu'en cette heure, comme s'il ne devait advenir que par cette nuit-là.

La vie est bonne, c'est le monde qui est perdu.

Il marcha, tel un somnambule, jusqu'à la pointe extrême de la digue et s'immobilisa au pied du phare. Son regard ne pénétra plus alors, devant l'immensité confuse de l'océan et du ciel, que l'exaltation de la nuit. Corps et âme confondus, il s'immergea dans l'espace kaléidoscopique de la nuit, émerveillé par l'agitation de ses figures et l'effervescence de leurs contorsions enivrées de métamorphoses. Les nuages se striaient en absences hantées, s'étiraient en crevasses de silences curieux de quelque chose d'autre, au-delà des interférences des formes qui se renouvelaient en chrysalides, empressées, dès la naissance de leurs ailes, de se fondre dans la transparence de la nébulosité du ciel. En éprouvant la sensation qu'ici et maintenant, une force aspirante communiquait avec tout, il se sentit conquis par un enthousiasme d'une intensité inconnue. Cette force s'affirma en lui comme la reconnaissance du précurseur sombre de la foudre dont l'éclair est l'apparition visible. Et l'intuition de cette trace n'éclairait pas le mystère, elle en confirmait la raison par la suffisance allègre de sa présence. Cette fois et pour la première fois, la vie ne l'étreignait pas, elle l'enveloppait pour qu'il exerçât, ne lui étant plus étranger, le pouvoir de l'accompagner en le plongeant dans la pleine conscience de l'invisible. Ses pensées ne lui appartinrent plus ou plutôt elles ne lui avaient jamais autant appartenu en s'affirmant comme celles de sa chair pour avouer leur évidente filiation à la vie, sans noms, sans lois, seulement porteuse d'une certitude inexorable. Il partagea l'ivresse de la chrysalide au premier déploiement de ses ailes, aspiré, comme elle, au-delà des seuils de silence. La langueur du mystère le subjugua. Son corps léger perdit toute mémoire jusqu'à la sensation d'échapper aux pesanteurs de la condition humaine. À cette hauteur de la vie, la nuit paracheva son enthousiasme en transe et il n'aspira plus qu'à s'élancer dans l'inconnu, à se consacrer à la probabilité de vivre l'invisible, à briser, une fois pour toutes, le mystère dans l'oubli même de son existence.

Il baissa les yeux : la mer s'irritait au pied de la digue dans une fureur cimmérienne. Les vagues s'entremêlaient pour projeter au-dessus d'elles des monstres d'écume que leurs lèvres avalaient dans des tourbillons avides. Il reçut ce déchaînement comme une imploration de la mer, un sursaut de lassitude devant la fatalité de ses flux et reflux. Il vit dans le jeu des écumes et des tourbillons une ardeur à renouer avec le temps originel et à entraîner la matière entière, après l'avoir rendue à l'état liquide, dans la pureté de sa sève, pour la porter à l'autel de la cause première avec l'offrande des promesses de la vie. Les tourbillons s'offraient à lui avec une attirance irrésistible qui comblait sa soif de vie. Le temps d'un vertige, il hésita, avant d'entendre, derrière lui, la voix prévenante de Léna :

– Ce n'est pas la mer qu'il faut regarder, c'est le ciel.

– Vous Léna ! Ici ! s'écria-t-il avec l'éclat de sa surprise. Il la vit sortir de l'obscurité de l'arrière du phare et quand elle s'avança vers lui, il ne put retenir la déception de sa méprise par un "Ah ! C'est toi" désolé, en reconnaissant la jeune fille qui l'avait accosté sur le port.

– Tu m'as donc suivi.

– Bien-sûr puisqu'il le fallait. Ne m'as-tu pas dit que j'étais une fée de la nuit. Alors je te protège.

– Et au nom de quoi ?

– Parce que j'ai compris, tout à l'heure, à ta mine et à ton regard surtout, ce que tu venais chercher au bout de cette digue.

Elle lui prit la main et l'entraîna vers l'autre bout de la digue.

– Mon père s'est jeté à l'eau depuis un tel lieu et on n'a jamais retrouvé son corps. Quand je l'ai vu pour la dernière fois quitter la maison, il avait le même regard que toi. Et ce regard ne trompe pas. J'adorais mon père. Il était si affectueux quand il n'avait pas bu. Mais il n'a jamais pu se passer de boire et, de plus en plus souvent, il battait ma mère, brisait la vaisselle et hurlait à n'en plus finir. Je le sais, mon père sest jeté à la mer par dégoût de lui-même.

Il dégagea sèchement sa main de la sienne, mais elle se cramponna à son bras en poursuivant le récit du drame de son père comme si c'était, à sa façon, une incantation pour l'éloigner du lieu maudit où – elle en était persuadée – il avait décidé de mettre fin à ses jours.

– Ma mère est très croyante. Elle m'a souvent répété que mon père resterait dans le noir, au fond de la mer, et que son âme, tant qu'il y aura de la chair, voguera sur l'eau, sans jamais pouvoir s'élever au ciel et quand les poissons seront venus à bout de sa chair, alors l'âme se dissipera dans l'eau et elle disait, dans un grand soupir d'amertume que mon père n'aura vécu pour rien, comme s'il n'avait jamais existé. Je ne crois pas en grand-chose, pourtant cette idée de ceux qui se jettent à l'eau ou se pendent me fait frissonner parce que je crois que c'est vrai : leur âme ne monte pas au ciel.

– Je t'écoute, mais je ne vois pas en quoi ce que tu me racontes me concerne.

– Parce que tu triches. J'ai bien vu ta déconvenue quand tu t'es aperçu que c'était moi et non pas ta Léna qui te tirait de tes mauvaises tentations. Avons-nous donc une voix si semblable? Tu peux pas nier que c'est elle, cette Léna des *Sept Sommeils,* ton malheur, le chagrin qui te ronge.

– On peut dire comme ça, quoi que ce soit plus compliqué, mais c'est mon affaire.

– Bien. D'accord, on n'en parle plus. On quitte d'abord ce lieu et on parle d'autre chose. J'ai envie de te dorloter parce que tu me plais et là, rassure-toi, c'est pas la putain qui t'invite, c'est ta fée. Viens, rentrons au port.

Il la suivit comme un automate. Encore sous l'empreinte de l'éclosive irréalité du monde, son esprit s'étourdissait dans une concomitance d'instants où se lisait, avec une sensation d'ubiquité, le cours de son destin. Puis, un paysage improbable l'entoura amalgamant, sous une nuit étoilée, les rives bretonnes tourmentées par la mer et les précipices ténébreux qui bordaient son village natal. Il resta prostré dans son silence et elle ne parla plus. Elle tenait sa main enlacée à son bras. Il retrouva sa conscience avec la clarté des pensées distinctes à travers le rapprochement des deux moments aux extrêmes de son voyage où il avait choisi d'en finir avec l'existence et les deux avaient échoué dans un semblable inaccomplissement, que ce fût avec le désir de se jeter, libéré de toutes les illusions, dans le néant ou avec celui de se donner à la vie pour enfin atteindre l'absolu auquel un instant épiphanique lui avait donné à croire. Il perçut, dans l'énigme protectrice qui l'avait détourné du suicide, sa condamnation à vivre en y éprouvant l'empreinte de la vie.

Ils arrivèrent déjà à l'entrée de la digue. La mer était derrière eux et le port vers lequel ils s'avançaient, s'imposa comme le retour à la réalité de leur existence. Ce fut elle qui brisa le silence:

– Et maintenant que faisons-nous de nous? Je voudrais tant finir cette nuit en la partageant avec toi, dans la chaleur de ton corps?

– Je te comprends. Vu les circonstances, notre séparation ne peut être banale. Seulement, vois-tu, pour moi, rien ne serait plus banal que de la conclure dans les tentations d'un lit de plaisirs au réveil duquel tu revivrais les illusions de l'amour et moi les remords de l'infidélité. J'ai mieux à te proposer. Viens !

Ce fut lui, cette fois, qui lui prit la main pour l'entraîner à quitter le chemin du port.

– Plutôt que de rentrer chacun chez soi, nous allons, si tu le veux bien, prolonger notre nuit en nous promenant sur la plage. J'ai connu, alors que j'étais étudiant à Cosence, une jeune comédienne qui se noyait chaque jour dans son angoisse et qui renaissait chaque soir dans le rôle qu'elle incarnait au théâtre. Elle ne tenait à la vie qu'en embrassant, corps et âme, le destin de ses personnages. Son dernier rôle fut celui de *La Mouette* de Tchekhov.

– Je connais pas.

– Peu importe, ce qui compte c'est l'histoire de cette comédienne. Elle joua ce personnage avec un tel brio que la programmation de la pièce fut prolongée de deux mois. Dans les jours qui suivirent la dernière représentation, elle ne put se retrouver et elle rejoignit, pour de bon, le destin de son personnage en se suicidant.

– T'en reviendras donc toujours au suicide ! Tu n'as donc que cette idée en tête ?

– Pourquoi ne pas le dire : cette histoire a bel et bien fini comme ça, et elle ne pouvait pas finir autrement. Mais ce n'était pas là le but de ma proposition. Je voudrais, comme cette comédienne, que nous nous séparions sur un rêve vécu avec la magie du jeu que permet le théâtre : sortir de soi, être pleinement un autre. J'imagine que tu es ma Léna et toi, tu imagines que je suis ton amour déçu. Et la vie aurait aimé notre amour. Au terme d'une journée qui aurait comblé nos sens, nous viendrions l'achever par cette promenade sur la plage. Il faut y croire, forçons toute l'énergie de notre esprit sur cette situation. Mon bras ceinture tendrement ta taille, (Il le fit.), ta tête s'abandonne sur mon épaule, (Elle le fit.) et la douce chaleur de mon corps, comme celle du tien unit nos corps dans des sensations qui n'appartiennent qu'à eux... qui n'appartiennent qu'à eux et qui doivent occuper toutes nos pensées. Allez, crois-y, improvise ! Improvisons jusqu'à oublier qui nous sommes, jusqu'à entrer dans l'ardeur du rôle qui aurait pu être celui de notre destinée.

Ils marchèrent parmi le chant des vagues montantes et, en se prêtant au jeu de l'improvisation, leur innocent enlacement les ouvrit aux résonances des sensations de la vérité de l'amour.

Ils s'assirent sur un rocher en bordure de la plage en gardant encore un long moment de silence que Norroy rompit:

– Regarde, même la nuit célèbre, par sa beauté, notre instant. Tu vois ce nuage dont la tête sort du noir pour traverser l'orbe de la nuit. Il s'étale, il commence à connaître le bonheur de ses radieuses métamorphoses avant de se dissiper à tout jamais. Nous sommes comme lui.

C'était le lendemain, au début de l'après-midi. Norroy venait de terminer la lettre qu'il destinait à son ancien métayer en charge de ses affaires. Il lui annonçait son retour. Il s'apprêtait à écrire à Clarisse quand on frappa à la porte de sa chambre. Il tomba des nues en voyant entrer Léna qui s'empressa de se délester de son sac à dos. Comme elle ne savait plus si elle devait lui tendre la main ou lui porter un baiser et comme il était dans le même embarras, elle resta à l'entrée de la chambre et il se contenta de se lever.

– Vous êtes venue me présenter vos ultimes adieux?

– Parce que vous partez?

– Oui. Je retourne au pays. Mon voyage s'est bel et bien terminé avec vous.

– En vérité, je ne venais pas pour cela. J'ai reçu, ce matin, la visite de mon oncle, votre hôtelier. Il était alarmé par une jeune femme qui a l'air de s'intéresser beaucoup à vous. Elle lui a dit qu'elle vous avait quitté, cette nuit, dans un état désespéré, prêt à toutes les folies et même jusqu'à la pire. Elle a jugé bon d'ajouter que j'étais la seule à pouvoir vous sauver. J'ai cru comprendre qu'il s'agit d'une jeune prostituée. C'est qui, au juste, cette fille, pour vous? Elle semble, en tout cas, vous porter beaucoup d'affection. Vous a-t-elle réconforté dans son lit?

– Comme vous y allez! Le seul soupçon de cette supposition est déjà indigne de notre amour...

Il lui raconta les circonstances de cette rencontre sans entrer dans les détails. Il hésita à lui dire que les tourbillons de l'océan, au bout de la digue, l'avait fasciné au point de s'y jeter, avant finalement de lui avouer que, peut-être, sans la présence de cette jeune femme, il l'aurait fait.

– Un tel acte me répugne. Je vis avec un rescapé du suicide, vous devriez comprendre dans quel malheur vous plongeriez mon existence si vous commettiez une telle abomination. Pas vous, Baptiste. Le suicide est la pire des offenses faite à la vie.

– Sauf quand, dans le désabusement de tout, on n'a plus que cette possibilité pour la rejoindre.

– C'est la vie qui décide de ces possibilités et vous ne pouvez pas connaître ce qu'il lui reste à vous donner.

– Rassurez-vous, Léna, je m'accorde à cette opinion et je pars d'un bon pied. J'apprendrai à survivre et ainsi à vous épargner la culpabilité d'un suicide auquel vous n'auriez pas été étrangère. C'est ce réconfort que vous êtes venue chercher ?

– À chacun son tour d'être indigne de notre amour. C'est justement pour que vous n'entreteniez plus ce dépit que je suis venue. Les nouvelles de mon oncle m'ont effrayée. J'ai craint le pire. Et je suis bien placé pour savoir que lorsqu'un être coule dans son désespoir, rien ne peut plus le retenir s'il ne reçoit pas le secours de ce qui nie son désespoir. Pour Yven, c'était la voix de mon amour et je suis restée muette parce que mon cœur ne portait pas, pour lui, cette voix. Eh oui, à ce moment-là, l'amour n'est jamais défaillant. La preuve : j'accours vers vous avec un désir qui renie mes engagements. Comment est-ce possible Baptiste : nous aurions vécu le plus bel amour sans un baiser !

Ils se rapprochèrent emportés par le même désir d'enlacement. Pour la première fois, Léna s'abandonna à l'effusion d'un baiser non coupable. Leurs corps s'enfiévrèrent. Elle se détacha de lui pour se déshabiller si prestement que Baptiste fut grisé en la découvrant nue, devant lui, avant de sentir son regard happé par les attraits d'une nudité féminine comme il n'en avait jamais vue dans cet accord de la grâce et de la volupté enflammées par le regard de l'amour. Léna se précipita dans le lit et le temps qu'il mit à la rejoindre n'exista que dans le ravissement éperdu de sa vision. En l'étreignant, en plaquant son corps sur sa peau fiévreuse, il éprouva l'intensité d'une sensation qu'il n'avait éprouvée avec aucune femme et qu'il ressentait comme l'éveil de la chair à l'amour, soulevée par la magie d'une ardeur, qui transfigure le plaisir et spiritualise la volupté.

Cette félicité de l'amour, ils la partagèrent spontanément et très vite au même rythme car Baptiste s'appliqua à apaiser la fougue de Léna et aussi la tentation de céder à la sienne, en fixant sa pensée sur la lenteur et la douceur de ses caresses. "Nous ne ferons pas l'amour, ma bien-aimée, nous le vivrons. Apprenons tout notre corps à nous aimer."

Et le comble de leur plaisir charnel n'épuisa pas leur désir. L'amour anima leur chair et leur chair insatiable rappela l'amour. Leurs corps ne se délièrent plus, Léna épanchait sa jouissance dans la célébration verbale de leur amour et il lui répondait par des mots qui s'achevaient par une nouvelle étreinte aussi avide de partage amoureux.

"Tu es trop gourmand, mon bel amour" lui glissa-t-elle câlinement à l'oreille en lui rappelant que l'heure de son autocar approchait. Elle lui avait dit, à son arrivée; qu'elle avait menti à Yven Kerloch en lui disant qu'en raison de l'aggravation de l'état de santé de sa mère, elle devait partir un jour plus tôt. C'était la seule façon pour elle de se dégager les heures de sa rencontre avec Baptiste. Mais c'était vrai, l'état de santé de sa mère s'aggravait et il était impératif de lui rendre visite. Norroy osa enfin lui demander des nouvelles de son mari. Au ton de sa réponse, il comprit qu'elle ne tenait pas à s'étendre sur le sujet. "Depuis son suicide manqué, il est constamment taciturne. Je lui dois assistance, voilà seulement ce qu'il a d'aimable à me répéter."

Mais l'heure de l'autocar ne perturba pas son ultime union amoureuse et peut-être parce qu'elle la savait ultime, elle chercha, à travers l'impétuosité de ses désirs, au comble du plaisir de Baptiste, un abandon entier à une jouissance que trahirent ses halètements extasiés et les balbutiements répétés de ses "je vous aime" qu'elle finit par décliner en "je t'aime". Et la fête de l'amour s'acheva pour elle par une profusion de baisers fébriles sur le visage de son amant tandis que celui-ci, les mains plongés dans les caresses de sa chevelure, attendit qu'elle s'apaisât pour l'étreindre plus fortement en prononçant un "je t'aime" articulé avec la force de se graver dans le granit. La plénitude du sourire qu'elle lui rendit intensifia la beauté de son visage pour la confondre avec celle de la vision que Baptiste avait reçue lorsqu'il s'était éveillé à l'amour en l'écoutant chanter ses *gwerz*. Elle se détacha de lui et s'assit dans le lit pour lui dire :

– Es-tu aussi heureux que moi ? À présent, ce qui avait manqué à notre amour est accompli et tu n'as plus le droit de douter du mien. Baptiste, c'est merveilleux. Nous voilà unis pour toujours, il n'y a plus de séparation possible entre nous. C'est maintenant que notre véritable union commence, au-delà de ton départ et pour chacune de nos solitudes. Nos corps amoureux ont gravé nos esprits à tout jamais. Je porterai dans ma chair cet amour comme une mère porte son enfant dans son sein, avec le même bonheur et toi, en y pensant, avec le même ravissement et les mêmes espérances. Oui, nous nous connaissons assez pour naître chaque jour ensemble. Notre réalité à nous ne se cantonne pas dans la possession physique et matérielle de nos désirs. Elle s'élance hors de cette déplorable prison, vers la vraie beauté de la vie qui n'existe que pour advenir. Mais j'arrête, cette fois, si je ne veux pas manquer mon car, il faut que je me prépare, d'autant que j'ai encore une surprise à te faire, et pas la moindre.

Ils se revêtirent. Elle se rendit vers son sac à dos pour en extraire d'une poche une enveloppe dont elle sortit une bague. "Je tiens cette bague de mon père qui la tenait de son père. Je ne l'ai jamais portée, mon index est trop fin, mais au tien, elle conviendra parfaitement. C'est une bague bretonne et ce qui compte, c'est son inscription à l'intérieur. Regarde, il est, ici, gravé : *atao feal da viken*. Cela signifie : toujours fidèle à jamais. Tends ton doigt, s'il te plait. Pour l'essayer. Tu vois, elle était faite pour toi. Maintenant, je peux te tutoyer car je suis ta femme. Je pars comblée Baptiste." Elle se jeta sur lui et porta sur ses lèvres son plus long baiser... "Ne m'accompagne pas, il y aura assez de mon oncle pour savoir que j'ai passé ta dernière journée à Audierne avec toi. Mais lui, il n'en parlera à personne. Moi, je raconterai tout à ma mère, parce que si je ne lui avouais pas, elle le lirait dans mes yeux. Elle t'aime beaucoup et tu n'es pas sans le savoir."

Elle prit son sac pour le plaquer sur son dos et quitta la chambre avec un calme et une sérénité qui ne permirent pas à Norroy de s'attendrir. Il se pencha à la fenêtre et il la vit, de son pas alerte et gracieux, se diriger vers la place du bout du port. Elle ne se retourna pas.

ÉPILOGUE

Baptiste Norroy arriva à Amburcine le surlendemain, au cours de l'après-midi, ainsi qu'il l'avait souhaité, ce qui lui avait valu de voyager de nuit une grande partie de son retour et de subir de longues attentes de correspondances de trains.

Il retrouva La Chaux d'Ambruz sous les couleurs de ses féeries automnales si vives quand le mauvais vent ne précipite pas l'hiver. Le choc du dépaysement absorba ses pensées par une surprise qui se fixa en admiration. En traversant le village, il s'étonna de le découvrir comme s'il le voyait pour la première fois. Tout lui apparaissait étranger, enveloppé d'une étrangeté ouverte curieusement sur des charmes inédits à ses yeux. Il éprouva les mêmes impressions en pénétrant dans sa maison avec le plaisir de se découvrir propriétaire d'une si attachante demeure. Son ancien métayer avait reçu à temps le télégramme qu'il lui avait envoyé, suite à la précipitation de son départ, à la place de sa lettre. Le logis était dans un ordre parfait et le brave homme avait même poussé son zèle jusqu'à aérer les pièces avant d'allumer deux poêles afin d'assainir l'atmosphère d'une maison inhabitée pendant une année.

Il venait à peine de finir de s'installer qu'il reçut la visite de Clarisse. Il prit soin de l'accueillir avec une gentillesse à laquelle elle répondit par un inhabituel détachement visiblement appliqué à faire valoir qu'elle était désormais l'aide de Monsieur le Curé. Il s'en amusa en ne faisant pas plus de cas de la kyrielle de reproches qu'elle lui adressa concernant ses longs silences répétés à chacune des étapes de son voyage. Dès qu'elle eut épongé son mécontentement, elle déplora, sur un ton sérieux appliqué, que ses nouvelles fonctions ne l'autorisaient plus à assurer l'entretien de la maison, – ce qui était une bonne nouvelle pour Baptiste – mais elle s'empressa d'ajouter qu'elle avait déjà trouvé une jeune fille du village disposée à lui consacrer quelques heures de ménage.

– On verra, on verra, rien ne presse, et il ajouta, pour épuiser la conversation en misant sur sa pudeur native dans l'espoir de limiter sa curiosité :

– Mon voyage m'a apporté un choix de vie que tu ne saurais désapprouver.

– Tu vas donc te consacrer à la gestion de tes biens ?

– Oui, de nos biens, ma chère Clarisse.

Cette solution conforme à l'esprit de Clarisse présentait l'avantage de clore la discussion. Il fallait encore subir le répertoire si cher à sa sœur de lait, des nouvelles de la vie villageoise et des consignes sur la vie domestique, mais au peu d'intérêt qu'il leur prêta, elle comprit qu'il fallait l'abréger. Si elle le quitta plutôt rassurée sur son état, elle constata qu'il n'avait pas changé, au moins sur un point : il demeurait toujours aussi secret.

Baptiste retrouva sa solitude avec le contentement d'estimer établies sous le meilleur aspect ses relations avec Clarisse. Qu'elle eût pu penser que sa seule préoccupation fût la gestion de ses biens le fit une nouvelle fois sourire. Il s'était bien gardé de lui dire qu'il avait, au contraire, décidé de la confier à un homme de l'art car il s'était résolu à mener une vie d'ermite évidemment incompatible avec les démarches et les tracasseries que supposait le suivi de l'exploitation de son héritage. Il se savait en état, au terme de son voyage, de pratiquer le *vivere parvo* que célébrait Platon, un vivre de peu qui compenserait largement le coût de la gestion confiée à un tiers. Ce choix d'une existence érémitique l'avait travaillé tout au long de son voyage dans les moments où ses tentations de vivre se tordaient dans une impasse et il l'avait arrêté à son retour, au cours de son train de nuit, dans des conditions semblables, renforcé cette fois, par le pouvoir des convictions de Léna. Baptiste se savait possédé par Léna. Elle avait creusé dans sa chair un puits qui irriguerait son être par une complaisance passionnelle obsédée par les rives de l'absolu sans le pouvoir de les atteindre ou de s'en détourner autrement que par la fascination du mystère de la vie. La vie et Léna se confondaient en lui, Léna en était la manifestation, la stimulatrice. Il lui suffirait simplement d'être vivant, comme il l'avait appris au cours des divers événements de son voyage, pour entretenir la présence de Léna. Être vivant, se répandre dans la vie et partager ses contemplations. Se donner au bonheur d'exister. Léna serait l'accompagnatrice de ses marches. Tout commençait dans cette maison vide qui avait perdu son passé et qu'il occupait, lui-même, avec un état d'esprit si nouveau qu'il ne se souvenait plus d'en avoir vécu un autre.

Dès le lendemain, il décida de prendre le pli de ses marches à travers la contrée. Il traversa le village en saluant, ici et là, courtoisement et à leur étonnement, les personnes qu'il rencontrait, sans donner un prétexte à engager une conversation. Il tenait à préserver sa solitude et veillerait à ne pas prêter le flanc aux familiarités.

La visite des tourbières avait retenu son intérêt. Des sentiers d'accès et un chemin qui les longeait se trouvaient à moins d'un kilomètre de sa maison. Elles s'étalaient, d'un village à l'autre, au pied du versant nord-ouest de La Chaux d'Ambruz. En pénétrant, ce jour-là, celle qui coulait vers Entremont, il éprouva le regret d'avoir jusqu'alors méconnue la beauté d'un tel paysage. Il n'avait entendu, durant son enfance, que le mépris de son entourage pour ces terres incultes. Sa mère lui en avait interdit l'accès parce que, disait-elle, avec une effrayante conviction : "il est des endroits où la tourbe gluante s'entrouvrirait pour engloutir ton corps." Il l'avait crue. Ce détail fit remonter un autre souvenir, à travers les propos tenus quelques années plus tard par l'un de leurs paysans, qui affirmait à sa mère que les corps humains ou animaux que la tourbière avalait se conservaient intacts dans ses profondeurs jusqu'à la fin des temps et que leurs âmes y germaient lentement dans une sorte de ventre du monde qui gardait toute la mémoire de la vie terrestre. Il soutenait que ces âmes avaient le pouvoir de réapparaître auprès des humains pour leur jeter un sort ou pour influer sur des événements importants. Après qu'il fut parti, sa mère s'était empressée de lui dire qu'"il ne fallait pas croire à ces boniments de paysans qui n'ont jamais été à l'école". Cette histoire aurait plu à Léna et quant à lui, elle l'intrigua alors qu'il observait, au cœur de la tourbière, un lieu qui aurait pu justifier la croyance du paysan de sa mère. Il s'agissait d'un abondant carré de tourbe gargouillant sur ses renflements bulbeux et sur les entrailles d'une terre convulsée où des crevasses regorgeaient d'eaux noirâtres, mortes dans un miroir de jais. Le silence de la tourbière, pesant, replié sur lui-même jusqu'à l'extrême de sa tension vers les mystères qu'il couve, la fluidité vivifiante du sol, la végétation rabougrie, si étonnamment vivace, le transportèrent dans un attrait qui ne l'élevait pas, comme durant les marches de son voyage, vers les figures du ciel, mais l'emportèrent dans les auras que les profondeurs de la terre inspiraient. Il trouva ici l'espace de son érémitisme, quelque chose qui ressemblait au sanctuaire des Jouhanneau, au bord de la Loire. Et ses marches le replongèrent dans son culte des épiphanies.

Il marcha, ce jour-là, jusqu'à l'entrée d'Entremont et, au retour, il fit une pause au bord d'un étang. Sa contemplation fut interrompue par la présence de Léna; il la réentendit prononcer l'un de ses aphorismes qu'elle se plaisait à proférer.

– Quand deux êtres sont faits l'un pour l'autre, rien ne peut les empêcher de se rencontrer.

Et il avait rétorqué :

– Mais nous nous sommes déjà rencontrés.

– Oui, mais pas encore sur le bon barreau de l'échelle de la vie. Il faut encore grimper, Baptiste, et peut-être nous faudra-t-il grimper jusqu'au ciel pour que tout commence vraiment entre nous.

Elle avait de la suite dans les idées, Léna. Au ciel ! Comme il aurait raillé cette naïve confiance, un an plus tôt ! Mais Léna, elle y croyait à son ciel, avec une telle ferveur qu'elle l'avait entraîné sur le chemin d'y croire, lui aussi, à travers les seules perspectives de leur amour, à travers surtout son engagement à placer cet amour sous les lumières de la vie auxquelles son voyage l'avait accoutumé.

Ainsi pour Baptiste, les jours se ressemblèrent sous le signe de cette ouverture qui le conduisait à parcourir les forêts voisines, à sillonner les tourbières sans qu'il en éprouvât la moindre lassitude. Son esprit, enjoué aux figures du dehors, se ressourçait à l'incessant renouvellement des apparitions de la nature qu'il enrichissait en variant les heures de ses sorties, de l'aurore au crépuscule.

Il ne tarda pas à devenir un curieux étranger dans son propre village. Même le facteur ne s'arrêtait jamais à sa boîte aux lettres. Baptiste n'entretenait aucun échange épistolaire et il savait que jamais Léna ne lui écrirait parce qu'elle lui avait dit que l'annonce des nouvelles de la vie quotidienne ne pouvait que perturber la qualité des exigences de leur amour. Seul l'épicier-boulanger ambulant faisait une pause à heures fixes devant sa maison. Il lui servait son nécessaire et même, sur commande, ce qu'il ne vendait pas.

Il se réveilla, un matin, avec l'idée en tête d'écrire le journal de son voyage. Il s'installa aussitôt à la table de travail dans sa chambre et recommença son voyage à travers l'envoûtement des mots. Il s'étonna de sa capacité à écrire avec une telle vélocité comme s'il ne lui suffisait que de se dicter à lui-même l'enchaînement chronologique des faits que sa mémoire lui restituait avec une fidélité stimulante jusqu'à l'inviter à développer des détails qui prenaient plus d'importance qu'ils n'en avaient trouvé dans la réalité. Le temps captivant de l'écriture absorba son esprit et ce fut les douze tintements du clocher de l'église proche qui l'en sortit. Il descendit à la cuisine, l'esprit déterminé à poursuivre le travail engagé, dès après le repas.

Mais, en relisant les quelques dix pages qu'il avait écrites, il tomba dans une amère déception. Ces pages ne lui parlaient plus ou plutôt, que trop, pour rabibocher un réel qui ne concernait que lui et auquel il ne trouvait plus aucun intérêt. Pourquoi recopier le réel pour ne rien dire de plus. Et avec ces dix pages, il n'avait même pas quitté le Jura ! Il lui parut impossible de poursuivre sur cette voie. Il comprit qu'il se devait de prendre du recul devant son désir d'écrire, de se représenter clairement les intérêts de son voyage et de les ordonner avec une écriture plus maîtrisée. Il jeta au feu ses pages et se lança dans une forme littéraire qui lui parut mieux adaptée, celle du développement de son aventure au rythme des cheminements spirituels qui aboutiraient à sa révélation de l'amour. Il parvint assez aisément à exprimer l'état qui l'avait incité à entreprendre son voyage. Le lendemain, il entreprit de rapporter sa rencontre avec Adrienne Bergerol. Il se heurta, dès le début, à la complexité de l'analyse que supposait la distinction qu'il entendait faire valoir entre l'amour spirituel et l'amour charnel. Il fut emporté dans une confusion d'idées d'autant plus décevantes que la clarté qu'il entendait lui donner l'engagea dans une recherche desséchante où il ne retrouvait plus l'amour tel qu'il l'éprouvait. En abandonnant aussi cette voie, il céda moins à une paresse intellectuelle qu'au peu d'attachement qu'il accorda finalement à la démarche analytique.

Il consacra son après-midi à une marche dans la tourbière espérant y trouver une inspiration plus propice à relater les richesses de son voyage. Il se remit au travail le lendemain, animé par la solution que lui avait délivré le sommeil : plutôt qu'à la rédaction d'un journal, il aurait dû se consacrer au commentaire de son itinéraire spirituel ouvert sur la révélation de l'amour. Il s'exalta, alors, à l'idée d'exprimer la lente évolution de son être à partir d'une cartographie mentale des lieux où elle s'était affirmée.

Il s'ouvrit bien, cette fois, sur un champ d'écriture adéquat cependant il lui en fallut surmonter les obstacles que l'on ne découvre qu'à travers sa pratique. Ils commencent avec les affres devant la feuille blanche pour se poursuivre par intermittence avec la terrible frustration du hiatus entre l'idée et son objet. Sa pensée fourmillait d'idées pour provoquer l'excitation de son langage qui accouchait de phrases cruellement mendiantes de l'expression qu'il en attendait. Il s'obstina, consentit à se contenter de ses traductions approximatives sans jamais rencontrer le bonheur de l'écriture quand les mots justes s'inscrivent dans le rythme d'une phrase pour résonner aux éclairs de la pensée pure. Au troisième jour de travail acharné, il reconnut que jamais son écriture ne parviendrait à embrasser ses idées trop fluides, et souvent insaisissables, dans les révélations de son déroulement. Et devant cet écueil, il renonça pour de bon à écrire. Sa pensée, il ne l'écrirait pas, il la vivrait. Pleinement, dans l'entier accord de ses sens, des effusions de son âme et dans l'éclair de ses idées.

L'hiver n'avait jamais été aussi tardif que cette année-là. Il ne se déclara qu'à la mi-décembre, avec la fureur d'une tempête de neige qui dura trois jours pour ensevelir les chemins, crépir les façades des maisons, enrober les arbres sous un linceul de tourmente. L'électricité avait été coupée. Depuis la fenêtre de sa chambre, Baptiste observait, à travers les interstices de la neige ruisselante sur les vitres, la course du vent s'affolant à travers ses nuées tourbillonnantes de neige. Par moments, la tempête s'apaisait pour libérer la vue métamorphosée des champs déployant les convulsions de l'épais manteau neigeux qui les recouvrait et que les rafales successives déplaçaient pour les accumuler, à divers endroits, en congères sillonnées de crevasses. Le vent, au terme de son répit, paraissait retrouver un souffle plus fort et le cri strident de son retour effrayait moins que sa montée en puissance comparable à l'arrivée d'un galop de taureaux aveuglés par la rage de tout détruire sur leur passage.

Norroy se plut à suivre le déroulement de cette tempête en se fixant dans une contemplation qui le sortit du temps, exactement comme dans son enfance, quand il restait des heures entières, émerveillé devant le paysage enneigé. Il était alors ailleurs et il le fut encore, de la même façon, car sans pensées devant un monde où il n'y avait rien à déplorer, rien à aimer sinon une fascination souveraine, sans autre objet que celui de se fondre dans l'oubli de tout. La fureur du vent l'effrayait à certains moments, sans vraiment l'inquiéter, comme s'il trouvait normal de s'en remettre entièrement à la magie de la neige, soumise au seul ordre de la nature.

Alors qu'il finissait son repas de midi, il entendit les coups de gueule des villageois qui provenaient de la place et qui s'élevaient contre la privation d'électricité et les chemins bouchés, avant d'être emportés par la fureur du vent. Il remonta vite dans sa chambre, à la croisée tournée sur l'étendue du monde blanc.

Le soleil réapparut avant l'électricité. Las de tourner en rond dans sa maison, Norroy éprouva le besoin de renouer avec ses marches, besoin stimulé par le désir resurgi d'un rêve de son enfance auquel sa mère n'aurait jamais consenti à lui donner de suite : parcourir ce monde blanc pour s'éveiller à ses merveilles et le rejoindre jusque dans les profondeurs de la forêt où, croyait-il, les fantômes de ses féeries hivernales s'incarneraient. Il chaussa les longues raquettes de son père et prit le chemin de la forêt proche. Il adopta rapidement l'art de conduire sa marche avec un tel instrument. Vivifié par la tonicité d'un corps entraîné à l'exercice, il retrouva l'enchantement qu'il éprouvait à sa fenêtre et que qu'enrichissait sa marche par la diversité des points de vue offerts.

En pénétrant dans la forêt, il fut subjugué par la clarté disséminée que diffusait la neige sous la frondaison des arbres. En divers lieux, elle se projetait sur des détails, ordinairement imperceptibles, pour leur donner une présence saisissante. Devant les sapineaux encapuchonnés qui moutonnaient le sous-bois, devant le rouge jubilant des fleurs de houx avec lesquelles tel bosquet pavoisait à travers sa couverture neigeuse ou plus loin, devant les incrustations de la neige dans les lianes qui couvraient les troncs avec l'ardeur créatrice du vent, ce n'était plus qu'un regard d'enfant qui animait sa contemplation.

Depuis son retour, il cultivait l'attrait de ses marches en s'abandonnant à leurs enchantements sans s'appesantir à les interpréter. Il n'avait plus à rechercher la vie puisqu'elle n'était pas ailleurs qu'en lui et jamais plus vivante que dans ces instants qui ne déplaceraient pas davantage les frontières de son mystère. Il se remémorait, parfois, combien, au début de son voyage, son intellect hypertrophié gâchait l'avènement de ses épiphanies en les écourtant par de vaines préoccupations métaphysiques. L'acquis de son voyage l'avait libéré de ces préoccupations-là pour lui révéler au fil de ses marches et de ses contemplations, qu'il n'y avait pas d'horizon transcendantal autre que celui qui se vivait en lui et qu'il appréhendait, désormais, par une sorte de mysticisme inversé, replié sur l'immanence de la vie telle qu'il l'éprouvait dans l'intime de ses étreintes parce qu'il y trouvait une sérénité qui était le soleil du monde vide que lui avait laissé Léna.

Au cœur de la forêt, il emprunta un autre sentier pour rejoindre le village. Il finit par longer un ruisselet qui coulait mollement vers la tourbière quand son attention fut attirée par le curieux profil d'un arbre dressé au milieu de l'eau. La neige avait rubanné sa hampe jusqu'à son centre pour le combler d'un galbe, au-dessus duquel la cime dénudée s'élançait dans la grâce attendrissante d'une courbe. Baptiste ne manqua pas de voir, dans cette merveille des jeux de la nature, la transfiguration d'un arbre rabougri en un oiseau blanc qui lui évoqua l*es ailes blanches de la réalité*. Cependant, cet oiseau parlait en lui d'une autre manière que le temps qu'il passa à l'observer ne délivra pas. Il le quitta en étant loin de supposer que, quelques heures plus tard, la vue de cet oiseau allait l'entraîner à prendre une décision qui infléchirait le cours de son existence.

L'orbe du soleil s'apprêtait à décliner derrière le mont quand il arriva à sa maison. Il passa une soirée désagréable. La marche, avec les raquettes, l'avait épuisé. Il se sentit désœuvré jusqu'au point de ne pouvoir poursuivre la lecture pourtant si approfondissante de son cher Plotin. Il s'allongea sur son canapé, mais au lieu de s'adonner à la rêverie comme il le faisait en pareilles circonstances, il finit par s'endormir. Quand il se réveilla, il se crut au matin, alors que l'aiguille de l'horloge courait vers la minuit. Il retrouva ses esprits sous l'emprise d'une sensation inconnue à travers la fébrilité de ses mains qu'il interpréta comme leur besoin de s'exprimer, de participer, elles aussi aux transformations de son être.

Il constata, une fois de plus, l'étonnante collusion des pensées qui, à certains moments propices de l'inspiration, s'exercent dans l'esprit, et qui présentement associaient, par de vagues sollicitations, l'image de l'arbre-oiseau et le talent manuel de ses ancêtres. Il fut persuadé de s'ouvrir au message de son cerveau, car ses mains étaient son don et ce don, il devait le mettre en œuvre à partir de la révélation soudaine que lui offrait son imaginaire : la métamorphose de l'arbre mort du ruisseau en oiseau blanc s'affirma alors comme l'incroyable préfiguration de ce qui lui revenait de créer. Il pensa alors à son long séjour auprès de son ami, l'honorable maître-ferronnier d'Orléans, à l'apprentissage des astuces qu'il lui avait prodigué jusqu'à l'envie de se remettre à l'art de la ferronnerie.

Il se leva tôt le matin parce qu'à chacune de ses courtes insomnies, il avait renonçé à l'empressement de retrouver sa forge, en raison de la nuit encore profonde, mais aux tout premiers signes de l'aurore, il ne résista plus. Il déjeuna rapidement et avec un enthousiasme créateur, il se précipita à son atelier. Il alluma aussitôt le foyer, inspecta ses outils et se flatta du bon soin de son rangement : tout était en place, prêt à servir dans un état excellent de conservation. Il traduisit sur une feuille de papier l'inventaire des pièces nécessaires à son projet tel que lui restituait distinctement la représentation mentale de sa vision de l'oiseau blanc. En se rendant à l'entrepôt, il constata qu'il possédait un stock de matériaux en quantité suffisante pour se mettre immédiatement au travail. Il en revint avec une charge de morceaux de ferraille qu'il observa afin de leur donner la place que chaque élément occuperait dans sa composition filiforme centrée sur une longue tige amorcée par une courbe franche dont la finesse s'épaississait avant de se noyer dans un corps de cygne qu'évoquerait un assemblage de lamelles torsadées d'où rejaillirait la tige centrale en une ample courbure. Le volume central serait soutenu par deux autres tiges droites évasées à la base. Il entendait, à travers le tracé linéaire de sa tige centrale suggérer un mouvement de vie par la correspondance de ses deux courbures extrêmes, la première évoquerait une génuflexion à l'opposé d'une soumission puisqu'il la concevait comme la conquête de la force nécessaire à l'élan triomphant de la seconde. Sitôt que le feu de la forge atteignit son ardeur, il entreprit l'étirage de la pièce centrale de sa sculpture, ravi par l'aisance avec laquelle l'habileté de ses mains accordait l'efficacité du martelage, la docilité du fer et les connivences de l'enclume.

Il ne quitta plus son atelier, chaque matin, il le retrouvait, dans l'oubli de tout, emporté par l'ivresse de sa créativité en ne cédant à la satisfaction de son travail que pour répondre aux exigences qu'elle l'invitait à atteindre avec l'archétype qui hantait son esprit.

Il se reprocha, une fois, sa désinvolture en considérant quels détours il avait dû parcourir, depuis les attraits de son enfance, avant de vivre la simplicité et l'évidence de découvrir son don.

Tout à son travail qu'il partageait avec des marches moins fréquentes, il n'aurait pas vu venir Noël si Clarisse ne s'était pas empressée de le lui annoncer en s'y invitant chez lui avec l'intention de préparer le menu. La visite de la sœur de Monsieur le Curé lui donnait cette liberté. Baptiste accepta sous l'emprise des coutumes familiales qui les avaient toujours unis et qui était le seul jour saint du calendrier auquel il accordait une certaine vénération. Elle prépara, avec soin et réussite, le menu traditionnel institué par leur mère et qui était, pour elle, sacré. Elle fut, ce jour-là, une sœur pleinement charmante, heureuse de le voir enfin s'affermir dans un choix d'existence convenable quand bien même son penchant pour une solitude trop austère persistait à la préoccuper. La petite sculpture, spécialement conçue pour elle, qu'il lui avait offerte pour son Noël, la combla. Elle appréciait sincèrement le travail de Baptiste et, en le découvrant, devant chaque pièce, elle répétait : "Oui, c'est beau, ça choque, mais c'est vraiment beau !" Elle ne put garder pour elle la plus forte satisfaction qu'il lui procurait : "Comme je voudrais que ta mère puisse voir cela. Je me souviens trop bien de son bonheur quand, autrefois, elle te savait au travail, à la forge. Elle y croyait, elle, à ton talent..."

L'existence sans surprise extérieure que menait Norroy lui en apporta une quelques jours après Noël. Pour la première fois depuis son retour, le facteur, lettre à la main, pénétra dans la forge. L'enveloppe qu'il lui tendit le frappa par la distinction du magnifique papier vergé. Audierne claira sur le tampon postal. Il ne céda pas à son empressement de l'ouvrir, attendant le départ du facteur qui ne se décidait pas à partir parce que visiblement aussi intéressé, que lui, par la teneur de cette lettre. Quelle aubaine ce serait s'il en pouvait tirer une information propre à satisfaire la curiosité des villageois sur le sujet de l'insondable solitude de Norroy. La froideur du remerciement du destinataire, accentuée par le dépôt de l'enveloppe sur une étagère, invitèrent le facteur à reprendre sa tournée. Norroy décacheta aussitôt l'enveloppe délicatement pour y trouver une feuille, apparemment vierge, du même papier. Il la déplia en l'exposant à la lumière du jour de la fenêtre pour y percevoir les quelques brèves lettres gaufrées qui le ravirent : "Je t'aime. Léna." Il lui répondit le jour même. Il ne disposait pas d'un si beau papier, il se contenta de sa plus belle plume pour écrire avec la même élégance laconique : "Et je suis à tes côtés. Baptiste.". Cet échange alluma, dans la nuit de leur séparation, l'étoile de leur amour.

Le soleil de janvier dissipa rarement la grisaille dominante parsemée des flocons légers et tenaces d'une neige sur bise qui affermit le manteau neigeux de la tempête de décembre. Pour Baptiste, le monde extérieur s'irréalisa en donnant libre cours à sa passion créatrice. Il lui était venu l'idée d'associer le bois au fer de ses sculptures pour le placer en une sorte de noyau d'où jaillissaient, en gerbe, des lames de métal dans l'éclat de leurs torsades ou dans la perfection de leurs martelages. Il éprouva la fierté de baigner dans l'esprit de ses ancêtres et de ranimer la maison qu'ils lui avaient léguée où il trouvait, par avance, tous les moyens nécessaires à ses besoins créatifs. Avec ingéniosité, il s'était appliqué à remettre en train les vieilles machines de la ferme en les adaptant à son usage. Il avait pu ainsi, sans peine, débiter la belle bille d'érable oubliée dans une remise pour en extraire les morceaux nécessaires à ses créations.

Il fut surpris de voir entrer, un mois plus tard, dans la forge, le gérant de ses biens, en compagnie d'un inconnu qui lui fut présenté comme luthier. Le gérant exposa l'objet de sa visite. L'inconnu était spécialement venu de Cosence sur les conseils d'un ami peintre qui lui avait indiqué qu'il trouverait sur le plateau de Luze la qualité de l'épicea utile à la confection de ses violons. Ses contacts l'avaient conduit, de fil en aiguille, à une scierie de La Chaux d'Ambruz qui possédait, à coup sûr, la qualité de bois de violon qu'il désirait. Et le gérant acheva la raison de sa présence en apprenant à Norroy que ce fameux bois lui appartenait, que le scieur n'avait pas voulu les débiter avec les autres pièces du lot et qu'il venait en établir, en raison de la particularité du marché, le prix de vente. Baptiste fut sensible à la probité de son gérant car il n'ignorait pas que l'une de ses parcelles contenait quelques spécimens de ce type de bois et que, par le passé, dans l'indifférence de sa mère, puis de la sienne, leurs métayers s'étaient bien gardés de leur déclarer le profit qu'ils en avaient tiré, en les vendant à part, sans le dire. "Cher Monsieur, je vous avoue que si c'était des billes d'érable, je ne vous les céderais pas. Celles-là, je les laisse volontiers, et pour diverses raisons, au violon. Et je ne marchande pas. Vous les avez vues, votre prix, s'il est honnête, sera le mien." L'affaire aurait été aussitôt conclue autour de la bouteille de bon vin que Baptiste se proposait d'offrir, si elle n'avait été retardée par l'intérêt que le facteur de violon prêta à l'ouvrage en cours de Norroy ce qui conduisit celui-ci à lui présenter ses autres sculptures si bien qu'ils se retrouvèrent autour de la bonne bouteille de vin pour conclure deux affaires. Et ce fut seulement à ce moment-là que le facteur de violon, qui jusqu'alors avait observé les travaux de Baptiste, sans en livrer le moindre commentaire, déclara : "Je suis persuadé, monsieur Norroy que vous possédez un immense talent pour la sculpture. Mon épouse est galeriste à Cosence et je ne veux pas la priver du plaisir d'avoir déniché un artiste tel que vous".

Ce fut ainsi que trois sculptures, dont la première, *L'oiseau-blanc*, prirent la longue route de Cosence pour être exposées dans l'une des plus prestigieuses galeries d'art contemporain.

Cet événement ne perturba pas Norroy. Dès que les deux hommes eurent quitté sa demeure, il regagna son atelier et cette rencontre, après la satisfaction passagère qu'elle lui avait apportée, tomba dans l'oubli.

Au début de juin, le facteur s'arrêta pour la première fois de l'année à la porte de Baptiste Norroy. Il lui apporta, à la main, une lettre. Elle ne provenait pas d'Audierne, mais de Cosence. Baptiste l'accueillit, cette fois, avec amabilité, en consentant à satisfaire sa curiosité, moins pour l'expéditeur de la lettre - son nom figurait sur l'enveloppe -, que pour ses sculptures.

La lettre émanait du luthier et elle était accompagnée d'une coupure de journal. Elle indiquait que les trois sculptures avaient été vendues à des prix qui le surprendraient. Que son épouse et lui-même lui rendraient prochainement visite pour le règlement, bien-sûr, mais surtout pour établir un contrat car la galerie serait très honorée de le compter désormais parmi ses artistes permanents. Ils profiteraient de cette visite pour repartir avec quelques sculptures. La coupure de journal jointe était un article très élogieux sur "l'étonnante modernité d'un sculpteur inconnu qui comptera dans l'art de demain." Un très beau cliché de *L'oiseau blanc* illustrait l'article qui le commentait avec des éloges qui confondirent Norroy. Ce succès inattendu et qu'il n'avait pas recherché, le perturba. Il sentit, avec un contentement mêlé d'inquiétude, que sa vie basculait, se refermait sur un destin que jamais il n'aurait soupçonné jusqu'à ce jour. Il connaissait Cosence, il y avait passé le temps de ses études universitaires. Cette ville singulière était l'un des hauts lieux de la musique et de l'art, et de s'y voir consacré par un magazine aussi prestigieux que *Rythmes* l'obligeait à prendre au sérieux cette nouvelle. Il tomba dans une excitation qui le rendit inapte à continuer son travail. Il lut et relut l'article pour en saisir toutes les nuances, pour se convaincre qu'il ne rêvait pas et avec cette certitude acquise, il ne séleva pas avec le bouquet des paillettes du triomphe, mais, au contraire échoua dans l'inquiétude que dressait la menace de renoncer à l'une de ses plus tenaces dispositions : accepter une contrainte sociale. Sa lucidité lui dénonçait le guêpier dans lequel il chutait en consentant à honorer des devoirs.

L'après-midi, il décida de se rendre à sa chère tourbière. Dans la liberté de sa marche, il fut conquis par l'exaltant projet de recréer son *Oiseau blanc* et ce projet ne cessa plus d'accaparer son esprit. Il le repensa en y intégrant le bois tel qu'il l'avait utilisé dans ses dernières créations. La réalisation de ce projet l'occupa plus de deux mois sans que la visite de la galeriste et de son mari, qui restèrent ses hôtes trois jours, ne le dérangeât. Il partagea, avec un plaisir enrichissant, les connaissances du luthier sur les qualités des diverses essences de bois et apprécia l'érudition de son épouse, attachée à l'art par la force de vie et de vérité que les artistes révèlent à leurs semblables. Ils partagèrent l'admiration de Norroy devant les toiles de Charles Widden qu'il avait accrochées au mur de son séjour. Ils ne connaissaient pas ce peintre. Il ne manqua pas de leur faire découvrir *La Chaux d'Ambruz* à travers le charme secret des sentiers qu'il pratiquait. Ils se séparèrent dans la naissance d'une amitié nourrie de projets. Et Baptiste se remit aussitôt au travail de son *Oiseau Blanc* II avec un enthousiasme redoublé.

Il était sur le point de l'achever quand le destin lui réserva la surprise la plus bouleversante de sa vie. C'était à la fin du repas de midi, à l'heure où Clarisse venait encore quelquefois lui rendre visite, quand il entendit sonner à la porte. Persuadé que c'était elle, il ne bougea pas : elle sonnait et elle entrait. Comme on sonna une deuxième fois avec plus d'insistance, il se leva et quand il ouvrit la porte, il faillit s'évanouir dans le refuge d'un rêve que n'acceptait pas la réalité et pourtant l'apparition de la personne présente devant lui était bien réelle et la voix qu'il entendait et la tournure des mots qu'elle articulait étaient bien celles de Léna :

– Rassure-toi, je passais par là et je ne voulais pas manquer de te rendre une petite visite.

Elle éclata de rire avant d'ajouter d'une voix câline :

– Mais j'espère bien que tu vas me garder.

L'incroyable se produisait. Presque simultanément, le regard de Baptiste passa de la surprise aux feux de l'allégresse. Elle le vit bien. Elle se jeta dans ses bras au moment même où il les ouvrait pour l'enlacer. Il la serra contre lui en couvrant son corps de caresses palpées pour jouir de son assurance et du bonheur d'étreindre la résurrection d'un amour impossible. Au moment où il s'apprêtait à s'unir à elle dans la volupté d'un baiser, elle se recula pour lui dire, sur ce ton malicieux qu'elle adoptait parfois, dans ses moments de tendresse :

– Attention, je te préviens, je reste, mais ce sera moitié Bretagne, moitié Jura.

– Marché conclu, en espérant que tu aimeras autant mon Jura que j'adore ta Bretagne.

Un long baiser les unit.

– Entrons chez-nous, dit Baptiste en prenant la valise et l'inséparable violon de Léna.

– Dis donc, c'est rudement beau chez toi. Et tu vis tout seul dans cette si grande maison ?

– Jusqu'à aujourd'hui, oui.

Elle avait pris son repas dans une auberge à Évinchères juste avant de trouver une opportunité qui lui permit de joindre Amburcine bien avant l'heure de l'autocar. Ils prirent donc le café et Léna lui raconta sa vie depuis leur séparation. Elle avait perdu sa mère peu avant Noël et bien qu'elle se fût préparée à cette issue funeste, elle la vécut avec une atroce souffrance. Elle comprit combien sa mère l'aidait à vivre, combien elle apaisait sa solitude. Elle était la seule personne avec qui il lui était possible de parler de Baptiste. "Avec elle, j'étais un peu avec toi." La lettre en écriture gaufrée qu'elle lui avait envoyée, en prenant l'initiative de rompre les exigences de leur contrat, était un cri de détresse.

Andréa Gourlauen s'éteignit doucement, sans souffrance, et jusqu'à son dernier souffle, elle conserva la foi en son Dieu qu'elle voyait en œuvre dans la vie. "Écoute, voici les dernières paroles que sa bouche a prononcées : 'tu sais, ma Léna, ma fille bien-aimée, ton histoire avec ton Baptiste, elle est trop belle pour ne pas connaître une suite. Vous vous retrouverez, c'est obligé". Elle réprima un sanglot avant de poursuivre: "Te souviens-tu, Baptiste, de la bruyère blanche que tu avais trouvée lors de l'une de nos promenades. Les vertus magiques que je lui prêtais m'ont valu de te laisser croire à ma crédulité. C'est ma mère qui m'avait inculqué de telles croyances durant mon enfance. Elle y croyait comme j'y crois aujourd'hui. Oui, cette bruyère a bien annoncé notre bonheur. C'est très bon d'y croire quand ça aide à mieux vivre. Ma mère en tout cas en a tiré une force de vie, un moral qui l'ont aidée à surmonter les malheurs de l'existence autrement mieux que certains grands esprits qui ricanent devant la magie du monde."

Il n'osait pas lui demander des nouvelles d'Yven Kerloch. Elle finit par lui en donner. Il était resté prostré dans son état taciturne et son suicide manqué lui avait valu de sérieuses complications respiratoires qui s'aggravèrent de semaine en semaine. Il souffrit moralement de voir dans quel état de tristesse était tombée Léna après la mort de sa mère, sans cesser de penser que la véritable cause en était l'amour qu'elle n'avait pas pu vivre avec Baptiste. Il mourut en février à l'hôpital de Quimper dans les supplices d'étouffements répétés. Léna rapporta cette fin avec une douleur qui affecta un instant la gracieuse énergie de son visage. "La vie est aussi belle que cruelle, j'ai composé, pendant les six mois du deuil que je me suis imposée avant de te rejoindre, une *gwerz* à son intention, un chant douloureux, pas comme un reproche à la cruauté de la vie, plutôt comme une traversée pathétique de son mystère."

C'était un jour comme les autres ou presque. On était en janvier. Cette semaine-là, Léna assurait la préparation des repas. Elle adorait la cuisine de Baptiste et lui, la sienne, alors ils avaient décidé d'alterner chaque semaine la pratique de cette tâche autant pour leur attachement à l'art culinaire que pour s'offrir, à l'occasion, les plaisirs de la surprise. Quand ils séjournaient en Bretagne, c'est-à-dire sur toute la durée de la saison estivale et parfois plus, Baptiste assurait presque toujours la préparation des repas. Léna avait hérité de la maison de ses parents. Elle aussi, elle avait signé un contrat, avant même de quitter Audierne. Elle s'était engagée auprès du tenancier des *Sept Sommeils* en sa qualité de violoniste et de chanteuse de *gwerz* à animer les soirées de la saison estivale, trois soirs par semaine. Elle était aussi invitée à assurer l'animation, en d'autres lieux de Bretagne, de festivités qui n'auraient pas le même prestige sans la présence que lui conférait son talent. Baptiste l'accompagnait toujours.

Ce jour-là, le soleil enchantait la neige. C'était le quatrième hiver que Léna passait à Amburcine et son compagnon avait su lui faire aimer *La Chaux d'Ambruz* aussi bien qu'elle avait su l'attacher à la Bretagne. Leurs âmes jumelles ne cherchaient plus d'autres raisons de vivre ailleurs que dans l'épanouissement de leurs ententes mutuelles. Elle portait aux sourires ses musiciens quand elle leur avouait croire en la réalité d'un tel amour. Elle lui apparaissait pitoyable, l'assurance de l'ironie avec laquelle ces cœurs désabusés et repus de vanités prêchaient la sagesse de leur réalisme, alors que leurs échecs sentimentaux et la médiocrité de leur existence exhibaient lamentablement leur impuissance à vivre.

Léna comme Baptiste croyaient au second souffle de l'amour, celui qu'éveillent les vraies passions avec le don aux amants de naître chaque jour ensemble. Leur amour ne les avait pas emprisonnés dans les roucoulements de leurs regards croisés, il les avait portés dans les perspectives de leurs objectifs mêlés qui leur donnaient une vigueur toujours naissante.

Bientôt une heure était passée après midi et Baptiste n'était pas revenu de son atelier. Elle le savait absorbé par la création de *La réalité aux ailes blanches* qui serait l'une des pièces maîtresses de l'importante exposition prévue pour lui, à Cosence, au printemps. Elle ménageait la solitude nécessaire à son temps de travail comme il lui ménageait la sienne quand elle répétait ses morceaux ou ses nouvelles compositions sur son violon. C'était à l'issue des phases de ce travail qu'ils échangeaient leurs appréciations et que la violoniste devenait sculpteur et le sculpteur un mélomane. Il n'était pas, pour Léna, d'heure plus précieuse que celle du repas de midi pour rejoindre son compagnon avec, sous le prétexte de l'inviter à prendre son repas, le besoin de s'unir à lui dans le partage des évolutions de son travail. Quand elle pénétra dans la forge, elle surprit Baptiste appliqué à polir le métal de sa sculpture. À la détente de son visage et à la vivacité de son regard, elle vit la joie qu'il éprouvait devant l'achèvement de cette pièce qui avait exigé trois mois de travail assidu. Il s'approcha d'elle, lui prit la main et l'attira devant la sculpture.

– Voilà Léna, c'est fini. Elle ne demande plus que de l'huile de coude pour lui donner sa patine.

– Et c'est bien *La réalité aux ailes blanches* telle que je l'ai découverte avec toi. L'éclosion de la vie et de l'amour. Il faudra cet après-midi, mon Baptiste, profiter de cette belle journée hivernale pour te détendre. Nous la consacrerons à une promenade amoureuse. Certains prétendent qu'il n'y a pas d'amour heureux. Tu crois à cela, toi?

Du même auteur
à *L'Atelier* du Grand Tétras
(Collection Écriture)

La Demeure inaccoutumée (Récit)
Le Mât du Ciel (Roman)
La Folle Saison (Roman)
Glanes Précaires (Pensées d'un marcheur)
Avcc la Poésie

Ce recueil
LES SEPT SOMMEILS
composé en Vendome a été achevé d'imprimer sur les presses de *L'Atelier* du Grand Tétras à Mont-de-Laval (Montagnes du Jura) en septembre 2015, avec l'aimable contribution de l'imprimerie Chopard de Maîche. Le tirage et le façonnage en cahiers cousus ont été réalisés dans la tradition artisanale de l'imprimerie, sur un vélin ivoire 90 g. et sur une couverture Mémoires de papier 250 g. des Papeteries Zuber-Rieder de Boussières.

Dépot Légal : septembre 2015 – Numéro d'édition :12
www.latelierdugrandtetras.fr